「……あ……あ
片方は食むよ
片方は乳首を
きゅうっ、と引っ
「……あ……や……
「……君の啼く声
愛いなんて
……たまりません、ね……」

王弟殿下の蜜愛計画

～ワケあり令嬢ですが、幸せを望んでもいいですか?～

舞 姫美

Vanilla文庫

王弟殿下の蜜愛計画

ワケあり令嬢ですが、幸せを望んでもいいですか？

Himemi Mai Presents

イラスト／ウエハラ蜂

【第一章　再会は突然に】

　五つ年上の大好きなシーグヴァルドに会うときは、いつも精一杯のお洒落《しゃれ》をした。彼はユーリアにとって、理想の『王子さま』そのものだった。

　実際、彼はこの国の第二王子だ。彼の正体を知ったときはとても驚いたが、同時にああやっぱりと納得もした。

　シーグヴァルドは誰に対しても優しく平等で、差別をしない。相手の立場をきちんと理解して、敬意を示す。憧《あこが》れの人だ。出会った頃はまだ五歳だった自分に対してもきちんと片膝をつき、利き手を取って手の甲に軽くくちづける挨拶《あいさつ》をしてくれた。王子さまだ騎士さまだと、あのときはとても興奮した。

　初恋の人になるのにさほど時間はかからず、そして彼の人となりに触れるたびに恋心を募らせていった。

　ささやかな穀物収穫高と観光くらいしか収入源のない田舎領地を治めるテッセルホルム伯爵家の家格は、伯爵位の中でもかなり低い。それでも幼い頃はもしかしたらシーグヴァルドと結婚できるのではないかと、密かに期待をしていた。それが大それた――それ以上に罪深い気持ちだったと気づかされたのは、両親が亡くなったときだった。

『あなたのことを想ってこれまで黙っていたけれど……知らないことで不幸を振りまいて誰かを傷つけてしまったらいけないと思うの。場合によっては、あなたのご両親のように死んでしまうこともあり得るわ。覚えがあるでしょう？』――亡き両親の友人である王妃テオドーラは、ユーリアに教えてくれた。あなたは呪われているのよ、と。

そんな馬鹿なことと笑い飛ばせなかったのは、心当たりがあるうえに、何よりもテオドーラを信頼していたからだ。両親亡きあと一人きりになってしまったユーリアの後見人も務めてくれた彼女は、優しく厳しく、王都から見守ってくれている。

両親の突然の事故死、一緒に遊んでいた領民の子供が野犬に襲われて怪我をしたこと、自分に幼い好意を寄せてくれた子が事故に遭《あ》ったこと――自分に関わる不幸な事件について気になり、彼女にその都度相談していたことすべてが、呪いのせいだと教えてくれた。だが理由まではわからないらしい。

どうしてそんなことがと戸惑《とまど》い悲しみ、これまで不幸にしてしまった人たちにとても申し訳ない気持ちになった。それでも教えてもらわなければよかったとは、決して思わなかった。

(知らなければ、また誰かを不幸にしてしまったかもしれないもの)

もう親しい者を絶対に作ってはいけない。だから、シーグヴァルドとの関わりも絶たなければ。

両親が亡くなってから、多忙の身なのに彼はできる限り時間を作り、ユーリアのもとを訪れてくれた。王都に帰ってもまめに手紙を送ってくれ、寂《さび》しさを癒してくれた。

（でも、もう会っては駄目。だから今日が最後）

テオドーラからの手紙を受け取った翌日が、シーグヴァルドが王都に帰る日だった。

使用人たちとともに見送るのが常だ。馬車の扉は開かれていたが、シーグヴァルドは名残惜しいのかなかなか乗り込まない。いつものことなので、御者《ぎょしゃ》は急かすことはしない。

「ユーリア、困ったことがあったらすぐに連絡をください。別に困ったことがなくても、寂しいとか辛《つら》いとか何でも構いません。一人で悩むことだけはやめてください。私はいつでも君の力になります。……ああ、心配です。いっそ私もこの地に住んだ方が……」

ユーリアの手を強く握りながら、シーグヴァルドは言う。ユーリアは感謝の笑みを返したあと、彼の手をそっと離して言った。

「これまでの数々のお気遣い、どうもありがとうございました。もう、こちらには……」

来ないでください、と言おうとした唇が、震《ふる》えてうまく動かない。シーグヴァルドが途端に心配そうに形のいい眉を寄せて、顔を覗き込んでくる。決して急かさず、続きを口にするのを待ってくれるのが嬉しい。

ユーリアは一度、小さく息を呑《の》んで気持ちを整えたあと――続けた。

「シーグヴァルドさまは、このルーストレーン王国の第二王子です。私の両親が陛下や王妃さまと仲良くさせていただいていたからこそ、私もシーグヴァルドさまに妹のように可愛がっていただきました。それがとても恐れ多いことだと、ようやく気づいたのです」

シーグヴァルドは黙っている。だが、光を含むと金にも見える美しいブラウンの瞳から感情が失われていき、やがて何を考えているのかまったく予測できないほどの無表情になった。

初めて見る顔だ。こんな顔もするのかと驚くと同時に、恐ろしかった。

「兄王子さまの助力になるよう、テオドーラさまが外国留学を準備されていると聞きました。それに、シーグヴァルドさまのためにしかるべきお相手を探されている、とも……」

「なるほど、母上が……私と君の関係に、もう黙っていられなくなったということですね」

シーグヴァルドが目を伏せて呟《つぶや》いた。鳥の羽のような睫《まつげ》が落とす影が瞳に深みを与え、それがまた彼の端整な顔を魅力的に見せる。一瞬見惚《みほ》れてしまいそうになった。

自分に呪いがかかっていることを教えてもらうと同時に、テオドーラから頼まれていた。いつまでも第二王子の気楽さに甘えてばかりいてもらっては困る、立場に相応《ふさわ》しい教養と釣り合う身分を持った令嬢を早く迎えて安心させてもらいたい、と。

その通りだと思った。だから泣きたい気持ちを堪《こら》え、もう一度言おうとする。

それよりも早く、シーグヴァルドが深く嘆息してから続けた。

「聞けない話ですね。私の妻は君と決めていますから、この関係を断ち切るつもりは一切ないのです」

（……妻……？）

一瞬、何のことを言っているのか理解できず、ユーリアも使用人たちも茫然《ぼうぜん》とシーグヴァルドを見返す。照れたのか、シーグヴァルドが少し目元を赤くした。

「本当はもっと君が喜びそうな状況や雰囲気を整えて、忘れられない求婚にするつもりで準備していたのですよ。その機会をこんなにもあっさり壊してくださった母上には、憎しみすら覚えます。まったく、ひどい人です」

いやそういうことではないだろう、と頭のどこかで呟く自分がいる。実母でありこの国の王妃である彼女が身分違いだと否定している相手を、忠告を無視して妻にするつもりなのか。

こほん、と場を取り成すように小さく咳《せき》払いし、シーグヴァルドがユーリアに一歩近づく。そしてユーリアの両手をそっと取り、包み込むように握った。掌《てのひら》や指から伝わってくる温もりに、ドキリとする。

シーグヴァルドがユーリアの瞳を覗き込んできた。優しい瞳だ。なのに奥に熱を感じる色合いが見え、息が止まりそうなほどドキドキする。

「私の妻は君以外、考えていません。もちろん、君が成人の儀を迎えるまでは待ちますし、我慢もします。君を迎えるための地盤をもう少し築いておきたいですし……ですが、君が私の婚約者であると社交界には公表しましょう。そうすれば君に手を出す者がいなくなって、私もとても安心します」

これまで夢想の中だけだったシーグヴァルドからのプロポーズが、現実に起こっている。これは夢ではないのか。自分は目を開けたまま、眠っているのか。

シーグヴァルドが右手を伸ばしてきた。その手が頬を優しく撫《な》でる。

指先が唇の端に触れた。妙にドキドキし、身体が強張《こわば》る。使用人たちも、息を呑んでやり取りを見守っていた。

シーグヴァルドが指先で下唇を柔《やわ》らかくなぞった。まるで、くちづけをするかのように。

「私の妻は君だけです。ユーリア、どうか私の妻になってください」

嬉しさのあまり勢い込んでイエスと答えようとして、ユーリアは慌《あわ》てて唇を強く引き結ぶ。そして頬に触れる手から逃れるために上体を引き、きつく眉根を寄せ、繋がれた手を振りほどいた。

「お受けできません。私はシーグヴァルドさまをお兄さまのように思っていたのに、シーグヴァルドさまは違ったなんて……ふ、不潔、です……!!」

(私を妹としてではなくレディとして見てくれていたことが、本当はとても嬉しい。シーグヴァルドさまに飛びつきたくなるほど嬉しいの)

だがこれで嫌いになってくれる。なんて図々しく身のほど知らずな娘だと、呆《あき》れてくれるはずだ。

シーグヴァルドは穏やかな笑みを浮かべたままで頷《うなず》いた。求婚を断られた衝撃も怒りも悲しみも感じられない。まるで、聞き分けのない子を宥めるような笑顔だ。

「そうですか。わかりました」

思わずほっと安堵《あんど》の息を吐いた直後、金色めいたブラウンの瞳が、射貫《いぬ》くようにユーリアを見つめ返す。

「一度退《ひ》きます。ですが必ず君にもう一度求婚しに来ます。私は諦《あきら》めませんよ。待っていてくださいね」

君とした約束を破ったことは一度としてなかったでしょう？　そう続けたシーグヴァルドの、優しいけれどもどこか狩人を思わせる瞳に――甘く心が震えた。

――ガタン、と馬車が大きく揺れ、ユーリアはハッと目を覚ました。

最近少し眠れない日が多かったため、転寝してしまったらしい。向かいに座ったナタリーが、心配そうにこちらを見ていた。初老にさしかかった瞳が、無言で大丈夫かと問いかけてくる。

ユーリアは慌てて微笑み、居住まいを正した。眠れなかった原因は、これから初めて結婚を前提とする人――パルムクランツ伯爵に会いに行くからだ。

パルムクランツ伯爵邸へ向かう馬車は、とても豪華なものだった。四頭引きで煌《きら》びやかさは極力抑えられてはいたものの、装飾の一部に金箔や精緻な彫刻などが施され、遠目から見ても財力と身分ある者が乗っていると容易《たやす》く予想できるものだった。黒を基調とした洗練されたデザインのお仕着せを着た御者も、馬車と一緒に用意されていた。

ユーリアが領主を務めるテッセルホルム伯爵領では、見ることのない類《たぐ》いの馬車だ。実際、屋敷を出てから時折すれ違う領民が驚きと興味の目を向けてくる。

小窓にはレースのカーテンが掛かり、日差しを優しく遮《さえぎ》っている。ビロード張りの座り心地のいい座席に深く腰掛け、ユーリアは大きく息を吐いて被っていた黒いベールを外した。

繊細なレースで作られたベールは、顔の上半分を隠すためのものだ。丸襟にウエスト部分がきゅっとくびれ、スカートがふんわりと広がる年頃の令嬢が好みそうなデザインではあるものの、使われている生地やボタンやリボンはすべて黒色だ。一見すると喪服に見える。

今年十八歳になったユーリアの年齢を考えれば、もっと女性らしく華やかなデザインのドレスを身に着ける令嬢がほとんどだろう。だがこの格好は、他人が不用意に自分に近づかないようにさせるための手段の一つだった。

そしてそれは、成功している。領民は領主のユーリアに対し敬意を持ってはくれるが、望み通り不必要に近づきはしない。それでいい。そうしなければ駄目だ。

（私に近づいた人は、不幸になってしまうもの……）

――不幸の始まりは十歳のとき、両親が馬車の事故で死亡したことだった。

翌年、領民ではあるが友人でもある子供たちと一緒に森で遊んでいると野犬に襲われ、子供たちが何人も怪我をした。大きな怪我はなく、日々の遊びや喧嘩《けんか》で負う程度の傷で済んだ。だが不思議なことに、犬はユーリアだけ襲わなかった。まるで誰かに命じられたように。

屋敷に迷い込んできた猫を保護し、しばらく世話をしたことで情が移って自分の飼い猫にしようとしたこともある。だが猫は目を離した隙に屋敷を抜け出したらしい。荷馬車に轢《ひ》かれて死んでしまった。

そんな小さな不運が、年に数度、起こるようになった。

ある日、屋敷に出入りする商人の息子から、好意を寄せられた。彼の好意はありがたかったが受け入れるつもりはなかった。ならば友人として、という言葉に頷いた。その帰り道、彼の荷馬車はぬかるみに車輪を取られて横転した。彼は軽傷ではあったが怪我をした。

何だか嫌な予感がした。自分に関わった者が――特に好意を寄せてくれたり親しくしてくれたりした者が、不幸に見舞われている。偶然だと言われればそれまでだ。だが、自分の見えないところで、何か大きな力が動いているような気がした。

うまく言い表せないがじわじわと心に浸透していく不安を拭うため、テオドーラに相談の手紙を送った。そしてその返信が、ユーリアに呪いがかかっているというものだった。

『あなたのお母さま――マティルダが亡くなったことで、あなたへの守りが喪《うしな》われてしまったのだわ。これからあなたは様々な不幸を引き寄せることになる。特にあなたと親しい者には注意して。あなたが引き寄せてしまった不幸は、生死にかかわることもあるわ。あなたのご両親のように……あなたへの愛情が深ければ深いほど、命を奪いかねない不幸がやってくるのよ』

不安が確信に変わったあと、ユーリアは領民に親しみやすさを見せず、自分に不必要に近づけないようにした。

幼い頃から跡取り令嬢として見守ってくれていた彼らは、屋敷に引きこもり、必要最低限しか自分たちの前に姿を見せないユーリアを心配してくれた。見回りのために外に出れば、以前と変わらず敬愛を込めて挨拶をし、話しかけてもくれる。

彼らの気持ちはとても嬉しかったが、自分に近づいてはいけないと無言の主張をするため、喪服のような黒いドレスを纏《まと》い、ベールで顔を隠し、話す必要があれば感情を殺した冷たい声を作った。

彼らはユーリアの変化を心配しながらも、だんだん距離を置くようになった。屋敷で働く使用人たちも、必要以上に関わりを持たなくなった。

望んでしたことなのに寂しくてたまらなくなり、ベッドの中で泣いたこともあった。

そんなときはシーグヴァルドとの大切な思い出を心に浮かべ、あるいは宝箱の中に大切にしまっていたる彼との思い出の品々を眺めて心を慰め、誰かが自分のせいで不幸になるよりはずっといいと言い聞かせた。

シーグヴァルドはテッセルホルム伯爵領を訪れるたびに必ず遊んでくれた五つ年上の――優しくて頼りがいがあり、理想の王子様そのもののような人だった。ルーストレーン王国の第二王子で物腰柔らかく、いつも見惚れてしまう優しい笑顔を浮かべる人だ。

母が国王夫妻の友人だったことを知るのはもっとずっとあとのことだったが、当時はそんな身分差など理解できず、彼と遊ぶのをとても楽しみにしていた。

当時の国王オズヴァルドは、シーグヴァルドを連れ、なぜか定期的にテッセルホルム領に視察に訪れていた。だが国王が王都に戻ってもシーグヴァルドはいつも数日は留まってくれ、ピクニックや遠乗り、お人形遊びにもつき合ってくれた。

六年前に前国王が病死し、シーグヴァルドの兄であるヴィルヘルムが即位した。シーグヴァルトは現王妃リースベットに王子が生まれると同時に王位継承権を放棄し、跡継ぎのいなかったファーンクヴィスト公爵家の養子になった。

彼の優しさは出会った頃から変わらず、両親が亡《かな》くなってからはそれまで以上に気遣ってくれた。時間を見つけてはこちらに足を運び、哀しみを紛らわせてくれた。

テオドーラは成人し領主となるまで後見人になってくれたが、立場上、実際に会うのは年に一度あるかないかだった。自分の代わりにとナタリーを傍《そば》につけてくれ、領主としての教育係、補佐役などもつけてくれたが、彼女たちはユーリアにとって使用人以上にはならなかった。どこか一線を引かれていたことが、感じられたからかもしれない。あの時期シーグヴァルドがいてくれなかったら、哀しみに暮れるだけの日々を過ごしていただろう。

だが、呪われていると知ってからは、彼の訪問を断るようになった。シーグヴァルドの外国留学が決まったのを機に、疎遠になるように努めた。

毎日のように届く気遣いや心配の手紙の返事の間隔を空《あ》け、誕生日などに贈られる贈り物などには、礼とともにもう贈ってこないように返信した。訪問したいと予定を尋ねられても、適当な理由をつけて断り続けた。

徐々にシーグヴァルドからの便りは減り、今では時節の挨拶しか来なくなった。とても切なかったが、自分のせいで彼に何か不幸が訪れるよりはずっとよかった。

パルムクランツ伯爵を紹介してくれたのは、テオドーラだった。いつまでも独り身でいてはいけないと心配し、ユーリアの呪いのことを理解してくれる人を探してくれた。

今、ユーリアは十八歳だ。貴族令嬢のほとんどは結婚しているか婚約して結婚待ちかのどちらかだ。

爵位を継いだときには先を競うように見合い話がやってきた。呪われた娘でもいいかと正直に伝えると、求婚してくる者は二度と現れなかった。パルムクランツ伯爵は呪いについて納得しているという。

持て余すほどの財を持ち、呪いがかかった娘を受け入れるだけの器の大きさもある。あと数年ほどで息絶えてしまいそうなほどの高齢でありながら、未だ若い愛人を何人も傍に侍らせているということを除けば、文句もつけようのない人だ。

女好きゆえの縁談だとわかっていても、ユーリアに他に選択肢はない。このまま跡継ぎが生まれなければ領地は王国管理となり、新たな領主が生まれる。

先祖代々、領民とともに長く守り続けてきた土地を自分の代で手放さなければならないのは、亡き両親たちに申し訳なかった。だから、彼の妻になると決めた。

なのにまだ、シーグヴァルドへの想いを断ち切れていないらしい。テオドーラに求婚を受け入れると返事をしてから、毎晩のように彼との思い出を夢に見た。目覚めるといつも胸が痛いのに、夢の中だけでもまた彼と会えることが嬉しかった。

茶系寄りの濃い金髪と、金色寄りのブラウンの瞳。人好きのする優しく柔らかな微笑をいつも浮かべている形のいい唇。成長期にぐんぐん背が伸び、護身術などを身に着けるために日頃から鍛えている身体は無駄な筋肉がついておらずすらりとして、最後に会ったときには頭一つ分以上、自分よりも高くなっていた。

背筋がピンと伸びた綺麗《きれい》な後ろ姿に、幼い頃から何度も見惚れた。すると視線に気づいた彼が肩越しに振り返り、どうかしたかと心配そうに呼びかけてくれる。頬を赤くしながら何でもないと言ってもすぐには信用せず、必ず目の前までやってくる。わざわざ身を屈《かが》め、目線の位置を同じにしてじっとユーリアを見返してくるから、余計に気恥ずかしくてぎこちなくなる。

どうしてそんなにじっと見つめるのかと問えば、シーグヴァルド曰《いわ》く、目は口ほどにものを言うかららしい。悪人かそうでないかは、目を見ると大抵わかると彼は言う。幼い頃はその能力を凄いと純粋に尊敬した。

第二王子としての立場や生活は、こんな田舎では想像もつかないほどに大変で、心安らぐ時間が少ないのだろう。身分の高い者たちには利権目当ての者たちが群がると、領主としての経験を積めば積むほど実感した。

『ここでは年相応の子供でいていいと皆が言ってくれているように思えて、ホッとします。君に、いろいろな遊びを教えてもらえて嬉しいです。おままごとの楽しさを知っている王子は、多分私くらいです。母上はいい顔をしませんがね』――出会ったときから年齢以上に大人びていた口調と態度はそのためだろう。

テオドーラが二人の王子に非常に厳しい教育を施していることは、彼の態度や言動から子供心にも想像ができた。両親もその辺りは感じるものがあったのだろう。滞在の間は彼を自分の子供のように扱《あつか》っていた。

王都の珍しい土産を両手に抱えきれないほど持ってくるシーグヴァルドの来訪を、いつしか心待ちにするようになった。領地の女子たちも、彼が来るとこぞって屋敷に遊びに来た。誰にでも優しく接する彼が人気者になるのは当然のことで、彼の取り合いになる場面もあった。

幼い独占欲が強烈に刺激され、彼女たちに「シーグヴァルドさまは私のものなんだから‼」と怒鳴ってしまったこともあった。シーグヴァルドにもずいぶん驚かれ、何だかひどく後味が悪い嫌な気持ちに苛《さいな》まれた。それが嫉妬だったと気づくのは、数年後だったが。

シーグヴァルドは自室のベッドの中に身を隠したユーリアのもとを訪れ、優しい声で慰めてくれた。いつもの彼の優しさがそのときはひどく腹立たしく、けれどどうしてそう思うのかがわからず、癇癪《かんしゃく》を起こしたように泣いてしまった。

シーグヴァルドはユーリアを優しく抱き締め、髪を撫でながら耳元で言ってくれた。

『私はユーリアのものです。君にだけこの命と、身体と、愛を捧げます。私を独占し、私のすべてを好きなように扱うことができるのは君だけです。だから安心してください』

言葉の意味はよくわからなかったが彼のすべてが自分のものだと言ってもらえたことが嬉しくて一気に機嫌が直り、彼に苦笑されてしまった。

最後に会ったのは、もう何年も前だ。今の彼は思い出の中の彼よりももっと凛々《りり》しく、清廉な青年になっているだろう。そして次に彼と会うときには、もうパルムクランツ伯爵夫人になっているはずだ。

（そう。もう昔のような関係では、なくなっているわ……）

――直後、馬車が急停止した。

大きな揺れがユーリアたちを座席から振り落とす。前のめりに床に顔を打ちつけそうになったナタリーを反射的に抱き支え、膝をつく。床板に打ちつけた膝の痛みに低く呻《うめ》いた。

「ナタリー、大丈夫⁉」

「は、はい、お嬢さま……お嬢さまの方は……！」

「私は大丈夫よ。何が起こったの⁉」

車内から大声で御者に問いかける。だが返ってきたのは彼の悲鳴だった。

すぐさま扉に鍵をかけ、カーテンを軽くめくって外の様子を窺う。そして一瞬で状況を悟った。

薄汚い平民服を着崩したガラの悪い男たちが数人、それぞれ剣を持って馬車を取り囲んでいる。御者の姿は見えないが、血に濡れている剣があった。

馬は嘶《いなな》いているが、馬車は揺れていない。おそらく脚を傷つけられて動けないのだろう。

「おー、これは期待できそうだなー！　この辺で張っておきゃいいもん手に入るって話、ほんとだったんだな！　あのババア、嘘は言っちゃいなかったってことだ」

「中にいるのが好みの女だったらもっといいんだけどな。美人さんが入ってますようにー」

そんなとんでもないことを口にしながら、男たちが馬車の扉に手を掛けようとする。

鍵はかけたが、気休めでしかない。あっという間に扉は壊され引きずり出されてしまうだろう。ナタリーだけでも無事に逃がさなければ。

ナタリーが青ざめた顔でこちらを見上げる。その唇が震え、声にならない言葉を零した。

『お嬢さまと一緒にいたからこんなことに……』――そう言っているとわかった。

（ごめんなさい。私と一緒にいたから、こんな不幸な目に遭うのよね。それなのにあなたは昔と変わらず私に仕えてくれている……）

ユーリアはきゅっと唇を強く引き結んだ。己を叱咤《しった》して震えを抑え込み、扉に開ける。ベールを忘れたことに気づいたが構わず、スカートを摘《つま》んで傲然《ごうぜん》とした態度を装いながら馬車から降りる。ユーリアの態度に一瞬気圧された男たちが、しかし次の瞬間には下卑《げび》た笑みを浮かべた。

軽く口笛を吹いた男が言う。

「こいつぁ、上玉だ。順番は、あとでカードで決めようぜ」

「いかさますんなよ⁉　初めては一度きりしかねぇんだからな⁉」

恐怖を必死で抑え込み、勝手なことを言う男たちをユーリアは睥睨《へいげい》した。

「あなたたち、私に手を出したことを後悔しても遅いわよ」

男たちが訝《いぶか》しげに眉根を寄せた。とはいえ小娘の戯言《ざれごと》だと思っていることは、緩んだ口元から容易くわかる。

「そんな脅《おど》しが利くと思ってるところも可愛《かわい》いなぁ。たっぷり調教して、自分から男を欲しがるようにしてやるよ」

吐き気のするような言葉に震えそうになるが、ユーリアは彼らを強く見据《みす》えて続けた。

「私はユーリア・テッセルホルムよ。テッセルホルム領主は呪われ令嬢だと聞いたことはないかしら？　私に関わると、その者に必ず不幸が訪れると……」

「――ああ、こんなふうにですね」

新たな声が投げかけられた。そしてユーリアの目の前の男の頭に、回し蹴りが打ち込まれた。

こめかみに強烈な一撃を食らい、男が声もなく横に蹴り飛ばされる。何が起こったのかわからず、ユーリアは大きく目を見開いた。突然の攻撃に男も状況を理解できないまま、白目を剝《む》いて失神する。

黒い長靴に包まれた長い足を地に下ろした青年が、ユーリアに向かって優しく微笑んだ。見惚れるほど甘やかな微笑に、男を蹴り飛ばした罪悪感は一切見えない。

「大丈夫ですか、ユーリア。少し待っていてくださいね。君を穢《けが》そうとしたこの男たちを、完膚《かんぷ》なきまでに叩きのめしますから」

優しい笑顔を浮かべているのに、形のいい薄い唇から零れる言葉はとても過激だ。だがすぐにその意味を理解できないのは、物腰柔らかく温かみのある声だからだろう。

茶色にも見える濃い金髪は清潔感ある髪型に整えられていて、少し襟足が長い。光を受けると金茶色に見えるブラウンの目は優しく細められてこちらを見つめている。

すっ、と伸びた長身は、ユーリアよりも頭一つと少し高い。こちらが見上げるか彼が身を屈めてくれないと、目線を合わせることができなさそうだ。だが威圧感を感じないのは、均整の取れたすらりとした体躯《たいく》と柔らかな笑顔のためだろう。

華美ではない濃紺の立て襟のジャケットと黒のパンツがよく似合っている。整った顔立ちは最後に見たときよりももっと精悍《せいかん》になっていて魅力的で、息が止まりそうだ。そして危うく泣きそうにもなった。

（シーグヴァルドさま……間違いないわ、シーグヴァルドさまだわ……!!）

突然の再会に何も言えずにいると、別の男が背後からシーグヴァルドの後頭部に向かって剣を振り下ろそうとしているのが見えた。ユーリアは真っ青になって叫ぶ。

「危ない、後ろ……!!」

肩越しにちらりと背後を見やったシーグヴァルドは、振り返りざま男の顎《あご》に掌底《しょうてい》を打ち込んだ。がはっ、と醜《みにく》い叫びを上げて、男が仰向《あおむ》けに倒れ込む。

間髪容《かんはつい》れず、彼は男の鳩尾《みぞおち》に長靴の踵《かかと》を打ち込んだ。

「何て野蛮な男でしょう。私は今、彼女と話している最中です。邪魔をする権利は誰にもありません。しばらくそこでおとなしくしていてください」

「何だ！　てめぇは!!」

仲間を突然二人も倒されて殺気立った男たちが、一斉にシーグヴァルドに襲いかかる。一人で対応できる人数ではないとユーリアは反射的に彼の腕を摑み、自分の背中の後ろに隠した。

シーグヴァルドが驚きに目を瞠《みは》り、そしてすぐに嬉しそうに小さく笑った。

「……君は本当に……昔から何も変わっていませんね」

シーグヴァルドが片腕でユーリアを抱き締め、目の前に迫った男の剣を持つ手首に手刀を打ち込んだ。男の手から離れた剣を受け止め、利き腕を切りつける。濃い血の色と匂いが空間に広がり、男が傷を押さえて蹲《うずくま》った。

残りは一人だ。分《ぶ》が悪いと悟り、一気に身を翻《ひるがえ》して逃げ出そうとする。シーグヴァルドはユーリアから手を離すと疾風《しっぷう》のごとく男に走り寄り、汚れた上着の襟首を摑んで近くの大木に叩きつけた。

背中と後頭部を強打して、男が一瞬意識を失う。そのまま木の根本にずるずると崩れ落ちる。

シーグヴァルドは男を冷ややかに見下ろしながら、ジャケットの内側に利き手を差し入れた。次の瞬間に現れたのは、短銃だ。

「君は先ほど、私のユーリアにとんでもなく汚らわしい言葉を投げつけて、彼女の耳と心を穢しました。重罪です。死をもって償いなさい」

まさか、とユーリアは慌ててシーグヴァルドを止めようと背中に飛びつく。一瞬早く短銃が火を噴いた。

数発の銃声が周囲に響き渡る。本当に殺してしまったのかと青ざめ、恐る恐るシーグヴァルドの背中から覗き見れば——男の頭に弾道による線状の禿《は》げができていた。銃弾は男の後ろの木の幹に撃ち込まれ、男は白目を剥いて失神している。

ユーリアは安堵の息を吐きながら、ついにへなへなと座り込んでしまう。シーグヴァルドが抱き支えてくれた。

直後、物陰から新たに二人の青年が姿を現した。シーグヴァルドの無事を問いかける緊張した声は、すぐにどこか呆れたものへと変わった。

「ご無事で何よりです、シーグヴァルドさま。ですがやり過ぎです」

「そんなことはありませんよ、メルケル。この男たちは私のユーリアを醜い男の欲望で穢そうとしたのです。万死に値します。いえ、命程度で償える罪ではありません」

黒髪の青年——メルケルはやれやれと肩を竦めたあと、もう一人の青年とともに戦闘不能状態に陥《おちい》った男たちを、用意していたらしい荒縄で手早く縛り上げた。そして倒れた御者に応急手当てを施す。

まだ状況が完全に理解できず、ユーリアはシーグヴァルドの腕の中で茫然としている。彼の大きな手が、ユーリアの髪から頬を撫でた。

「もう大丈夫ですよ、ユーリア。怖かったでしょう。それなのによく頑張りましたね」

瞠った瞳のまま答えられずにいると、シーグヴァルドがブラウンの瞳を曇らせた。

「私のことを、もう忘れてしまいましたか？　君だけの、シーグヴァルドですよ。実際に会うのは何年ぶりでしょうか……目にするたびに綺麗になっているとは思っていましたが、こうして真正面から向かい合うとまったく違いますね。まるで王都にある大聖堂の女神像のような清らかな美しさがたまりません……！　いえ、女神像も君の愛らしさと汚れなき美しさを前にしたら、跪《ひざまず》かずにはいられませんね」

とんでもなく不敬でよくわからないことを当然のように言うシーグヴァルドに、ユーリアはまだ信じられない声音で呼びかけた。

「……本当に、シーグヴァルドさま……なのですね……？」

背後で馬車の扉が開く音がする。恐る恐る出てきたナタリーが小さく驚きの悲鳴を上げ、慌てて膝をつき礼をした。

ナタリーの挨拶には目も向けず、眩《まぶ》しげに目を細めてユーリアの頬を愛《いと》おしげに撫でながら、シーグヴァルドは言う。

「ええ、そうです。君のシーグヴァルドです」

（温かい……それに、大きくてすごく安心する手……）

以前触れてもらえたのはいつだったか。すぐには思い出せない。だが、記憶の中のそれよりも骨ばって硬い指先から与えられる温もりは、何も変わらなかった。

久しぶりに会えた歓びを口にしようとし、ユーリアはハッと我に返った。

「駄目、私に触らないで！　離れてください!!」

叫ぶと同時に、シーグヴァルドの胸を両手で強く押しのける。シーグヴァルドはもちろんのこと、彼の従者たちも驚きの顔を向けた。

こんなに密着して、大丈夫だろうか。不幸が彼に降りかかるかもしれない。そう思うと身が震える。

「お願いです、シーグヴァルドさま！　早く私から離れて！　触らないで……っ!!」

「こんなに怯《おび》えているのに離せません。もう大丈夫です。私が君を守ります」

襲われた恐怖による恐慌状態とでも思ったのか、シーグヴァルトは蕩《とろ》けそうなほど優しい声で言いながら、ユーリアを深く包み込む。広く頼りがいのある胸と腕、爽やかな森の香りを連想させるフレグランスの匂いと温もりに身を委ねたくなるが、ユーリアは身を捩《よじ》って抜け出そうとした。

だが抱擁《ほうよう》する力が強くなるだけだ。このままでは駄目だと、さらに言い連ねようとした唇に、突然、柔らかく温かいものが押しつけられた。

（え……っ？）

触れるだけの、一瞬のくちづけだ。驚いて目を見開いた直後、首筋にとん……っ、とシーグヴァルドの手刀が打ち込まれる。

視界が一気に霞《かす》み、意識が遠のき始める。それでも何とか離れようと足に力を入れるが、叶わない。そのまま彼の両腕に抱き留められてしまう。

「……駄、目……不幸が、シーグヴァルドさま、に……離れ、て……」

「離しません。ようやく君に触れられたのです。もう我慢しませんよ」

シーグヴァルドが軽々とユーリアを抱き上げた。ナタリーが慌てて走り寄ってくる。

「ユ、ユーリアさまをどうされるおつもりなのですか⁉」

「ひとまず私の屋敷に連れていきます」

シーグヴァルドが歩き出す。沈んでいく意識の中、その揺れもゆりかごのように心地いいから不思議だ。知らず彼の胸に頭をもたせかけてしまう。

気づいたシーグヴァルドが頭を下げ、ユーリアの頭に優しく――愛おしげに頰ずりした。

ナタリーが慌ててついてこようとする。それをシーグヴァルドが冷たい声音で止めた。

「あなたは来る必要がありません。彼女のことは、今はすべて私に。これは母上の意向でもあります」

なぜここで、テオドーラのことが出てくるのだろう。だがもう、何も考えられない。

意識が完全に途絶えるとき、シーグヴァルドの唇が額に優しいくちづけを与えるのを感じた。

【第二章　甘くて心地よい翻弄】

意識がゆっくりと浮上し、ユーリアは瞳を開いた。見慣れない天蓋《てんがい》と薄い白紗が下りたベッドの様子をぼんやりと見回す。

繊細な白糸刺繍《ししゅう》が施された清潔なシーツや寝具はとても肌触りがよく、枕元に用意されたサシェからふんわりと花の香りがした。とても居心地のいいベッドだが、自分のものではない。ここはどこだろう。

まだ意識がはっきりしない。身を起こそうとして全裸だと気づき、大きく目を瞠《みは》る。

（……待って、待ってちょうだい……。見知らぬ寝室で、なぜ私は裸で寝ていたの……？）

必死で記憶を探る。思い出したのは、ならず者たちに襲われたときのことだ。

あの馬車のせいで、金目当ての暴漢に狙われたのだろう。だがまるで予見したかのようにシーグヴァルドが現れてならず者を倒し、メルケルたちが取り押さえてくれた。

数年ぶりに再会したシーグヴァルドは、あんな状況だったにもかかわらず一瞬見惚《みほ》れてしまうほど凛々《りり》しく、頼もしくなっていた。思い出すだけで頬に熱が生まれる。

第二王子として、護身術を身に着けていることは知っていた。だが幼い頃に見せてもらった体術とは違い、あれはもっと実践的なものだった。剣だけでなく短銃も身体の一部のように扱《あつか》っていた。まるで——荒事に慣れているように見えた。

自分を抱き寄せて守ってくれた腕の力強さと温もりを思い出すと、何だかとても気恥ずかしくなってくる。だがすぐ我に返り、青ざめた。

取り乱した気持ちを落ち着かせるために、軽くとはいえくちづけられた。そんなことをしたら、シーグヴァルドが不幸な目に遭《あ》ってしまう。あとから不幸に見舞われることもあったのだ。早く、彼の無事を確認しなければ。

逸《はや》る気持ちのまま掛け布で胸元を隠して身を起こす。直後、すぐ傍《そば》でシーグヴァルドの穏やかな声が上がった。

「まだ眠っていても大丈夫ですよ」

ユーリアは新たな驚きに目を剝《む》く。次に壊れた機械仕掛け人形のようにぎこちない動きで、隣を見やる。そこに、自分の右腕で枕を作って横たわっているシーグヴァルドがいた。

ただ横たわっているわけではない。同じ掛け布を使用していたようで、先ほど引き寄せたせいか、彼の上半身が露《あらわ》になっている。それなりに鍛えているとわかる引き締まった上半身を目の当たりにし、ユーリアは息を詰めた。

硬直したユーリアの頰に、シーグヴァルドが左手でそっと触れた。頰を撫《な》でたあと顎《あご》へ移り、次に喉を撫で下りていく。

硝子《ガラス》面をなぞるような動きに、肌がざわついた。逃げ出したいような、もっと触れて欲しいような――何とも言いようのない気持ちになる。

シーグヴァルドの指が鎖骨の窪みを撫でた。形のいい唇に優しい笑みが浮かぶ。その表情の裏にどこか獰猛《どうもう》さを感じ、ドキリとする。

「私の好きに触れられていていいのですか。嫌がらないのならばもっと……触れてしまいますよ。私は君に触れたくて触れたくて……たまらないのですから……」

指先が胸の谷間に潜《もぐ》り込もうとする。

膨《ふく》らみの始まりに硬い指先を感じてようやく我に返り、ユーリアは真っ赤になって慌《あわ》てて飛び離れようとした。だがそれよりも早くシーグヴァルドが腕を摑んで引き寄せる。強い力に抵抗できず、前のめりに倒れ込み――抱き締められた。

驚いて顔を上げると、項《うなじ》に彼の端整な顔が埋められた。唇が首筋に押しつけられ、軽く啄《ついば》まれる。それだけに止《とど》まらず耳下に軽くくちづけてから再び項に顔を埋め、深く息を吸い込んだ。

「……ああ……とてもいい匂いです。興奮します……全身の血が沸騰するような、今すぐ君をめちゃくちゃにしたいほどの強い欲求が、私の心をかき乱します……」

とんでもないことを、とても響きのいい声で言う。衝撃と驚愕に絶句すると、シーグヴァルドはユーリアを深く抱き締めながら背中を撫でた。

「もちろん、君の許しを得ることなくそんなことはしません。ですがほんの少しだけ、許しをください。君に触れてしまったことで今、私の心と身体は滾《たぎ》り、欲望が荒れ狂っています。少し宥《なだ》めないと……君とまともに話もできません……」

シーグヴァルドが体内の熱を吐き出すように、深く息を吐く。抱き締める腕に力がこもり、彼が言葉通り欲望を抑えてくれていることが否応なく感じ取れた。

「私の身体をこんなふうに熱くさせるのは、君だけですよ……」

腰まで撫で下りた手が、今度は背骨の形を指先でなぞりながらゆっくりと上がってくる。首の後ろを指先で戯《たわむ》れるように擽《くすぐ》られ、自分でも驚くほどビクビクと震《ふる》えてしまった。

あまりにも直接的で同時にひどく情熱的な求めに、心が喜びに震える。

呪いのことがあるとはいえずっと冷たく突き放し続けていたのに、まだ求められることが嬉しい。シーグヴァルドが欲しいと言ってくれるのならば捧げたいと、素直に思ってしまう。

（いいえ、駄目よ！　私のせいでシーグヴァルドさまが……死、死んだりしたら……！）

真っ赤になって打ち震えながらもユーリアは身を捩《よじ》り、必死に抱擁《ほうよう》から逃れようとした。

だが、大して力を入れているようには思えないのに、敵《かな》わない。いったいどういうことだと困惑《こんわく》しながら言う。

「……だ、駄目です。これ以上触っては……駄目……！」

「駄目、ですか。ですが嫌ではないのですね」

言い方を間違えた。嫌だと言えばよかった。

本音を見抜かれたような気がして、思わず抵抗の力が弱まってしまう。シーグヴァルドは嬉しそうに笑い、ユーリアの胸の谷間に顔を埋めた。

驚きに息を呑《の》んで身を強張らせる。シーグヴァルドはユーリアの匂いを堪能するかのように何度か深く息を吸い込んだあと、肌に強く吸いついた。

「……あ……っ！」

ちりっ、とした痛みはさほどのものでもない。だが素肌に彼の唇が触れた官能的な刺激に心と身体が驚いて、軽く仰《の》け反《ぞ》ってしまう。シーグヴァルドは離さないとでも言うようにきつく抱き締めながらさらに強く吸いついた。

ちゅ……っ、と軽く音をさせて唇を離し、シーグヴァルドは満足げに息を吐く。不思議な心地よさに瞳を淡く潤ませて胸元を見下ろせば、肌に赤い印がくっきりと刻まれていた。

「君の肌は白く清らかに澄んでいるから、痕《あと》がすぐついてしまいますね。ですがおかげで落ち着きました。ありがとうございます、ユーリア。愛しています」

愛おしげにくちづけの痕をひと舐《な》めされ、声にならない悲鳴を上げて飛び離れる。抱擁の力は弱まっていて、今度は容易《たやす》くベッドの端まで逃げられた。

掛け布を引きずってしまい、シーグヴァルドの全身が露になる。彼は全裸ではなく下肢は寝間着を身に着けていて、ホッとした。けれど安心はできない。

あの身体に、抱かれたのだろうか。記憶はまったくない。だが嫌悪感もなかった。

（私、シーグヴァルドさまに抱かれた、の……？）

嬉しくて、ドキドキして、けれど同じほどに怖い。

「君の美しい身体をもう少し見ていたいのですが、風邪をひいてはいけませんね。ドレスを用意させます。着替えたら食事にしましょう」

「……あ、の……シーグヴァルド、さま……っ」

ベッドを下りたシーグヴァルドがサイドテーブルの上にある呼び鈴を持ち上げようとして、やめる。一瞬後にはもう傍に身を寄せられて、心配そうに顔を覗き込まれていた。素早い。

「どうしました。どこか不調が……？」

問いかけながら何かに気づいたらしく、シーグヴァルドはブラウンの瞳を軽く瞠《みは》った。

美しい瞳の奥に底冷えする怒りの炎が見えたと思った直後、彼の形のいい唇が柔《やわ》らかい弧を描いた。優しく穏やかな笑みなのに、ヒッ、と妙な悲鳴を上げてしまいそうなほど恐ろしい。

「君に怪我がないことは私自身がきちんと確認して安心しましたが、心の傷を失念していました。気づかずにすみません。すぐにでもあのならず者たちの首を切り落としてきます。少し待っていてください」

笑顔で言うことではないと、ユーリアは真っ青になって首を横に振る。あのとき迷わず短銃を発砲した彼を思い出した。

「だ、大丈夫です!! そういう不調はありませんから!!」

「よかった! では何でしょう?」

「……わ、私たち……その……一線を越えてしまったのでしょうか……」

シーグヴァルドが笑みを滑り落とす。ユーリアは胸を隠す掛け布を強く握り締めて続けた。

「申し訳ございません。お、覚えていないのです。私とこんな親密な関係になってしまったら、最悪の場合……い、命を落とすことになるかもしれません……!!」

大好きで大切な人だからこそそんなことにならないよう、差し伸べられた手を拒んだのに。身体が小さく震え始めた。俯《うつむ》いて祈るように答えを待っていると、シーグヴァルドが嘆息した。

「私と君が深い仲になったら、私が死ぬのですか?」

頷《うなず》くと、シーグヴァルドが微苦笑した。そしてユーリアの顎に指を絡めて上向かせると、もう少しで唇が触れ合いそうなほど近くに顔を寄せてくる。

「愛らしくも私の劣情を煽《あお》るこの唇は、とんでもなく愚かなことを言いますね。お仕置きのためにも、君が失神するほど深いくちづけをしましょうか」

顔を赤くすることもできず、ユーリアは必死の表情でシーグヴァルドを見返す。

「どうか本当のことを教えてください。私たちの間には、何もありませんでしたか……？」

「……残念ながら、君が恐れるようなことは何もありませんでした。私は君を深く愛していますが、眠っている君の身体を弄《もてあそ》ぶ外道ではありません。その代わり、私の記憶に君の美しい裸体を焼き付けさせていただきましたが。ああ、それと、今の君の柔らかさと温もりもしっかり覚えさせてもらいました。昔よりも抱き心地がよくなっていますね」

（よかった……！　これでシーグヴァルドさまに最悪の不幸は降りかからない……!!）

とんでもないことを爽やかな笑顔と声で言われるが、今はとにかく安堵《あんど》感の方が強い。そのせいか一瞬視界がぶれた。ふらついて前に倒れそうになると、シーグヴァルドが抱き留《と》めてくれた。

青年らしい固い胸の感触を頬で感じ取り、慌てて離れる。シーグヴァルドが名残惜しげな表情で、サイドテーブルに置かれた呼び鈴を鳴らした。

すぐに三人の使用人がやってきた。揃いのお仕着せ姿だ。一人はシーグヴァルドの着替えを持っていて、その場で身支度を手伝い始める。一方、ユーリアには使用人が二人つき、隣室へ連れていかれた。

掛け布を身体に巻き付けたままでついていけば、そこはクローゼットルームだった。寝室と同じほどの広さで、壁一面に棚が据え付けられている。

棚の中にはドレス、靴、アクセサリー、帽子や手袋などの小物が綺麗《きれい》に並べられていて、量の多さに圧倒されてしまう。

「それはすべて君のものです。サイズは大丈夫だと思いますが、少しでも違和感を覚えたら遠慮なく教えてください。作り直させます」

驚いて振り返ると、上着を着させられながらシーグヴァルドは当然だと頷いた。

「君に似合いそうなものをいろいろと用意していました。この部屋を徐々に埋めていくのはとても楽しかったです」

一生着替えに困らないほどの量だ。年頃の乙女心が弾んでしまいそうになる。だが、いろいろと用意していたとはどういうことだろう。前から準備していたということなのだろうか。

(私のサイズをどうやって知って……いいえ！　いつもの黒いドレスで充分だわ！)

「お気遣いをありがとうございます。ですが必要ありません。私のドレスを返していただけませんか」

「あの喪服のような黒いドレスをですか？」

頷くと、シーグヴァルドは申し訳なさげに表情を曇らせた。

「すみません……あのドレスはもう処分してしまったのです」

「……しょ、処分……？」

「はい。君の健康的で滑《なめ》らかな白い肌に黒のドレスも非常に蠱惑《こわく》的で素敵だとは思いますが、もっと似合う色があります。私としては薄紫色や薄紅色がとてもよく似合うと思います。

……いえ、やはり無垢《むく》な白がいいでしょうか……」

自分の顎先を指で摘《つま》み、真剣な表情でユーリアをじっと見つめながらシーグヴァルドは言う。まるでこの世の終わりを回避するための方法でも思案しているかのような真剣さだ。

シーグヴァルドが提案したのはユーリアの好きな色だったが、首を横に振る。

「私は黒いドレスが好きです。アクセサリーは着けません。小物は黒のベールを……」

「私には君がわざとそう言っているように見えます。これまで君は黒色が好きなどと口にしたこともなかったでしょう」

声が近い。驚いて顔を上げれば、もう身なりを整えたシーグヴァルドが目の前にいて、優しい瞳で見下ろしていた。

「い、今の私は黒色が好きで」

シーグヴァルドが右の人差し指でユーリアの唇をそっと押さえた。ドキリとして押し黙ると、彼は柔らかな笑顔で続ける。

「まずは着替えましょう。いつまでもそんな魅力的な姿でいると、またベッドに戻しますよ。そのあとは私に何をされるのか……わかりますね？　私が必死で理性を保っているということを、君はもう少し理解してください」

唇を離れた指が首筋をなぞり下り、剝き出しの肩を撫でた。ユーリアは慌てて離れながら言った。

「ド、ドレスをお借りします……‼」

「はい、好きなものをどうぞ。君のドレス姿を楽しみにしています」

ブラウンの瞳にドキリとしてしまうほどの甘さが滲《にじ》み、ユーリアは焦《あせ》って背を向けた。

使用人たちがシーグヴァルドに一礼してからクローゼットルームの扉を閉める。彼の視線が遮られ、思わずほっと息を吐いてしまった。

あのまま一緒にいたら、シーグヴァルドのきわどくも優しい言葉に身を委ねてしまっていたような気がする。

（それは駄目……絶対に駄目……！）

「さあユーリアさま、どのドレスにいたしますか？　わたくしどもは、こちらとこちら……こちらもお似合いかと思うのですが」

使用人たちがユーリアに似合いそうなドレスをあれこれと持ってきてくれる。ユーリアは近くの椅子に腰掛け、身に着けるものを選別していった。久しぶりに心が浮き立ってしまった。

ユーリアが選んだのは薄紫色のドレスだ。使用人たちによってアクセサリーを着けられ、髪も整えられる。鏡に映る普通の貴族令嬢の姿に多少の違和感を覚え、居心地が悪い。使用人たちはとても綺麗だと褒めてくれたが、シーグヴァルドはどう思うだろうか。

身支度の間に、ここがテッセルホルム領地内にある屋敷だと教えてもらった。領主としてこの屋敷の保有者名を知ってはいたが、それはシーグヴァルドの部下の名だという。ユーリアが突き放したあとも彼は定期的にこの屋敷を訪れ、何かあればすぐに力になれるよう、見守ってくれていたということだ。

まったく気づかなかったことがとても申し訳なく、狼狽《うろた》えてしまう。気づかれないようにしていたらしいが、それだけシーグヴァルドはユーリアのことを大切にし続けているのだと、使用人たちは教えてくれた。とても嬉しかったが気持ちに応えられないことが辛かった。

食事が用意されているとのことで、食堂に案内してもらう。毛足の長い絨毯《じゅうたん》が敷かれた廊下を歩きながら窓の外を見る。太陽の位置を確認すると、どうやらまだ昼前のようだった。

パルムクランツ伯爵の招待は晩餐《ばんさん》だったため、自邸を出たのは午後だ。半日ほど眠っていたのか。

食堂に入ると、シーグヴァルドが待っていた。焼きたてのパンのいい匂いを吸い込むと、急に空腹感がやってきた。

晩餐用の長方形の距離を感じるテーブルではなく、丸テーブルに案内される。新鮮なミルクとサラダ、卵、ベーコンやハム、フルーツなど、豪華な朝食が用意されていた。

使用人が引いてくれた椅子に座ると、シーグヴァルドがパンと料理を取り分けてくれた。

「たくさん食べてください。昨夜は食事ができなかったから空腹でしょう」

「……あ、ありがとうございます……」

「そのドレス、とてもよく似合っていて素敵ですよ。やはり君に黒は似合いませんね。さあ、パンには何をつけますか？　ジャムも何種類か用意してあります。君の好きな林檎《りんご》ジャムもあります。このクリームチーズも美味しいですから、是非食べてみてください」

勧められるままクリームチーズの入った小さな硝子ボウルを受け取り、ちぎったパンに塗って食べる。フレッシュで酸味がそれほど強くないそれは、まるで生クリームのように舌触りが滑らかだ。パンによく合い、美味しくて自然と頬が綻《ほころ》んだ。

「……美味しいです……！」

思わず瞳を輝かせて呟《つぶや》くと、シーグヴァルドがとても嬉しそうに笑った。

「気に入ってもらえてよかった。まだたくさんありますから、あとでお譲りしましょう」

素直に礼を言おうとし、我に返る。昔から何も変わっていない好意はとても嬉しいが、受け入れることはできない。下手に親密になって呪いが彼に降りかかったりしたら大変だ。

（忘れては駄目）

ユーリアは気持ちを入れ替え、表情を消す。領民に見せる冷たく近寄りがたい表情を作り、冷ややかに彼を見返した。

「ありがとうございます。ですがそのようなお気遣いをいただく理由が、今の私たちの間にはありません」

声もできる限り冷たく、突き放す口調で言う。

この数年で身に着いた演技力で、以前のユーリアを知らない者には冷たく可愛《かわい》げのない娘だと思われるようにまでなっているはずだった。ナタリーも演技は完璧だといつも言ってくれる。

「暴漢から助けてくださったことも大変感謝いたします。後ほど改めてお礼の品をご用意させていただきますが、これ以上私と関わるのはお止めください。そもそも私とシーグヴァルドさまとでは、身分が違い過ぎます。以前と同じようなご対応をされては、私としても大変困ります」

「ユーリア」

険しい声で呼びかけられ、ユーリアは唇を強く引き結んだ。さすがに可愛げがないと叱られるか呆《あき》れられるかと覚悟をした唇に、むちゅっ、と苺《いちご》が押しつけられた。

「……んぅ……？」

瑞々《みずみず》しい先端で唇を優しくつつかれる。なぜ急にこんなことをされるのかわからず呼びかけようと口を開くと、苺が押し込まれた。その際にシーグヴァルドの指が唇に触れ、ドキリとする。

瑞々しく甘い果実を、無言でもぐもぐと咀嚼《そしゃく》する。シーグヴァルドは優しく穏やかな微笑を浮かべ、その様子を見守った。

じっと見られてとても気恥ずかしくなり、ユーリアは目元を赤く染めながら目を伏せた。

ふふっ、とシーグヴァルドが笑みを零す。

「一生懸命食べる姿がとても可愛いです」

ユーリアは慌てて両手で顔を隠す。シーグヴァルドがさらに笑った。

「照れた顔も可愛いです」

優しく柔らかな低い声で可愛いと言われ続けると、それだけで心臓が爆発しそうだ。シーグヴァルドは自分が持つ魅力を自覚しているのだろうか。

「……か、可愛く、ありませんから……！」

「そんなことはありませんよ。君は何をしても可愛いです。息をしているだけでも私には可愛らしく見えます」

顔から火を吹きそうなほど照れくさい。

シーグヴァルドは歯の浮くような台詞《せりふ》をどうしてもこうも容易く口にできるのだろう。そして彼が言うと、そういった台詞もとても自然なのだ。

だがここでシーグヴァルドの調子に呑み込まれては駄目だ。ユーリアは唇を引き結び、居住まいを正す。演技力を総動員させ、再びできうる限りの冷たい声と瞳で言った。

「どうか身分の差をお考えください。このようにされるのは、とても迷惑なのです」

こんなことを彼に言わなければならないことが、とても辛《つら》かった。瞳にジワリと涙が滲むのを必死に堪《こら》える。

シーグヴァルドは笑顔を消し、神妙な顔でユーリアを見つめている。金にも見えるブラウンの美しい瞳にじっと見つめられると、嘘を見抜かれてしまうような気がした。

やがてシーグヴァルドが柔らかく微笑した。

「そういうツンとすました態度も可愛いです。周りに可愛げのない令嬢だと思われるよう、一生懸命頑張っているところがいいですね」

「からかうのもいい加減に……！」

「知っていますか、ユーリア。君は嘘を吐くとき、ほんの一瞬だけとても申し訳なさそうな顔をするんです。今の顔が、そうでした」

そんなことは誰にも指摘されたことがない。

「シーグヴァルドさまの見間違いではありませんか？」

「見間違いではありません。私は君のことをよく知っています。君はとても優しく他人思いで、朗らかで明るい人です。誰かを傷つけることを誰よりも嫌う人です。覚えていますか？以前君は、私を暴漢から身を挺して守ろうとしました。そのために怪我を負ってしまって……」

テッセルホルム領に滞在していたシーグヴァルドを人質にし、身代金をせしめようとした不逞《ふてい》の輩《やから》が襲ってきた事件があった。まだ呪いのことを教えられていない時期で、あのときは一緒に森で木の実集めをして遊んでいた。

シーグヴァルドを短剣で脅《おど》してきた輩を目の当たりにし、とにかく彼を守らなければとその一心だった。無謀に策もなく抵抗してしまい、腹を立てた不逞の輩たちに腕を斬りつけられたのだ。

その傷は、もう残っていない。だがシーグヴァルドは結婚前の令嬢を傷つけた詫《わ》びのために結婚するとまで言い出すほど、とても心配してくれた。

「……傷はもう残っていません。シーグヴァルドさまが気にすることは何一つありません」

「ええ、そうですね。それも君が眠っている間に確認しました。私は君がそのように勇気ある優しい人だと知っています。だから、知りたい」

シーグヴァルドがユーリアの方に身を乗り出してくる。じっと見つめてくる瞳には、嘘偽りを決して許さない不思議な威圧感があった。

「教えてください、ユーリア。人を傷つけることを何よりも嫌う君が、どうして私を傷つけようとするのですか？」

その問いかけに項垂《うなだ》れた。

（ごめんなさい、シーグヴァルドさま……）

どれほど冷たい言葉を投げつけても、シーグヴァルドは優しく微笑んで宥めてくれた。だがその笑顔の奥で、心を痛めていたのだ。

「君が私を傷つけようとする理由は何なのですか？　いいえ、謝って欲しいわけではありません。その理由を知り、君が無理をしないよう、君の力になりたいのです」

頬を撫でてくれる掌《てのひら》の温もりに、身を委ねたくなってしまう。そうしないよう、ユーリアはスカートをきつく握り締めた。

「パルムクランツ伯爵からの求婚を受けると知って、本当に驚きました」

突然の再会による驚きと戸惑《とまど》いで気づけなかったが、シーグヴァルドはパルムクランツ伯爵とのことをどうやって知ったのだろう。やはり呪われた娘は嫌だと断られる可能性も捨てきれず、今回の対面を果たすまで公にはしないとテオドーラと打ち合わせていたのだ。

どうしてと問えば、シーグヴァルドは穏やかな笑顔で答えてくれる。

「君の領地内に私の部下を何人か置いていました。彼らは君の様子を事細かく私に教えてくれますし、私もできる限りこの屋敷にやってきて、君に異変がないか見守っていましたからね。君の屋敷の使用人の中にも、私の部下がいますよ」

教えてもらった名は、間違いなくユーリアの屋敷の使用人だった。距離を置けたと思っていたのは自分だけだったのか。

「押して駄目なら引いてみろという格言があるでしょう？　あれに倣《なら》って君と距離を置いたのですが、伯爵との結婚はとても見守っていられるようなことではありませんから、君を止めるために姿を見せたのです」

　自分が知らなかっただけで、実際は驚くほど近くにいたのではないか。驚愕に大きく目を見開くものの、何を言えばいいのかわからない。唇を開きかけたまま動きを止めたユーリアに、シーグヴァルドは神妙な顔で続けた。

「どうして伯爵と結婚する気になったのですか。老い先短いのに未だ精力が衰《おとろ》えぬ女性好きのご老人を、まさか愛しているなどとは言いませんよね……?」

　強い視線に射貫《いぬ》かれ、ユーリアの背筋が一瞬恐怖で震える。シーグヴァルドから、静かな怒りを感じた。

「テ、テオドーラさまがいい縁談だと勧めてくださいました。それに、一緒に過ごしていくうちに愛情が芽生えることだってあると思います。どういう感情が生まれるかは会ってみなければ誰にもわかりません」

「確かに君の言うことにも一理あるでしょう。ですが結婚とは、男と女がただ一緒に過ごすものではありません。もっと親密で深く繋がり合う儀式です」

　言いながらシーグヴァルドが立ち上がり、すぐ傍に歩み寄る。ブラウンの瞳が底光りしていて、身が竦《すく》んだ。

　シーグヴァルドはユーリアの椅子の背もたれを両手で摑み、上体を押し被せてきた。くちづけられる、と本能的に悟り、反射的に顔を背《そむ》ける。

シーグヴァルドは止まらず、その形のいい唇はユーリアのこめかみに触れた。

ちゅ……っ、と軽く啄まれ、ゾクリと小さく震える。椅子から立ち上がろうとすると両手で肩を摑まれ、押さえつけられた。大して力を入れているようには見えないのに、座面に臀部が吸いついてしまったかのように動けない。

「あ、あの……シーグヴァルド、さま……っ」

「君の夫になれれば、君に触れる権利が与えられます。例えば、こんなふうに」

シーグヴァルドの唇が、右耳の裏側を啄む。そのままゆっくりと啄みながら項を下っていく。

肩を摑んでいた右手が離れ、腹部を指先で優しく撫でてきた。疼《うず》くような気持ちよさが生まれ、ユーリアは息を詰めた。

そしてシーグヴァルドの右手が上がり、ドレス越しに胸の膨らみを撫でた。

コルセットで押さえつけられている胸が、ざわついた。何かいけない気持ちになってしまったような気がした直後、彼の唇が耳に強く押しつけられた。

「……あ……っ⁉」

しっとりと湿った感触に、大きく目を瞠る。シーグヴァルドが唾液《だえき》で濡れた舌先で、複雑な耳の形をねっとりと舐め始めた。

「ん……っ、あ、あ……っ！　シーグ……ヴァルド、さま……や、ぁ……っ」

擽《くすぐ》ったくて、身を捩る。いや、正しくは違うのかもしれない。

(気持ち、いい……?)

「……ん……。ユーリア……君は、耳も可愛いです……」

尖らせた舌が耳穴に押し込まれ、ぐちゅぐちゅと出入りする。唾液の絡む音がひどくいやらしく聞こえ、身体がビクビクと跳ねるように反応してしまった。

「気持ちいいですか……? こんなに身を震わせて……こちらも、しますね。ん……」

低く優しい声で囁《ささや》かれながら反対側の耳も同じように舌と唇で執拗《しつよう》に愛撫《あいぶ》されると、不思議な甘苦しい感覚がさらに強くなった。ユーリアはシーグヴァルドの腕を強く摑んで身を震わせる。

「シーグ……ヴァルド、さま……駄目……あ、あ……それ、駄目……もう、やめ……」

耳朶《じだ》を唇で挟んで扱《しご》いたあと、熱い息を吐きながらシーグヴァルドが少し身を離す。これで終わるとホッとする間もなく、乳房を撫でていた手が膨らみを包み込むようにそっと握ってきた。そのまま優しく、反応を窺うように揉《も》み込まれる。

「……あ……駄目……っ。シーグヴァルドさま……っ」

「もっと妻を可愛がりたくなれば、夫はこんなふうに触れるのです」

「……あ……あぁ……っ!」

直接触られているわけではないのに、胸が張ってくる。まるでもっと触れて欲しいとでもいうようだ。このままではいけないと不思議な切迫感を覚え、ユーリアは離れようと身を捩る。

だが椅子とシーグヴァルドの身体に挟まれて、動くこともままならない。シーグヴァルドは唇を押しつけそうなほど耳に寄せ、熱い声音で続ける。

「夫が興奮すれば、妻は応えなければならなくなる……。そう……ドレスを脱がされて、直接肌に触れられて、やがては……秘められた場所を、指や舌でたっぷりと味わわれて……」

胸を揉み解していた手が、腰のくびれまで降りてくる。このままシーグヴァルドに求められて、拒めるだろうか。

ユーリアはついに耐えきれなくなり、震えながら淡い涙を零した。

「……ご、めんなさい……シーグヴァルド、さま……許して……っ」

ふいにシーグヴァルドが息を詰める。ふー……っ、と何かに耐えるように吐き出された息が耳中に入り込みビクッ、としたが、彼はすぐに少し身を離し、目元に滲んだ涙を唇で優しく吸い取ってくれた。

「……すみません、泣かせるつもりはありませんでした……。君が男というものをあまりにも知らず無垢な答えを返すものだから、少しわかってもらいたかったのです……」

シーグヴァルドが自分の椅子に座る。ユーリアはホッと安堵の息を吐いた。離れてもらえてよかったのに、身体の奥に熾火《おきび》のような不思議な疼きが残っている。

（何だかもっと……触れて欲しかった、ような……）

とんでもないことを思ってしまい、真っ赤になって俯く。シーグヴァルドが茶を一口飲んでから、言った。

「ですがこれでわかったでしょう？　あのご老人と、これ以上のことをするのですよ」

肖像画でしか知らない老人に、今以上のことをされる。想像し、ユーリアは青ざめて身震いした。

今はシーグヴァルドにされたから、嫌な感じはなかった。ただとてもはしたない気持ちになってしまいそうで、それが怖かっただけだった。

「……よく……わかりました……」

「結婚というものはできうる限り、心を通じ合わせた者同士で行うものだと私は思います。貴族だとそれが難しいことが多いですが……私は君に幸せになって欲しい。そのために助力は惜しみません。ああ、伯爵との縁談は破棄するよう、手を打ってありますから安心してください」

自分が眠っている間に、シーグヴァルドはパルムクランツ伯爵に使いを出したという。ユーリアは自分の恋人で、今、家族に結婚の許しを得ようとしているところだ、と。

とんでもない嘘に青ざめるが、まずは伯爵との縁談を止めることが先決だったと言われてしまえば、それ以上何も言えなかった。

「ユーリア、君が私を……皆を拒む本当の理由を教えてください。君は何を恐れているのですか」

シーグヴァルドの表情は必死だ。ユーリアの力になろうとする真摯さが強く感じられる。もう何も伝えないまま突き放すことはできなかった。

自分の気持ちを素直に話すことはできない。けれど呪いがかかっていることは、伝えても大丈夫ではないだろうか。

『あなたには呪いがかかっているの。だから人との関わりには充分に気をつけなさい』――テオドーラの言葉が閃光《せんこう》のように思い出され、ユーリアの心を萎縮させる。

話したい。けれどそのせいでシーグヴァルドに何か不幸が起こってしまったらと思うと、怖い。ユーリアは開きかけた唇を小さく震わせる。

「ユーリア、ゆっくりでいいですよ」

シーグヴァルドがユーリアの手を握り締めてくる。大きくて、すっぽりと包み込んでくれる手だ。その温もりを実感するだけで、また泣きそうになる。

（シーグヴァルドさま、大好きです。だから私は……泣いているだけでは駄目なのだわ）

改めて彼への想いを再確認しながら、ユーリアは意を決し、自分が呪われた娘であることを説明した。

自分が呪われていると確信したいくつかの事件のことを話すときは、身が震えた。事件は幸いにも誰かの命を奪うものではなかったが、もしも呪いの力がもっと強く作用して、誰かが両親のように死んでしまったら——どのように償えばいいのかわからない。その恐怖も、正直に伝えた。

シーグヴァルドはその様子を見て、優しく抱き締めてくれた。時折言葉を詰まらせると、背中を撫でて落ち着かせてくれる。

「ユーリア、よく話してくれましたね。そんな辛いことをずっと一人で抱えていて……だから君は、誰も自分に近づかないよう偽りの仮面を着けなければならなかったのですね。一人でずっと……よく頑張り続けました……」

これまでしてきたことを優しく労《ねぎら》ってもらえて耐えられず、シーグヴァルドの胸に涙を滲ませた。彼はユーリアの顎を捉えて上向かせ、頬を滑り落ちる涙を唇で吸い取ってくれた。

「……だ、駄目……私に、そんなことをしたら……っ」

「大丈夫です。呪いは私に何もできませんよ」

それはいったいどういうことなのだろうか。困惑しながら見上げると、シーグヴァルドが笑った。

「君のそれは暗示によるものです。君を不幸にしようとする者が、君にもっともらしく呪いがかかっていると吹き込んでいるだけです。呪いなどあるわけがない。本当にあるのならば、君と添い寝したことで、私は……そうですね。もう死んでいるのではないでしょうか？」

とんでもないことをさらりと言うが、シーグヴァルドの言葉に気負いはない。

「呪いには、時間差もありました。これから何か起こるかもしれません！」

「そうかもしれません。ですが、すべては可能性の域を出ない。それを君はとても心配してくれる。優しく他人を思いやるその気持ちが、君に呪いだと思わせているのではありませんか？」

シーグヴァルドの瞳が、す……っ、と眇《すが》められる。窓から入り込む光を受けて今は金色に見えるブラウンの瞳の奥に、背筋がゾクリと震える冷酷さがあった。

「君のその部分に付け入る者がいるということです。本当に許しがたいことです。……なぜ人を陥《おとし》れようとする輩がこうも世には溢《あふ》れているのか……」

倦厭《けんえん》の口調が、彼がこれまでに陥れられそうになったことがあることを教えていた。

シーグヴァルドは現国王夫妻に跡継ぎが誕生するまでは王位継承権を放棄できないとしていたが、今はファーンクヴィスト公爵家子息だ。結婚と同時に公爵家を継ぐことになっているらしい。王家から離れたとしても利権目当てで関係を持とうとする者はあとを絶たないと、聞いたことは何度もあった。

シーグヴァルドはまだ妻を迎えておらず、未婚の令嬢たちはその座を求めてあれこれ手を打っているという噂《うわさ》が、領地から出ないユーリアの耳にも入ってくる。まだ王位継承権を放棄していなかった頃は、万が一、彼が王位を継いだときのためにと、取り入ろうとする者たちがここまでご機嫌伺いと称してやってきたこともあったほどだ。

そのときのシーグヴァルドの静かな怒りは、とても恐ろしかった。憩いの時間を邪魔する権利があるのかと、幼いながらも巧みな話術で来訪者に一切の反論を許さず叱責《しっせき》し、追い返したのだ。

(私が避けている間もずっとご苦労されていたのだわ……)

自分に呪いがかかっていなければ、シーグヴァルドが来たいときにテッセルホルム領に来て安らいでもらえたのに。

(できることならば、この地でのんびり心安らかに過ごしていただきたいわ。でもそのせいでシーグヴァルドさまに……死、死んでしまうような不幸が起こってしまったら……!)

想像しただけで、胃の腑がぎゅっと握り締められるような感覚に陥り、反射的に口を押さえる。

「ユーリア、大丈夫ですか!」

青ざめ嘔吐感を堪えるユーリアの背を、シーグヴァルドが慌てて撫でてくれる。その腕を丁重に押しのけ、ユーリアはまた居住まいを正した。そして彼を真っ直ぐに見つめて続けた。

「シーグヴァルドさまはテオドーラさまにとっても陛下にとっても、とても大切なお方……私の呪いの被害者になることは、絶対に許されません」

「私のことが心配ですか。嬉しいです。やはり君は、昔から何も変わっていない」

シーグヴァルドがとても嬉しそうに笑い、軽く手を叩いた。

「では、実験をしましょう」

言葉の意味がわからず、茫然《ぼうぜん》としてしまう。

シーグヴァルトはテーブルの上に肘をついて両手を組み、そこに顎を乗せた。そんな仕草もとても魅力的で、思わず見入ってしまう。

「今は私がどのように説明しても納得することはできないようです。ならば私が正しいことを証明するために、私と一緒にしばらく暮らしてみましょう。ただ一緒に暮らすのでは駄目ですよ。私と親しくしなければ呪いは発動しないのですから、私と仲良くしてください。私は君を妻にしたいと望むほど、君のことが大好きです。愛しています。誰にも引き裂けないほど親密になりたいと思っています」

ユーリアは真っ青になり、激しく首を左右に振った。

「駄目です！　何か起こってからでは遅……」

「では、早速実験してみましょう」

シーグヴァルドの右手が、ユーリアの顎先を優しく摑む。軽く引き寄せながら彼が顔を少し傾け、目を伏せながら柔らかく唇を啄んだ。

柔らかく啄まれ、大きく目を見開く。飛び離れようとするユーリアの腰に腕を絡め、シーグヴァルドが上体を押し被せてきた。

次には唇が食《は》むように動き、ユーリアの唇を押し開いてくる。熱い舌が口中に入り込み、ビクッ、と身体が震えた。

「……あ……」

唇の内側をどこか恐る恐るといったように、シーグヴァルドの舌先が舐めてくる。ぬめった肉厚の感触が不思議と心地よく、ユーリアは拒むのを忘れて彼のシャツの胸元を強く握り締めた。

直後、搦《から》め捕《と》られた舌を引き出され、強く吸われる。かと思えば隙間がないほどぴったりと唇を押し被せられ、歯列や上顎のざらつきを舐め擽られる。

「……は……っ、ユーリア……もっと……もっと、君の舌……欲しい、です……」

息がうまくできず、クラクラしてきた。シーグヴァルドも息苦しげなのに、唇を離さない。どれほど長くくちづけていたのか、時間の感覚がまったくない。あまりの激しく官能的なくちづけに涙が滲み始めた頃になって、ようやく唇が離れる。息が乱れ、胸が激しく上下した。

互いの唾液で濡れた唇を、シーグヴァルドが優しく舐めた。瞳の奥にはっきりと欲望の光が揺らめいているのがわかり、ドキリとする。だが視線を逸《そ》らすことができないほど、魅力的でもあった。

ユーリアは魅入《みい》られたようにシーグヴァルドを見返しながら言った。

「く、口を、拭《ふ》いて……呪い、が……」

口を拭いたら少しはましかもしれない。くちづけの余韻で少し震える手を伸ばし、シーグヴァルドの唇を指で拭《ぬぐ》おうとする。だが彼にその手を捉えられ、掌にくちづけられたうえ、人差し指を口中に呑み込まれてねっとりと舐め味わわれてしまう。くちづけとは違う甘い快感がやってきて、思わず小さく喘《あえ》いでしまいそうになった。

「……や……こ、んな……こと……」

「嫌、ですか……？」

指は解放されたが、抱擁は解けない。ユーリアは力なく首を横に振った。

「そうではなくて……！　私とこんな……くちづけなんてしたら呪いが……っ」

「私とのくちづけは嫌ではないのですね。嬉しいです……！　ではもっとしましょう。もっとしたいです」

そういうことではないと、涙目で睨みつけてしまう。浮かれ過ぎたと反省したように、シーグヴァルドは軽く咳払《せきばら》いをした。

「すみません。君の唇が想像以上にとても柔らかくて甘くて、ずっと触れていたくなってしまったもので……ですがこんなに濃密なくちづけを交わしても、呪いはやってきませんね」

「た、たまたまかもしれません……」

「ならばまだ実験は続行です。領主としての君の仕事のことを考えると、私たちが一緒に暮らすのは君の屋敷の方がいいですね」

シーグヴァルドは呼び鈴を鳴らし、やってきたメルケルに当面の生活に困らないよう、着替えや日用品の荷造りをするように命じる。慌てて止めると、シーグヴァルドがとても哀しげな顔になった。

「呪いと思わしきことが起こったら、すぐに出ていきます。お願いします、ユーリア。君のことが心配なのです」

真摯な瞳で切々と訴えられると、断りきれなかった。

それにたとえここで断ったとしても、シーグヴァルドは様々な理由をつけてユーリアとともに過ごせるようあれこれ手を打ってくるような気がする。

（だって……お父さまたちの葬儀のときだって……）

テオドーラが早く王都に戻ってくるようにと何度も使者や手紙を送ってきても、シーグヴァルドはユーリアのことを心配して言うことを聞かなかった。きっと今回も、納得するまで傍を離れないだろう。

（だったら私がよくシーグヴァルドさまのことを見ていて、少しでも危険を感じたらお守りするしかないわ……！）

そして傍にいることが危険なことをわかってもらうしかない。ユーリアはぎゅっと強く両手を握り締め、神妙に頷いた。

「わかりました。シーグヴァルドさまのことは私がお守りしますから……!!」

シーグヴァルドが微苦笑した。細められた目にドキリとする。

「私の我《わ》が儘《まま》を聞いてくれてありがとう、ユーリア。大好きです」

不意打ちのように伝えられる好意に、顔が赤くなる。

シーグヴァルドに万が一のことがあったらと思うととても心配だ。それでも、彼とともにいられる時間ができたことが、嬉しかった。なんて自分は勝手なのだろう。

ユーリアはすぐに自己嫌悪の溜め息を一つ吐いた。


自邸に戻ると、ナタリーが複雑な表情でユーリアとシーグヴァルドを出迎えた。

他の使用人たちは久しぶりに対面するシーグヴァルドを嬉々として迎えた。彼は人となりから使用人たちにも人気だったがそれだけではなく、久しぶりに迎える客人が嬉しいのだろう。

ナタリーに応接間への案内を任せ、残っていた使用人たちにはもてなしを命じる。夕食は彼の好きなメニューを用意させ、部屋の準備が整うまで茶と茶菓子を用意させた。

指示を終えると一番年若い使用人がユーリアの姿を褒めてくれた。シーグヴァルドに与えられたドレスのままだったことに気づくと何だか急に気恥ずかしくなり、慌てて着替えようとする。せっかくだからそのままでと頼み込む使用人たちと揉めていると、一緒に来ないユーリアを心配したシーグヴァルドが戻ってきた。

使用人たちから事情を聞き、彼は魅力的な笑みを浮かべて言った。

「私もユーリアの着飾った姿は見たいです。自邸の中だけでも普通の令嬢としてお洒落《しゃれ》するのはどうですか？　君が着飾る姿を見られると、私はとても楽しくなります」

「わ、私がお洒落すると、シーグヴァルドさまは楽しいのですか……？」

「はい。とても楽しいです。心が満たされて癒されます」

今度はひどく真面目な表情で頷かれる。急に頬に熱が生まれ、そのことを知られたくなくて、ユーリアは慌てて急ぎ足で歩き出した。

――立ち去っていくユーリアの耳が少し赤い。照れているのは明らかだ。それを必死で隠そうとしているのがたまらなく可愛い。追いかけて背中から抱き締めて、あちこちにくちづけて、いろいろなところを撫でて、舐めて、味わいたい。

先ほど交わしたくちづけは、蕩《とろ》けるほどに心地よかった。くちづけだけで、想像以上の快感だった。彼女と心を結び、愛を交わすために肌を重ねるときの快感は、もっとすさまじいものだろう。今すぐにでも、したい。

（いや、今はまだ早いでしょう。落ち着きなさい、私。いきなり全力で私の愛を示しても、ユーリアの心がついてこないです。彼女は男女の仲のことなど知識でしか知らない清らかな人です。……ですが、ああ……何と悩ましい……）

健康な青年の身体と心は、隙あらば彼女を求めていた。常に理性を総動員させていないと、獣のごとく襲いかかってしまいそうになる。

（陰で見守っていた頃は、触れたくても触れられる距離にいなかった。けれど今は手の届く場所にいて、しかもこれから一緒に暮らすことに……）

はあ、と深い溜め息を吐く。

彼女のすべてが欲しい。いずれは絶対に手に入れる。だが決して強引であってはならない。それでは自分を手に入れようとしてきた者たちと同じになってしまう。そんな手段では、彼女の心を本当の意味で手に入れたことにはならないのだ。

それに何よりも、ユーリアの現状を許容することはできない。彼女にかかっている『呪い』という暗示を、払拭《ふっしょく》しなければ。

（――呪い）

ユーリアと親密な関係になると、相手が不幸になる。それは友人であったり、ほのかに淡い恋慕を寄せた者であったり――彼女に何かしらの好意を持った者が不幸に遭っている。

大体それは、怪我だ。命にかかわることはないが、傷を負う。

（何てわかりやすい。だが、とても効果的である……）

それが『仕組まれたもの』であったとしても、彼女は自分のせいで相手を傷つけてしまったと思ってしまう。ユーリアの性格をよくわかっている効果的な方法だ。

彼女の心を蝕《むしば》む恐怖を拭い取ってやるには、彼女に好意を持った者が不幸に遭わない事実を教えてやるしかない。

（そして君がまた、心から笑えるように）

「シーグヴァルドさま……」

ユーリアが見えなくなってもその場に留まっていたシーグヴァルドの肩に、ナタリーが呼びかけてきた。罪の一端をこの使用人も担っているのかと思うと今すぐ首をへし折ってやりたくなるが、まだ我慢だと言い聞かせながら完璧な笑顔で振り返る。

「ああ、すみません。今行きます」

ナタリーはどこかホッとしたような息を吐いて、改めて先導し始める。大股で歩いて近づくと、彼女は真っ直ぐ前を向いたままで言った。

「今はシーグヴァルドさまの仰《おっしゃ》る通り、私は何もしないでおけばよろしいのですね……？」

「はい。このことは母上もご存じです。私がユーリアと仲良くすることは、彼女を二度と立ち直れなくするための布石です。これで私に呪いが降りかかれば、彼女は絶望するでしょう……」

演技でも、口にすることにたまらない嫌悪感を覚えた。

シーグヴァルドの言葉にナタリーは深く頷いた。それどころか、良案に尊敬の目すら向けてくる。時が来たら、彼女にも相応《ふさわ》しい罰を与えなければならないだろう。

「私が呪いにかかる機会は、最適の場を用意します。それまでは、私の指示を待つように」

ナタリーはシーグヴァルドの言葉を疑うことなく受け止め、再度、深く頷いた。

客間に案内していく背中を、シーグヴァルドは笑みを滑り落として見つめる。その表情はひどく冷酷で、視線は鋭い。自分たち以外には誰もおらず、本当の自分の姿に気づく者はいない。

愛《いと》しいユーリアの笑顔を曇らせた原因の一つが、この女だ。

(必ず罪は償わせます)

先に行き過ぎていないかと、ナタリーが肩越しに振り返る。シーグヴァルドは瞬時に完璧な笑顔を浮かべた。

【第三章　別離の決意】

今日の朝の身支度は、久しぶりにクローゼットルームに入ってドレスを選ぶことから始まった。

黒ドレス以外を身に着けるのは数年ぶりで、どのドレスを選んでも似合わないような気がして不安になる。だが自分が着飾る様子を見ると楽しいと言ってくれたシーグヴァルドをもてなすためだと言い聞かせ、彼が贈ってくれたたくさんのドレスの中から、品のある淡い水色のドレスを選んだ。

昨日、シーグヴァルドが屋敷に来てしばらくすると、メルケルが三台の馬車とともに大小様々な大きさの荷物をユーリアの自室に運び込んだ。テッセルホルム領内のシーグヴァルドの屋敷の中に用意されていたドレスと小物、アクセサリーをすべて持ってきたのだ。自室のクローゼットルームに納まりきらず、まだ箱の蓋《ふた》を開けられずに積み重ねられているものもある。とんでもない量に皆で仰天してしまったのだが、シーグヴァルドはまだ贈り足りないようで、ファーンクヴィスト公爵家御用達の仕立屋を呼び寄せようとするほどだった。

（充分過ぎる量だとお断りするのも一苦労だったわ……）

あの柔和《にゅうわ》で魅力的な笑みと巧みな話術で危うく頷《うなず》いてしまいそうになった騒動を思い出し、ユーリアは小さく笑ってしまう。シーグヴァルドの気持ちが嬉しかったのは、確かなのだ。

黒いベールで顔を隠さないためドレスに合わせた髪型にし、薄化粧もする。年頃の令嬢としてはごく普通の朝の身支度だが、久しぶりすぎて面映《おもは》ゆい。支度を手伝ってくれた使用人たちが何だかとても嬉しそうな様子であることも、その気持ちを強くさせる。

姿見の中に映る自分の姿が見慣れないため、おかしなところはないかとあちこち確認してしまう。早めに起きてよかったと思いながら自室を出て食堂に向かった。

すでにもう朝食は用意されていて、美味しそうな匂いで食堂は満たされていた。昨夜、料理長に頼んだ料理は、すべてシーグヴァルドが滞在するときに好んでいたものばかりだ。

（お会いしなかった間に好みも変わっているかもしれないから……食事の様子には注意しておかないと）

やがてシーグヴァルドがやってきた。爽やかな笑顔とともに朝の挨拶《あいさつ》をしてくれる。その形のいい右耳には銀の耳飾りが着けられていて、窓から入り込む朝の陽光を柔《やわ》らかく弾いた。

何の装飾もなく、ただの輪の形をしただけのものだ。けれどどこかで見たことがある。

まさか、と注視すると、シーグヴァルドが指先で耳飾りを軽く弾いた。

「君が私にプレゼントしてくれたものですよ。覚えているようで嬉しいです。貰ってからずっと着けています。一度も外したことがありません」

再会したばかりのときは動揺や困惑《こんわく》の方が強く、まったく気づけていなかった。

銀の耳飾りは子供の小遣いで買える安物だ。彼が身に着けるようなものではない。

「そ、そんな安物、シーグヴァルドさまが着けるものではありません！」

「ああ、そんなことを言ってきた者もいましたね。ですが私にはとても大切なものです。私にとって何が大事かを決めるのは私自身です。絶対に外しません。それにそのドレス、素敵ですよ。とてもよく似合っています。髪型も可愛《かわい》いです。ああ、もっとよく見せてください」

ユーリアの周囲を回りながらシーグヴァルドは褒めてくれる。舐《な》めるように見つめられて何とも言えない気恥ずかしさがあるが、とても楽しそうな顔をしているのでぐっと堪《こら》えた。

「あ、ありがとうございます……」

シーグヴァルドが上体を屈《かが》め、顔を覗き込んできた。鼻先が触れ合いそうなほど近くに端整な顔があり、金色にも見える明るいブラウンの瞳に愛《いと》おしげに見つめられると、自然と頬に熱が生まれる。

「あ、あの……もう見ないでください……」

「なぜですか？　私に見つめられるのは嫌ですか……？」

急にしょんぼりと肩を落として沈んだ声で尋ねられる。そんな態度は狡《ずる》い。

「……恥、恥ずかしい、です……から……」

シーグヴァルドは一度息を詰めたあと、きつく眉根を寄せて唸《うな》った。そして離れるどころかさらに顔を近づけてくる。

「今の照れている君の顔、たまらなく可愛いです！　頬と目元がほんのりと赤くなって……くちづけたくなります。……してもいいですか……？　いえ、しますね」

シーグヴァルドが目を伏せながら頬を寄せ、その吐息がかすかに唇に触れる。

「駄目です！　シーグヴァルドさまに不幸が降りかかります!!」

ユーリアは慌《あわ》てて近づいてくる唇に両掌を押しつけた。シーグヴァルドは不満げに息を吐くと、ユーリアの掌に吸いついた。肌を吸われる甘やかな刺激に耳まで赤くなり、焦《あせ》って手を離す。

「悪いことが起こったらすべて自分のせいだと思うのはいけません。それがかえって不幸を招き入れてしまうことになります。ならば心を強く持ちましょう。不幸を自ら招き入れないよう状況を冷静に見極めて、どうしてその不幸が起こってしまったのかを考える癖をつけてください」

（不幸を招き入れないようにする……）

その指摘は、不幸が訪れるかもしれないと震えるばかりのユーリアの心に力強い希望を与えるものだった。ユーリアは少し思案して言う。

「それは……状況を見極める目を持てれば、未然に防ぐことも可能になるということでしょうか。心持ち一つで、不幸を避けることも……できる、と……？」

シーグヴァルドが嬉しそうに笑って頷き、褒めるように頭を撫《な》でてくれた。

彼への尊敬と憧れが、胸に広がる。後ろ向きになっていた気持ちが、少しだけだが前を向けたような気がした。

「頑張って、みます」

「協力は惜しみませんよ。では、くちづけをしましょう。それ以上でも私は構いません。君と親密にならないと不幸が来ないのですから」

抱き締めようとする腕から、必死で逃れる。シーグヴァルドが残念そうに、けれどもとても嬉しそうに笑った。

隣に座りたがるシーグヴァルドを何とか押しとどめ、一緒に朝食をとる。そして、今日はどう過ごすつもりなのかと聞いてみた。

「私と一緒にいてくれるのですか？」

「シ、シーグヴァルドさまはお客様です。当主の私がおもてなしするのは、当然のことですから」

「当主自らもてなしてくれるということは、それだけ私が君にとって特別で大事な客だということですよね。嬉しいです」

嬉しそうに笑われて、言い方を間違えたと気づかされる。突き放すつもりで冷たく言ったのに、まったく効果がなかった。

そして少し気になっていたこともこの機会だから確認する。

「あの……シーグヴァルドさまの方こそここに留《とど》まり続けていて大丈夫ですか……？」

「はい、大丈夫です。今は兄上絡みの仕事もありませんし、公爵家としての仕事も忙しい時期ではないのです。気遣ってくれてありがとう、ユーリア」

蕩《とろ》けそうなほど優しい笑顔とともに礼を言われると、ドキドキして頬が熱くなる。慌てて茶を飲む仕草で誤魔化《ごまか》すと、シーグヴァルドが続けた。

「では、一緒に庭を散歩しませんか。今日はとてもいい天気です」

朝食を終えたあと庭に出て、薔薇《ばら》が咲き誇っている区画に案内した。

それらを眺めるシーグヴァルドの端整な横顔は、寛いだ表情だ。彼の心の癒しにはなっているようでホッとする。

「綺麗《きれい》な薔薇です。一輪だけ摘《つ》んでもいいですか？」

ユーリアが頷くと、シーグヴァルドは真剣に薔薇を選び始めた。不思議に思いながら待っていると、彼が棘《とげ》に気をつけながら鮮やかな赤い薔薇を摘み取る。茎をずいぶんと短いところで摘んでいて、これでは花瓶に生けることはできない。

シーグヴァルドはその薔薇を、ユーリアの髪に挿《さ》した。まさか自分を飾るためのものだとは思わなかったため、驚いてしまう。

シーグヴァルドは先ほどよりも真剣な顔で薔薇の位置を細かく直していて、端整な顔が鼻先で触れ合いそうなほど至近距離にあった。うっかり動けず、身体が強張《こわば》ってしまう。

やがて納得する位置に固定できたのか、シーグヴァルドが満足げに嘆息した。ようやくこれで離れてくれると思いきや、そのまま瞳を覗き込んでくる。

「君のストロベリーブロンドによく似合っています。君は肌が白いから、アクセントに濃い色があるとぐっと魅力的になりますね」

声が近い。時折頬にかすかに呼気が触れ、ユーリアは耐えきれず強く目を閉じながら言った。

「……近……近い、です……！」

「ああ、すみません。でもとても素晴らしい偶然が起こったので」

何のことかわからず、目を開けて小首を傾げようとする。シーグヴァルドが慌てて止めた。

「今、君の薔薇に蝶が留まっているんです。……今度、薔薇と蝶をデザインした髪飾りを作りましょう。とてもよく似合いますよ」

鑑賞しているからか、じっと見つめられてしまう。それが気恥ずかしい。

それにシーグヴァルドの瞳が徐々に熱っぽくなっていって、それも何だかじっとしていられない気持ちにさせる。

離れなければ、と本能で悟る。でも離れたくない、と心が告げる。

気づけばどちらからともなく目を閉じて、唇を触れ合わせていた。蝶が飛び立つ気配がした。

シーグヴァルドの唇は、温かくて柔らかかった。前回のように快感を強引に引き出されるような、激しく官能的なものとはまったく違う。

ただ触れ合っただけなのに、心が満たされる。そして次にはもっと触れ合う場所を増やしたくなる。どうしてこんな気持ちになってしまうのだろう。

シーグヴァルドがちゅ……っ、と軽く啄《ついば》む音をさせてから、唇をほんの少しだけ離した。

「……また、勝手にくちづけてしまいました……」

上唇の先端が時折かすかに触れ合って擽《くすぐ》ったい。そしてとても気持ちがいい。

シーグヴァルドが両手で頬を包み込む。ユーリアは気恥ずかしげに目を伏せた。

(くちづけ一つでこんなに気持ちがいい、なんて……)

けれど、これは。

「……実験、の……くちづけです、よ、ね……？　ですから、これ以上は駄目、です……」

心まで繋がってしまったら、本当に彼に恐ろしい不幸が降りかかってしまう。

『かわいそうなユーリア。あなたは呪われているの。あなたと親密になればなるほど、その人に恐ろしいことが起きるの。ああ……あなたを愛する人が現れたら……その人はどうなってしまうのかしら……』――テオドーラの声が、不意に思い出された。ユーリアはハッ、と目を瞠《みは》る。

「これは、実験のくちづけではありません。気づいたらしてしまったもの……心が君を求めたからしたくちづけです」

直後、頬を包む両手に力がこめられ、強く上向かされた。突然の荒っぽい仕草に驚く間もなく、シーグヴァルドが覆い被さりくちづけてきた。今度は触れるだけのそれではない。

「……ん……んぅ……っ!?」

シーグヴァルドの唇が食《は》むように動いて、ユーリアの唇を押し開いてきた。突然の荒々しさに驚くユーリアの口中に、ぬるりと湿った肉厚な舌が入り込んでくる。

これまでにされたくちづけとはまた違う、と本能的な怯《おび》えで逃げ腰になった。だが彼の手は外れず、逃げられない。そのままそれはユーリアの口中を這《は》い回ってくる。

「……ん……ぁ、うん……っ」

上顎《うわあご》のざらつき、歯列の裏、舌の裏側まで探られる。ぬめったそれに舌全体を舐《な》め回されるとたまらない。膝から力が抜ける。

頭の芯が蕩けてしまいそうなほどの心地よさだ。どうして彼とのくちづけは、どんなものでもこんなに気持ちよくなってしまうのだろう。彼も、自分とのくちづけで同じように感じているのだろうか。

混じり合った唾液《だえき》は熱く、甘みさえ感じる。シーグヴァルドの舌がユーリアのそれに絡みつき、自分の口中へと導いた。

舌先を甘噛みされ、招いた舌を強く吸われる。舌の根が痺《しび》れるような感覚に耐えきれず、ユーリアは彼の胸にもたれかかった。

シーグヴァルドは頬を包んでいた両手を下《くだ》らせる。首筋から肩へ、上腕から背中へ、そして腰のくびれに辿り着くと、細さを確認するように何度かそこを撫でた。ゾクゾクとした甘い震《ふる》えが背筋を這い上がり、小さく身を震わせる。

角度を変えて何度も与えられるくちづけは深く激しく官能的で、全身が溶けてなくなってしまいそうな心地よさだ。息がうまくできないのに、やめて欲しくない。

シーグヴァルド自身もうまく息継ぎができないようで、苦しげに形のいい眉根を寄せている。だが、くちづけは一向に終わる様子がない。それどころか彼の両腕が背中に回ってきつく抱き締めてくる。

「……ん……んぅ……っ」

背骨が折れるのではないかと思うほどの、強い力だ。

軽く仰《の》け反《ぞ》ってしまっても、シーグヴァルドは離さない。飢《う》えたようにユーリアの舌と唇を貪《むさぼ》りながら、上体を押し被せてくる。

「……逃がしません……っ」

（息が、でき、な……）

シーグヴァルドのジャケットの胸元を、きつく握り締める。その指先が震えていることに気づき、少しだけ我を取り戻してくれたらしい。彼の唇が、ほんの少し離れた。

「……死、んで……しまい、ます……」

涙を浮かべた瞳で訴えるとシーグヴァルドが慌てて顔を上げ、抱擁《ほうよう》の腕を緩めてくれた。

「すみません、ユーリア！　夢中になってしまって……!!」

ようやくまともに呼吸ができることに安堵《あんど》しながら、ユーリアはシーグヴァルドの胸にもたれかかって胸を大きく上下させる。彼は申し訳なさげに大きな掌で背中を撫でてくれた。

こんなふうにとても優しいはずなのに、今の彼はユーリアが逃げ出せないほどの強い力で抱き締めてきた。胸も広く、抱き締められると全身をすっぽりと包み込まれてしまう。密着しているからか、男の人の身体だとこれまで以上に強く意識してしまった。

シーグヴァルドが本気で迫ってきたら、抱擁からもくちづけからも——それ以上のことからも、逃げられないのだ。これまでは、抵抗すれば逃げられるだけの余地を残してくれていたのだ。

（逃げられなかったら、シーグヴァルドさまと……？）

身体の奥深くに、甘苦しい熱が生まれる。心臓が信じられないほど速く脈打っている。気づいてはいけないことに気づいてしまったような気がした。

だからユーリアは、泣きそうな顔で言った。

「ごめんな……さい。離して、ください……」

だがシーグヴァルドの手は離れない。束縛する強さはないのに離してもらえないことに、心が衝撃を受けた。

シーグヴァルドは真剣な顔で言った。

「君の尊厳を無視して強引にくちづけたことは、謝ります。ですが、私が君に今のように触れたいと常に思っていることは、理解してください」

静かで落ち着いた声音なのに、何だか逃げ場を奪われたような気がする。ユーリアは息を呑《の》み、無意識に一歩、退いていた。

もう捕まえておく気はないようで、抱擁が解かれる。ホッと安堵の息を吐くと、シーグヴァルドが上体を屈め、耳元に唇を寄せた。低く響きのいい声が、囁《ささや》く。

「私は君と、先ほどのような蕩けるほどな心地よい快感を——もっと強く、長く、君と一緒に感じたいのです」

「……っ!!」

囁きが甘い痺れを生み、ユーリアは耳を押さえて真っ赤になった。ちらりと視線だけで彼を見やれば、ひどく魅惑的な笑みを浮かべて見返される。

シーグヴァルドの妙な色香に呑み込まれ、彼の望むまま身を捧げてしまいそうになる。彼の言う快感を、ユーリアももっと強く一緒に感じたいと思ったからだ。

ユーリアは慌てて反撃しようとした。だがうまい言葉が出てこない。何かないかとめまぐるしく考えて——言った。

「シーグヴァルドさまの、ふ、ふら……っ、不埒者《ふらちもの》っ!!」

言い捨てて一気に身を翻《ひるがえ》し、走り出す。唖然《あぜん》としたシーグヴァルドを庭に残し、ユーリアは脇目も振らず自室に走り込む。

閉めた扉にもたれかかり、乱れた呼吸を整える。この息の乱れは、全力で走ったせいだけではないだろう。

ユーリアは両手で胸元を押さえた。

(心臓が、破裂しそう……)

優しく理想の王子さまそのものでいつも紳士的なシーグヴァルドが、ふいに見せた男としての強引さに、甘やかな戸惑《とまど》いを覚える。ユーリアは扉に背中を押しつけたまま、ずるずると座り込んだ。


走り去っていくユーリアを追いかけることはせず、その姿を見えなくなるまでシーグヴァルドは見送る。ストロベリーブロンドの髪が靡《なび》き、合間から見えた可愛らしい耳がはっきりわかるほど赤くなっていた。

ユーリアの姿が見えなくなると、シーグヴァルドはおもむろに片手で口元を押さえた。あまりにも可愛らしい反撃で、自然と笑みが零れる。

「……ふ……ふふ……っ」

（不埒者……不埒者とは確かに……ええ、私は君に対してだけは不埒者です。君だけにしか、あんなに不埒な感情も抱きませんからね……）

ちょうど通りかかったメルケルが、何事かと足を止めた。

おそらくユーリアとすれ違ったのだろう。少々眦《まなじり》を吊り上げて、彼は言った。

「シーグヴァルドさま、ユーリアさまに何かされたのですか。先ほどお顔を真っ赤にされて走っていかれましたが……」

「ユーリアに叱《しか》られてしまいました。私は不埒者だそうです」

常のシーグヴァルドからは一番縁遠い叱責《しっせき》だ。どうしてそんな言葉がユーリアから出たか、メルケルは瞬時に理解したのだろう。じとりと目を眇める。

「ユーリアさまを追い詰めるのはほどほどになさってください」

「追い詰めるなど、聞き捨てなりません。私の言葉、仕草、愛撫に彼女らしく応えてもらいたいだけです。本来の彼女はとても素直に自分の感情を表す愛らしい人なのですよ。照れて、笑って、怒って、戸惑って……閉じ込められてしまった彼女の感情を引き出しているだけです」

メルケルが神妙な顔になって沈黙した。

（そう、本来のユーリアは明るく朗らかで、感情豊かで優しい子だった）

だが『呪い』がユーリアの心を蝕《むしば》んだ。

彼女に呪いをかけた者は、決して許さない。誰であってもだ。だが相手を滅する前に、彼女の呪縛を解くことが先決だ。

「『あちら』の動きはどうですか」

「今のところ、すべてシーグヴァルドさまの思うままに。こちらの真の意図には気づかれていません」

「そうですか……何か異変を感じたらすぐに報告してください」

メルケルが強く頷く。

「ああ、そうだ。取り寄せてもらいたいものがあるのですが……」

真剣な顔のメルケルに、シーグヴァルドは王都の有名な菓子店を告げ、人気の菓子の名をいくつか挙げる。それらを生真面目に記憶に刻みつけていたメルケルが、胡乱《うろん》気《げ》な目を向けた。

「今のはすべて、菓子の名前では……？」

「ええ、そうです。一緒に食事をしていて確信しましたが、味の好みは変わっていないようです。ユーリアが必ず気に入る菓子を選んであります。叱られてしまいましたからね。お詫《わ》びの品です」

何か言いたげに唇を動かすものの、結局メルケルは嘆息して頷いただけだった。そして丁寧に一礼し、早速手配に向かった。


シーグヴァルドが滞在し始めて一週間が経った。その間、心配していた不幸は訪れてはいない。日々は驚くほど穏やかに——そして楽しく過ぎていく。

いつも爽やかな優しさを見せながら、時折ユーリアが対応に困るきわどいやり取りを仕掛けられる毎日は、呪いのことを忘れる時間もあるくらいだ。だがそんな浮ついた気持ちを引き締めてくれるのは、ナタリーだった。

ナタリーはことあるごとに彼を早く帰らせた方がいいと進言してくる。

彼が帰ってしまえばこの楽しい時間は終わってしまう。それが嫌だと思うものの、口にはできない。

ナタリーの危惧もよくわかる。彼女の話を聞いていると、そうした方がいいのだと思い直す。だが、シーグヴァルドと一緒に過ごしていると、その気持ちがすぐに消えてしまう。

呪いが降りかかっていないのだから大丈夫——いいえ、それはたまたままだわからないわ。そんな二つの気持ちが常に心の中で行ったり来たりして、非常に疲労感を覚えた。

加えてナタリーの進言を受けているとき、必ずと言っていいほどテオドーラを思い浮かべてしまう。彼女が自分に呪われていると教えてくれたときのことを思い出すのだ。だからなのか、シーグヴァルドとこのまま一緒にいてはいけないと責められているような気持ちになる。

シーグヴァルドはそんなとき、いつも優しく抱き締めてくれた。急かすようなことはせず、気が済むまで腕の中にいていいと言ってくれる。時折戯《たわむ》れるように頬やこめかみ、首筋などにくちづけられるのは困るが、それも心地いい。

ナタリーは、ユーリアの気の緩みや自分の気持ちを優先することを叱責する。まるで追い詰められているような気になってしまう。

「お嬢さま、いったいどうしてしまわれたのですか。問題が起こってからでは遅いのですよ！」

「……わかっているわ……！」

もどかしい気持ちのせいで、荒い口調になってしまう。このままでは変な八つ当たりをしてしまいそうだと、驚くナタリーを置いてユーリアは執務室を出た。

気づけばシーグヴァルドの姿を探している。

花壇などがない庭の開けた場所に彼はいた。細身の剣を手に、メルケルと手合わせしている。まるで演舞かと思うほどに優雅だ。声をかけるのも忘れ、シーグヴァルドが剣を繰り出す様子を見守ってしまう。

やり取りは優雅なのに、メルケルの表情は追い詰められたものだった。シーグヴァルドと剣を切り結び損ねることはないが、受け止めるのが精一杯だとわかる。

シーグヴァルドの一撃が、受け止めたメルケルの身体を揺らした。腰を落として辛《かろ》うじて受け止めたあと、彼が渾身の力を込めて押し返す。

反撃されると思っていなかったのか、シーグヴァルドが勢いに負け、足元をふらつかせた。そしてそのまま背中から仰向《あおむ》けに倒れ込んだ。

その瞬間を逃さず、メルケルが勝利の一撃を胸元に入れようとする。鍛錬だとわかっていても、声にならない悲鳴を上げてしまう。

仰向けに倒れたシーグヴァルドが、優しく微笑んだ。同時に左手でジャケットの内ポケットから短銃を取り出す。

銃口が、メルケルの額にぴたりと定まる。剣で胸を突き刺されるよりも、シーグヴァルドの指が引き金を引く方が明らかに早い。勝敗は、ここで決まった。

メルケルが止まる。シーグヴァルドが言った。

「私の勝ちですね」

「……参りました……」

嘆息してから言い、メルケルがシーグヴァルドに手を貸した。ユーリアは思わず安堵の息を吐く。

単なる鍛錬とは思えないやり取りだった。より実践的に見える。

（今は陛下の臣下として、様々なお仕事をされていると聞いてはいるけれど……）

気負った様子はないが、もしや命のやり取りもあり得る仕事なのではないか。

「ユーリア、どうしました？」

シーグヴァルドが気づいて、呼びかけてきた。ジャケットを脱ぐとメルケルが受け取り、土を払う。薄いシャツが鍛錬のせいで汗ばんだ肌に貼りつき、彼の鍛えて引き締まっている上半身がよくわかった。

何だか妙に意識してしまい、ユーリアは慌てて目を逸《そ》らす。そのときにはもう、シーグヴァルドが目の前まで来ていた。

運動したせいで、いつも綺麗に整えられている濃い金髪が乱れている。しかも後頭部には土が少しついていた。

「お風呂を用意します。さっぱりしてきてください」

「ありがとう。そうさせていただきますね」

ユーリアはシーグヴァルドを浴室に連れていき、タオルや着替えを使用人たちに用意させる。そして滞在について相談する機会を逃してしまったことに気づく。

シーグヴァルドは浴室から出ていこうとしたユーリアを呼び止めた。

「入浴が終わったら呼びますから、話をしましょう。私に用があったのですよね？」

シーグヴァルドの心遣いが、泣きたくなるほど嬉しい。本当に些細《ささい》な変化も見逃さないでくれる。

問題が起こってからでは遅いとナタリーは言った。その通りだ。今は何もなくとも、もしかしたら次の瞬間には何か起こるかもしれない。それを忘れてはいけない。

（私は、呪われているから……）

シーグヴァルドと一緒にいると、それを忘れてしまう。これはいけない変化だ。

「ありがとうございます。では、お待ちしております」

ユーリアは唇を強く引き結んだあと、答える。衝立《ついたて》があるから泣きそうになっているかもしれないことを気にしなくていい。

衣擦れの音が止まり、衝立の向こうからシーグヴァルドが姿を見せた。手伝いの使用人が慌ててタオルで腰回りを隠す時間すら与えず、彼は全裸のまま出ていこうとしたユーリアの腕を掴んだ。

そんな状態になっているとは気づかず、肩越しに振り返ったユーリアは彼の裸を真正面から見ることになり、声にならない悲鳴を上げた。真っ赤になったり青くなったり、前回は見ることのなかった股間の男根などを目の当たりにして、意識が遠のきそうになる。

だがシーグヴァルドはまったく気にせず真剣な顔で言った。

「何かありましたね？　入浴はあとで構いません。このまますぐに話をしましょう」

「……あの……っ、あの……!!　それよりも服を……服を着てください……!!」

自分の身体を見て、シーグヴァルドは嘆息する。

「別に見られて減るものでもありません。それよりも君が今、泣きそうな顔をしているのが心配です」

本当に気にしていないらしく、そのままユーリアの手を引いて浴室を出ていこうとする。着替えを持って浴室にやってきたメルケルが、ユーリアの顔を見て何事かと目を瞠ったものの、すぐに周囲を見回して状況を理解し、嘆息した。

「シーグヴァルドさま、そのお姿はユーリアさまには刺激が強過ぎます。平常心でお話ができる状態ではありません」

「まさか私の身体が君にとっては見苦しいものだと……？　一応、君の未来の夫になる者として、容姿にも常に気を遣っていたのですが……すみません、ユーリア。もっと努力します！」

（そういうことではありませんっ!!）

そう言いたいのに、うまく言葉が出てこない。シーグヴァルドの全裸は、それほど心に衝撃を与えるものだ。なのに一方で、まるで彫刻像のように完璧な肉体美だと見惚《みほ》れている自分も心中に確かにいる。

「年頃のご令嬢の羞恥心に追い打ちをかけるのは、紳士のマナーとしてどうかと……そもそも今の格好は、非常識そのものです」

ビシッ、と叱責され、シーグヴァルドは愕然《がくぜん》と目を見開く。その隙にユーリアは浴室を飛び出した。


入浴を終え、身支度を整えて、シーグヴァルドがユーリアの部屋を訪れてくれた。招き入れ、ソファに座ってもらう。全裸騒ぎによる動揺はなんとか落ち着いていた。

「何か思い悩んでいるようですね。どうしました?」

ソファに落ち着くなり、心配げな声で問いかけられる。ユーリアは意を決して口を開いた。

「シーグヴァルドさま、もうお帰りください」

「私に不幸は降りかかっていません。帰る必要がありませんが?」

「今は大丈夫でも、明日はわかりません。いえ、この次の瞬間にも、不幸が降りかかるかもしれません。もし命にかかわるようなことが起こったとしたら……耐えられません……」

スカートに触れていた手が、自然と握り締められている。その手に、身を乗り出したシーグヴァルドが優しく右手を重ねてきた。

温かな温もりに、ホッと息が吐ける。目を向ければシーグヴァルドの労《いたわ》りに満ちた瞳があった。

「君が私のことを心配してくれるのはとても嬉しいです。ですが私が大丈夫だと言っています。私のことを信用してもらえないのでしょうか」

「……シーグヴァルドさまのお言葉を信用したいです。でも、何かあってからでは遅いのです。どうかお願いです。もう王都にお帰りになってください……！」

話している間に、最近薄れかけていた恐怖を強く感じ始めた。身体が小さく震え始める。

シーグヴァルドは無言でユーリアを見つめたまま、手を握り続けている。やがて、彼が唇を動かした。

「一つだけ教えてください。私がこうして傍《そば》にいることは、君の重荷ですか？」

シーグヴァルドの声が、揺れている。優しくて頼りがいのある彼が、こんなふうにほんのわずかとはいえ心を揺らす声を聞かせることは珍しい。

ユーリアは泣きそうになるのを堪え、首を横に振った。

「あのとき……シーグヴァルドさまにお別れの言葉を言うのは、とても辛《つら》かったです。それなのにこうしてまたお会いできたうえ、昔と変わらずに接してくれるのが嬉しかった……重荷なんて、思ったことはありません。でも……」

（もしもあなたが、死んでしまうようなことがあったら……）

言葉にできなかった想いを、シーグヴァルドは受け止めてくれたのだろう。ユーリアの前にやってきて膝をつき、額をそっと押し合わせてくる。

「わかりました。君を泣かせるようなことはしないと、私は誓っています。少し、距離を置いた方がいいですね」

「……ごめんなさい……」

「君が謝ることなど何一つありません。君を長年そのように追い詰めてきた呪いが悪いのです」

その呪いに対して強い心を持てないことが、一番の原因ではないだろうか。己の弱さを改めて認識し、ユーリアは唇を嚙み締める。

シーグヴァルドが髪を撫でてくれた。

「明日、発ちます。だから今日はまだ、君の傍にいてもいいですか？」

「……何も、しないでくれるのならば」

これ以上親密に触れ合い、彼が不幸に遭《あ》うかもしれない確率を高めたくはない。

触れ合った額を離しながら苦い声でそう言うと、シーグヴァルドが身を乗り出してきた。

「——死んでもいいから君に触れたいと言ったら、どうしますか？」

えっ、と驚くより早く、シーグヴァルドがくちづけてきた。ソファの肘置きを両手で摑み、シーグヴァルドはユーリアを座面や背面に押さえつけるように身を寄せた。

シーグヴァルドの唇が、強引にユーリアの唇を開かせる。熱くぬめった舌が口中に入り込み、容赦なくユーリアの舌に絡みついてきた。

「……ん……んぅ……っ⁉」

強引で激しいのに、頭の芯が蕩けるほどに熱いくちづけだ。このくちづけは駄目だ。彼の想いに呑まれて、すぐに身体が蕩けてしまう。

「……は……ぁ……んぅ……っ」

シーグヴァルドの舌が、ユーリアの口中を犯す激しさで動き回った。舌の動きに翻弄され、ぐったりとソファに身を預ける。舌を舐め合わせるくちづけを交わし続けていると、下腹部の奥――秘められた場所が熱く潤んでいくのがわかった。

下着がしっとりと湿る感触に、腰が小さく揺れ動いてしまう。それに気づいた彼の右手が下りていき、スカートの裾《すそ》をたくし上げながら足を撫でてきた。

「……っ⁉」

驚きとわずかな恐怖に、ユーリアは大きく目を見開いた。

くちづけたままシーグヴァルドはこちらを見つめている。その瞳に魅入《みい》られて、抵抗の力が弱まった。

その瞬間を逃さず、シーグヴァルドの手はあっという間に太腿まで上がり、後ろに回って臀部を撫でてきた。

丸く優しく撫でられると、気持ちがいい。そんなふうに思ってしまうことが恥ずかしく、ユーリアは思わず軽く腰を浮かせて逃げる。

するとシーグヴァルドの手が素早く前に回り、ドロワーズ越しに恥丘《ちきゅう》を掌で包み込んできた。指が内側に潜《もぐ》り込み、割れ目に沿う。

「……んぅ……っ⁉」

長く骨張った指が、すり……っ、と生地越しに割れ目を撫でてきた。同時に掌底《しょうてい》で恥丘を軽く押し揉まれ、ユーリアは小さく身を震わせる。

（な……に、何……これ……っ？）

疼くような熱が、秘所から生まれてきた。

逃げ出したい。だがもっと触れて欲しい。相反する気持ちにあっという間に呑み込まれ、ユーリアは瞳を潤ませた。

シーグヴァルドは相変わらず舌を絡め合わせる深いくちづけをしたままで、濡れていく瞳を食い入るように見つめている。

指が、どこか恐る恐るというように動き始めた。入口を上下に擦られ、じわりと蜜が滲み出す。やがて下着がしっとりと濡れ始めた。羞恥で死んでしまいそうだ。

舌の動きも大胆になる。深く唇を重ね合わせ、甘噛みされ、搦《から》め捕《と》られる。唾液が零れて、口回りが熱く濡れる。くちゅくちゅ、と湿った音も上がる。

シーグヴァルドの指から逃れようと腰が揺れた。ソファからは逃げ出せず、結局、もっと弄ってもらいたいというような動きになってしまう。

シーグヴァルドがくちづけで混じり合った唾液を呑み込むと、荒々しくドロワーズの腰紐を解き、緩んだそこに容赦なく手を入れ——直接、秘所に触れた。

「……っ⁉」

他人の指を初めてそんなところに感じ、驚愕に大きく目を見開く。くぐもった喘《あえ》ぎはくちづけで吸い取られた。シーグヴァルドは淡い茂みをかき分け、直接割れ目に指を沿わせる。

花弁を解すように、中指に擦られる。本能的に腰を揺らして逃げても、彼の指は秘所に吸いついたように離れない。

「……ん……、ん、んぅ……っ」

ならば身体を押し返そうとしたが、指の腹が花弁《かべん》に隠れていた小さな粒に触れるとこれまで以上の快感がやってきて、腕を摑むことしかできなかった。

シーグヴァルドの指が、花芽を丸く撫で始める。そこから生まれてくる快感が全身を巡り、ユーリアの瞳がますます涙で潤んだ。

シーグヴァルドは蜜を指の腹ですくい取り、それを花芽《かが》に塗り込める。そして蜜でぬるついた指で花芽を優しく摘《つま》むと、くりくりと擦り立ててきた。

その愛撫に、ユーリアは耐えられない。叫びたいような気持ちになり、口中を味わっている彼の舌を噛んでしまいそうになる。気づいたシーグヴァルドがユーリアの舌をきつく吸い上げた。

「……んー……っ!!」

きつく目を閉じて、全身を駆け巡る快感に震える。初めて知る嵐のような激しくも甘い快感が収まるまで、ユーリアはシーグヴァルドに強く縋《すが》りついてしまう。

シーグヴァルドも応え、ユーリアを左腕で折れそうなほどきつく抱き締め返してくれた。そしてユーリアの震えが落ち着くまで、焦らずに待ってくれる。

「……は……ぁ……っ」

ようやく唇が離され、互いに熱い息を吐く。ユーリアは満たされた虚脱感に逆らわず、ぐったりとソファに沈み込んだ。

手が離れ、蜜で濡れた指をシーグヴァルドは舐め取った。そんなものを舐めてはと窘《たしな》めようとしても、呼吸は整わず、身体もまだうまく動かせない。

「君は、とても美味しい……」

うっとりと目を細めてシーグヴァルドは呟《つぶや》く。

恥ずかしいのに、褒められたことは嬉しい。同時に次にどこに触れられるのかと、甘い期待に身体の芯が疼《うず》く。

「……ユーリア、君が欲しい、です」

シーグヴァルドが息を詰めるように言う。このまま彼のものになりたいという気持ちが湧き上がり、頷いてしまいそうになる。

この先の触れ合いは、きっと先ほど以上に心も身体も満たす甘やかな快感なのだろう。彼に求められる喜びが、彼に応えたい気持ちに繋がってしまう。

シーグヴァルドがユーリアの唇を優しく啄んだ。

「ユーリア……どうか私の妻になってください」

あれほど拒まなければと思っていた気持ちが、シーグヴァルドの言葉で溶けてしまう。

(ああ、私……シーグヴァルドさまのものになりたい……)

頷きそうになったとき、突然ノックの音が響いた。ビクッ、と身体が震え、愛撫《あいぶ》と求愛の言葉に蕩けていた思考がハッキリとする。

「ユーリアさま、お話はどうなりましたでしょうか……?」

ナタリーだ。

シーグヴァルドが扉を睨《にら》みつけ、ユーリアは大急ぎで彼の身体の下から逃れる。愛撫を受けた蜜口《みつくち》は身じろいだだけでくちゅり、と小さく淫《みだ》らな水音を立てたが、気づかないふりをして扉に走り寄った。

「もう終わったわ!」

扉を開けると、ナタリーが安堵の笑みを見せる。だがユーリアの肩越しにシーグヴァルドをみとめた直後、ひどく恐ろしいものを見たかのように真っ青になった。

どうしたのかと振り返って確認するが、シーグヴァルドはいつも通り優しい笑みを浮かべている。ナタリーの様子が気になったものの、今は彼がこの地を去ることを伝えた方がいい。

「シーグヴァルドさまが明日、お帰りになるわ」

ナタリーの震えが止まり、心からの安堵の笑みが浮かんだ。彼女もまたユーリアと同じように、彼に不幸が降りかからないかと心配していたのだ。

「畏《かしこ》まりました。では明日、すぐに出立できるよう、荷造りのお手伝いをいたします」

メルケルと打ち合わせるために、ナタリーはすぐに退室した。扉は開けたままにして、シーグヴァルドにも退室を促す。

「夕食までどうぞ自室でお寛ぎくださ……」

振り返りながら言うと、もうすぐ傍に近づいていたシーグヴァルドの片腕に攫《さら》うように腰を抱き寄せられた。反射的に顔を上げれば、くちづけられている。

「……んぅ！」

すぐに離れるくちづけだったが、舌を舐め合わされて強く吸われる官能的なものだ。先ほどの愛撫の余韻もあって力が抜け、その場に崩れ落ちそうになるのを辛うじて堪える。

これ以上のことをされるのかと思ったが、シーグヴァルドはユーリアを離し、部屋から出ていった。だが廊下に出ると思い出したように足を止め、肩越しに笑いかけた。

「何度でも求婚に来ますよ。だから私が触れたときの感触を忘れないでいてください。……忘れたとしても、またちゃんと思い出させますけれど」

ユーリアは真っ赤になって扉を閉めた。

しばらくするとシーグヴァルドの靴音が遠ざかっていく。ユーリアはドアノブを摑んだまま、その場に崩れ落ちた。

（身体が……熱い）

そして甘い疼きが下腹部に残り続けている。

しばらくじっとしていたら、この熱は消えるのだろうか。もしも消えなかったら、どうしたらいいのだろう。


シーグヴァルドとの夕食を終え、入浴を済ませる。明日は朝食を食べたら出立するとのことだった。ユーリアの気持ちを気遣ってくれたのか、長居はしないらしい。

寝支度を整えて、ユーリアはベッドの中に入る。雷の音と光がカーテン越しに室内に入り込んだのはその直後だった。

あまりの大きな音に驚いてベッドから下り、窓辺に近づく。カーテンを開ければ、ぽつぽつと窓硝子に雨粒が当たり始め、数分後には叩きつけるような大雨になった。嵐だ。

昼間は曇り空だったが、夜になってこんな大雨になるとは思わなかった。明日の朝には上がるだろうか。悪天候のままだったら、シーグヴァルドを出立させるわけにはいかない。

（雨……止まないで）

そうすれば、彼は嵐が収まるまで、ここにいてくれる。

自分勝手な願いを抱いたことに自己嫌悪し、ユーリアは小さく首を横に振って再びベッドに潜り込んだ。

「雨……朝には止んでくれますように……」

相反する願いをわざと口にしたあと、ユーリアは目を閉じて眠りについた。

【第四章　通じ合う夜】

風雨の音は思った以上に大きく、あまり眠れなかった。いつもより起きる時間が早い。雨は明け方になっても止む気配がなく、変わらず風も強い。何となく嫌な予感がし、すぐに身支度をする。そして使用人たちに命じた。

「雨具を用意して。あと、屋敷を開放する準備をして。この雨……心配だわ。男の人たちを集めて、土砂崩れや川の増水など、異常がないかどうかを確認してもらって」

使用人たちが頷《うなず》き、それぞれの仕事に駆けていく。ユーリアは雨具に袖《そで》を通し、長い髪を三つ編みにしてまとめた。

玄関ホールに向かおうとすると、メルケルを従えたシーグヴァルドに呼び止められる。

「見回りに行くのならば、私が行きましょう。君は屋敷にいてください。危険です」

近くを通りかかった使用人を呼び止め、シーグヴァルドは自分用の雨具を用意させる。とんでもないとユーリアは慌《あわ》てて止めた。

「いけません！　ご自分の領地でもないのに、わざわざ危険な目に遭《あ》う必要はありません！」

「こういうとき、人手はあればあるほど楽になります。適材適所です。私ができることは、手伝いますよ」

「駄目です！」

用意された雨具に袖を通すシーグヴァルドの腕を抱き締めて、引き止める。こんな嵐の中、外に出ていったらどんな危険な目に遭うかわからない。

(もしかしてこれが、呪いのせい……!?)

雨具を着ていても全身ずぶ濡れの領民が、玄関扉から中に飛び込んできた。

「ユーリアさま、大変です！　川が決壊しました！」

「程度の違いはありますが、土砂崩れもあちこちで発生しています！」

次々と上がる報告に、ユーリアは息を呑《の》む。やはりこの嵐は、呪いによるものなのか。

(私のせい……!?)

「……被害に遭いそうな場所に住む人たちは、屋敷に避難させて。川の近くや土砂崩れの起きたところには絶対近づかないように注意を促してちょうだい。私も皆に警告をしに行くわ……！」

「ユーリア、君に何かあったら誰が避難してきた領民を守るのですか。君はここにいるべきです。誘導には私が向かいます」

シーグヴァルドの忠告はもっともだ。ユーリアの返事を待たず、彼は報告しに来た領民とともに屋敷を出ていこうとする。

「シーグヴァルドさま、駄目です……！」

ふう、と小さく嘆息して、シーグヴァルドが目の前に戻ってくる。願いを聞いてくれるのだとホッとしたユーリアの頬を、彼は両手でぱんっ、と小さな音を立てて挟んだ。

痛みはほとんどない。ただ衝撃に驚いて目を瞠《みは》る。

「私の安全よりも民の安全です。ルーストレーン王国のすべてのものは、兄上のものです。兄上の民を、君は私を心配するがゆえに危険に晒《さら》すのですか？」

「……シーグヴァルド、さま……」

「領主ならば正しき判断をしなさい。使えるものは使いなさい。私も君と同じ、民を守るべき立場です。それに私は君よりずっと自分の身を守る術を持っています」

静かな声音で叱責《しっせき》されて、心が冷える。彼に叱《しか》られてまるで小さな子供のように泣きたい気持ちになるが、すぐに頭の芯が冴えた。

（……シーグヴァルドさまの言う通りだわ。私はこの地を陛下よりお預かりしている。領主として皆を守るために、全力を尽くさなければいけない）

ユーリアは頬に触れるシーグヴァルドの手に両手を添えて言った。

「私を、手伝ってくださいませんか……」

「もちろんです。その代わり、ご褒美は用意してください」

どんな褒美が欲しいのかと問いかけようとした唇に、シーグヴァルドが軽く唇を重ねた。

触れ合うだけのくちづけは、まだ残っていた使用人や領民に見られてしまう。

彼らは驚きに身を強張《こわば》らせたものの、何も言わない。シーグヴァルドが頬から手を離しながら続けた。

「ご褒美はこれよりももっと深く、激しく、熱いくちづけでお願いします」

「……シーグヴァルドさま！」

まだ使用人たちがいるのにと、耳まで真っ赤になって叫んでしまう。シーグヴァルドは楽しげに笑いながら、待っている領民とともに屋敷を出ていった。

くちづけられた唇を指先でなぞる。温もりはもう感じられなかったが、心の底から力が湧いてきた。

ユーリアは屋敷の使用人たちに湯を沸かしたり、炊き出しの準備を整えるように命じながら、自分もそれらを手伝い始めた。

嵐はそのあと半日ほど続いた。その間、川の増水といくつかの小さな土砂崩れがあったものの、シーグヴァルドたちの誘導で領民が巻き込まれることはなかった。住まいが危険な区域だと判断された者たちは屋敷に避難させ、濡れた身体を湯で温めさせ、食事をとらせて休ませた。親とともに避難してきた子供にはこれ以上の不安を与えないように寄り添い、寝かしつけを手伝った。

シーグヴァルドも優しく穏やかな笑顔と口調で避難してきた領民に接し、使用人たちを積極的に手伝ってくれた。もしも自分一人だったら、とても心細かったに違いない。夜になって家に戻る者もいれば、朝まで屋敷に残る者もいた。ユーリアはシーグヴァルドとともに残った者たちに寄り添い、不安を与えないように様々な配慮をした。

翌日になって領民をすべて送り出し、ひと仕事終えてホッとする。同時に強い疲労感を覚えた。

シーグヴァルドも疲れたはずだ。休むように言うが、彼に疲労感は一切感じられなかった。

「気遣ってくれてありがとう、ユーリア。私は大丈夫です。君も疲れたでしょう。まずは湯を使って、少し眠った方がいいです。何かあったら起こしますから」

「そんな……私だけなんて」

「一人では眠れませんか？　では私が添い寝してあげます。ただ、添い寝だけで終えられるとは思わないでくださいね？」

とんでもないことを爽やかな笑顔で言われ、ユーリアは慌てて自室に向かう。被害の状況を報告しに来た使用人たちがこちらのやり取りを微笑ましげに見守っていて、それが何とも気恥ずかしい。

温かい湯に浸《つ》かると、緊張していた身体がゆっくりと解れていった。湯から出れば急激に眠気がやってきて、ユーリアはすぐにベッドに入る。シーグヴァルドがいてくれることがとても心強く、安心だった。


結局その後もシーグヴァルドは出立せず、ユーリアの手伝いをしてくれた。

領地の見回りも一人で見回るよりは、効率がいい。被害状況を確認し、すぐさま対応しなければならないところはないかを地図を見ながら二人で話し合う。頼り過ぎてはいけないとわかってはいても、少しでも不安なことを相談できるのはとても助かった。

シーグヴァルドの助言は的確で、ユーリアと同じほどに領地のことを熟知している。驚き尊敬の想いを告げると、シーグヴァルドは少し照れくさそうに笑った。

「君に比べたら、まだまだです。ただ、何かあったとき君の役に立ちたいとは常に思っていましたから、この地を訪れるたびにいろいろと見て回っていたのですよ」

そんなに自由に出歩いていたのか。だが自分はもちろんのこと、領民もシーグヴァルドが来ていることに気づいていなかった。

「私の変装は完璧です。メルケルの手にかかれば、ただの商人になれるのです」

控えていたメルケルは沈黙を保っていたが、小さく疲労の吐息を零した。シーグヴァルドを『ただの商人』にする苦労は、相当なものなのだろう。いつか変装したシーグヴァルドを見られたらいいなと思う。そんな楽しい願いを抱くのは久しぶりだった。

（シーグヴァルドさまと一緒にいるから……？）

思った以上に長く、シーグヴァルドとともにいる。そしてこれまでに呪いと思わしき事象はこの嵐だけだった。だが、これは本当に呪いによるものなのだろうか？

『不幸を自ら招き入れないよう状況を冷静に見極めて、どうしてその不幸が起こってしまったのかを考える癖をつけてください』——シーグヴァルドの助言を思い出し、嵐について考える。

嵐は自然現象だ。晴天がいきなり嵐になったわけではない。前日は曇天で、雨の匂いが感じられた。大雨が降れば川は増水する。土も水を蓄えきれなくなれば崩れる。嵐の空は、雷も連れてくる。恐ろしい自然現象だが、呪いでなくとも気象条件が合致すれば起こりうることだ。

（呪い……では、ない……？）

心にぽうっ、と小さな希望の光が灯《とも》る。だがまだ確信は持てない。

「ユーリア？　大丈夫ですか？」

気づけば無言でじっとシーグヴァルドを見返していたらしい。心配げな声で呼びかけられ、我に返って慌てて笑いかける。無論、シーグヴァルドは納得せず、明日の見回り準備は自分に任せて部屋で休むようにと促された。

シーグヴァルドの厚意に素直に甘え、自室のソファで寛ぐ。けれど考えるのは心に宿った希望の光についてだ。この光を確たるものにする方法はないだろうか。

（もし……もしも、シーグヴァルドさまの愛に応えて、それで何もなかったら……）

彼の求めに応じてその腕に身を委ねたら——甘美過ぎる誘惑を、ユーリアは慌てて首を左右に振って弾く。

その確認方法は駄目だ。彼を不幸に巻き込んでしまう。

（でも、もし……また、あんなふうに求められたら……）

『——死んでもいいから君に触れたいと言ったら、どうしますか？』——熱い瞳と、飢《う》えて少し掠《かす》れた声を思い出し、ユーリアは強く目を閉じる。次に同じように求められたら、拒めないだろう。

午前中に確認した土砂崩れと増水場所はすでに領民の手によって補修作業がされていて、大きな問題はなかった。補修材料が足りなければすぐに用意すると伝えれば、とても喜んでもらえた。シーグヴァルドは不安そうな顔をしている者がいればさりげなく声をかけ、質問に答えてくれる。

シーグヴァルドがよくこの地を訪れていた頃にも気に入っていた丘で、昼食をとる。そのあと、最後の確認場所へと向かった。

領民はあまり利用しない道だ。ここよりも優先すべき補修場所はあり、ユーリアたちが訪れたときには誰もいなかった。二人で手分けして危険なところはないか確認する。

この道の下は川が流れていて、今は嵐による増水で流れが速い。道幅は広いが、その道の半分くらいは川の方に張り出している部分があり、地盤の緩みが心配だった。ユーリアは念のため、張り出した方にそっと歩き出す。

(地面が完全に乾くまで立ち入り禁止にしておいた方がいいかもしれないわ。この道を使わなくても迂回《うかい》できる道はあるし……)

ふと見やった川の流れの中に、子供用の帽子が見えた。まさか子供が流されているのかと慌て、道端に走っていく。

「ユーリア、待ってください！　そちらはまだ危険で……!!」

「もしかしたら、子供が流されているかもしれないんです!!」

確認したらすぐに戻るつもりで、大急ぎで端に立つ。帽子はちょうどユーリアの眼下を流れていったが、そこに恐れていた子供の姿はなかった。豪風によって飛ばされたものらしい。

よかった、とホッと胸を撫《な》で下ろした直後、足元が突然消失した。シーグヴァルドがユーリアの名を叫びながら走り寄ってくる。

落下しながらそれでも懸命に手を伸ばすが、届かない。シーグヴァルドは迷うことなく上着を脱ぎ捨てると、落ちていくユーリアの後を追って、飛び込んできた。

「やめて!!」

これでは彼も川に落ちて流されてしまう。

シーグヴァルドの手がユーリアの手を摑んだ。引き上げるように抱き寄せ、頭を胸に抱え込む。

「大丈夫です、ユーリア。私がいます」

その言葉を耳にした直後水面に叩きつけられ、衝撃に一瞬息が止まった。

激しい水流を全身に感じ、シーグヴァルドに強くしがみつく。彼も同じほどにきつく抱き締め返してくれた。

濁流《だくりゅう》で、目を開けていられない。だが、不思議とシーグヴァルドがいてくれるから大丈夫だという安心感があった。もしかしたら溺れ死ぬかもしれないのに変だわと思ったすぐあとに、ユーリアの意識は途切れた。


「……リア！　ユーリア！」

シーグヴァルドの声が耳に届く。だが息がうまくできず、目が開けられない。すぐに唇に温もりが押しつけられ、強く息が吹き込まれた。

「……っ‼」

詰まっていた喉と胸に通り道ができたような感覚と同時に、急激に空気が入り込む。ユーリアは激しく咳き込み、涙を零しながら薄く目を開いた。

ずぶ濡れのシーグヴァルドが、前髪から水を滴《したた》らせながら顔を覗き込んでくる。

「大丈夫ですか、ユーリア。私がわかりますか⁉」

「……シーグヴァルド、さま……」

声は掠れてしまったが、しっかりと彼の名を呼ぶ。シーグヴァルドが安堵《あんど》の息を吐き、ユーリアの身体を抱き起こしてくれた。

「どこか身体におかしいところはありますか」

「……だ、大丈夫です……シーグヴァルドさまは……？」

「私も大丈夫です。心配してくれてありがとう」

まだ咳が治まらないユーリアの背中を撫でて、シーグヴァルドが笑顔で答える。ユーリアも同じように安堵の息を吐き、立ち上がった。

全身、ずぶ濡れだ。水を含んだドレスが重い。ずいぶん流されたようだ。

周囲の景色から、自分たちがどこに流れ着いたのかを確認する。幼い頃に遊び場にしていた森の一つだ。

この川があるということは、森の中でもずいぶん奥まった場所になる。だが、森の管理者用の小屋が近い。とりあえずそこに行って、暖を取った方がいいだろう。歩いて屋敷に戻るにしても、陽が落ち、夜になってしまう。

「少し歩くと管理人小屋があります。このままでは君が風邪をひいてしまいます」

「そうですね。このままでは君が風邪をひいてしまいます。そこに行って、暖を取りましょう」

言ってシーグヴァルドはユーリアをひょいっと抱き上げた。水を含んだドレスの重さをまるで感じていない、軽々とした仕草だ。

「……一人で歩けます！」

「駄目です。どこか怪我をしているかもしれません。おとなしく運ばれてください」

痛みはどこにもないと言ってもシーグヴァルドは聞かない。そのままずんずんと歩き出してしまう。

「ユーリア、じっとしてくれると嬉しいです」

そんなふうに言われると抵抗できなくなってしまう。結局、管理人小屋まで運ばれてしまった。

森の管理人が泊まり込む時期ではなかったが、扉に鍵はかかっていなかった。中にはテーブルと椅子が二つあり、暖炉の傍《そば》には薪が積まれていた。あとで補充をしておかなければと思いながら、ユーリアは火を熾《おこ》そうとする。

「それは私に任せてください。身体が冷える前に、脱いだ方がいい」

「いえ、シーグヴァルドさまの方こそ冷えます。火を熾したら何か拭《ふ》くものを探しますから先に」

「私と君では根本的な体力が違います。私はそれなりに鍛えていますが、君はか弱い婦女子です。君は君自身を優先すべきです」

幼子を諭すように言いながら、シーグヴァルドは手早く薪を暖炉にくべて火を着け、小屋を探ってタオルを見つけ出し、渡してくれた。

受け取ったそれをシーグヴァルドに押し戻そうとするが、彼は笑顔のままで――しかし綺《き》麗《れい》なブラウンの瞳は反論を一切許さない強い光を浮かべている――無言だ。ユーリアはうっ、と息を詰め、仕方なくタオルを受け取る。

「私が次に声をかけるまでに、服を脱いでおいてください」

タオルは大きめで、身体に巻きつけることができた。暖炉の様子を見守っているシーグヴァルドは、こちらに背を向けている。

羞恥はあったがこれ以上気遣われてはいけないと、勇気を奮い起こす。着替えていることが彼に伝わるよう、わざと大きく衣擦れの音をさせてドレスを脱いだ。

水で濡れて冷たく重くなったドレスを脱ぐと、身体が思い出したように震《ふる》えた。タオルで肌を拭《ぬぐ》うと、思わずホッと息が漏れる。

肌は思った以上に冷たくなっていた。これではシーグヴァルドも寒いはずだ。

大急ぎで身体を拭き、タオルを身体に巻きつける。肩や腕、足は太腿から爪先まで剝き出し状態になるが、全裸に比べればよほどいい。

「ユーリア、大丈夫ならば火にあたって身体を温めてください」

「あ、ありがとうございます……」

おずおずとシーグヴァルドの隣に歩み寄り、できる限り肌を見せないよう、身体を丸めるようにして座る。彼の顔を見返せないままで、ユーリアは言った。

「あ、あの、シーグヴァルドさまも……」

頷いたシーグヴァルドが立ち上がり、濡れて肌に張り付いたシャツを脱ぎ始めた。

ユーリアがいるというのにまったく気にしない。手伝おうかと伸ばしかけた指を強張らせている間にすべて脱ぎ終えたシーグヴァルドが、タオルを渡してくる。

「すみません、背中をお願いしてもいいですか？」

「は、ははは、はい……っ!!」

恥ずかしがっては駄目だ!!　と言い聞かせ、ユーリアはタオルで背中を拭う。後姿もすっきりと整っていて綺麗だわ、などと思ってしまい、耳まで赤くなった。

「もう少し大きめのタオルがあれば、毛布代わりになるのですけれど……」

背中を拭き終えると、シーグヴァルドが呟《つぶや》く。まだ身体を拭き終えていない彼の裸身をなるべく視界に映さないように室内を探る。

少し埃《ほこり》っぽかったが、毛布を一枚、見つけた。宿泊する小屋ではないが、万が一のとき用に用意されているもののようだ。

「いいものを見つけましたね。さすがユーリアです」

腰にタオルを巻いただけの格好で、シーグヴァルドが微笑んで褒めてくれる。その微笑も魅力的で褒めてくれることもとても嬉しいのだが、いかんせん、ほぼ全裸状態ではどこを見ればいいのかわからず、視線を泳がせるだけだ。

顔を背《そむ》けて毛布を差し出すと、シーグヴァルドが受け取り、広げた。再び背を向けていると、後ろでバサバサと毛布をはたく音がする。

「今は仕方ないですね……清潔さよりも暖を優先しましょう」

「は、はい。それはシーグヴァルドさまがお使いになってくださ……」

「一緒に使いますよ」

毛布は一枚しかないのにどうやってと問いかけるより早く、シーグヴァルドがあっという間にユーリアの背後に回り、ふわりと抱き締めて暖炉の前に座らせた。そして広げた毛布で自分とユーリアを一緒に包み込む。

「……っ!!」

引き締まった胸が肩や背中に押しつけられ、毛布と一緒に腕の中にすっぽりと包まれる。前面は火の暖かさが、背面はシーグヴァルドの温もりがあり、冷えた身体がゆっくりとだが確実に熱を取り戻していくのがわかった。

絶対的な羞恥は消えないが、それでも安心感の方が強い。ユーリアは思わず息を吐く。

「寒くないですか？」

「だ、大丈夫です。シーグヴァルドさまは……？」

「私も大丈夫ですよ。こうして君を抱き締めていますから」

そう言われると、ますます羞恥が強くなる。ユーリアは膝を抱え、なるべくシーグヴァルドと触れ合う場所が少なくなるように身を丸めた。だがそうすると彼の方から温もりを分け与えるように近づかれて、さらに深く抱き締められてしまうのだ。

「身体が強張っていますね。やはりすぐに温かくはなりませんか……。ユーリア、このタオルも脱ぎましょう」

さすがにそれは、と阻《はば》むが、優しい笑顔のまま、しかし容赦のない力でシーグヴァルドはタオルを剝《は》ぎ取ってしまう。

「冷えた身体を温めるには、素肌の触れ合う場所を増やした方がいいんです。私も脱ぎますね」

声にならない悲鳴を上げるユーリアの背後でシーグヴァルドはごそごそと動き、腰のタオルを取ってしまう。見えないが、何やら臀部に少し張りのあるものが押しつけられた。いったい何だろうと気になるものの、頼りない毛布の中で互いに全裸なため、下手に動けない。シーグヴァルドの身体を意識しないようにと言い聞かせながら、できる限り身を縮める。

シーグヴァルドがユーリアの手を握った。ビクリとしてしまったが、彼は手の甲や掌《てのひら》を優しく擦ってくるだけだ。

「やはり末端部分はなかなか熱が戻りませんね。足も冷たくないですか？」

「だ、大丈夫、です」

だがシーグヴァルドは両腕をさらに伸ばし、ユーリアの足裏に掌を押しつけて包み込む。体格差の違いを見せつけられたような気がした。全身がすっぽり包み込まれてしまう。まだ冷えている足裏に、大きな掌の温もりがじんわりと伝わってきて吐息が漏れる。シーグヴァルドは掌で足を包み込んだまま、今度は濡れ髪の間から覗く耳に唇を押しつけてきた。

唇の温もりにビクッ、と大きく震えてしまったが、そこからも熱が全身にじんわりと広がっていく。

「……ああ、ここも……冷たいです、ね……」

シーグヴァルドが耳殻《じかく》をそっと舐《な》めてきた。唇と舌は想像以上に熱い。同時に、彼の呼気

もとても熱く感じられた。

身体の芯から疼《うず》くような熱が生まれてくる。この熱は何、とユーリアは息を呑んだ。

足裏に触れていた彼の手がゆっくりと足首に移動し、ふくらはぎを摩った。

「ここもまだ……冷たい、ですね……」

ふくらはぎを摩られたあと、膝裏を掌で包み込まれる。もしや大腿にまで触れられてしまうかもしれないと、甘い恐れが身を震わせた。

震えに気づき、シーグヴァルドがハッとして手を離した。

「すみません……っ」

今度は両腕を肩口から前に回し、ユーリアを包み込む。与えられる温もりは安堵感を与えてくれるのに、何だか物足りないような気持ちも抱いてしまった。

「危うく暴走するところでした……。こういうことは相手の同意が必要です。それにこんなところで君の初めてを奪うのはどうかと思いますし」

シーグヴァルドの声は、からかうように明るい。だがその奥にほんのわずか、無理をしているとわかる響きがある。同時に臀部に当たっていたものが少し硬くなり、熱を帯びていることもわかった。

貴族令嬢として、最低限の性の知識はある。具体的なことはわからなくとも、彼が今、自分に欲情していることがわかった。

呪われている娘なのに、欲しいと思ってくれる。

『――死んでもいいから君に触れたいと言ったら、どうしますか？』

（思い出したら、駄目……！）

あのときは彼が死んでしまうことなど絶対に駄目だと思った。だが今は心に灯った希望の光が、彼が求めてくれるのならばと浅ましく望んでしまう。

（心も身体も結ばれて――何も起こらなかったら）

駄目ダ。ソレハイケナイコトデス。何カ起コッテカラデハ遅イノデス。ナタリーの叱責と制止の声が思い出されて、息が詰まる。

アナタハ呪ワレテイルノ。ダカラ親シイ人ヲ作ッテハ駄目ヨ。愛スル者ト一緒ニイテハ駄目ヨ。テオドーラの手紙も脳裏を掠める。

（一緒にいてはいけない。いけない、のに……一緒に、いた、い……）

今だけでなく、もっとずっと一緒に。

「だいぶ熱が戻ってきましたね。この毛布は君が使ってください。湯が沸かせないか道具を探してきます」

言いながらシーグヴァルドが立ち上がろうとする。ユーリアは反射的にその腕を摑んだ。

「あ、の……シーグヴァルドさまが離れると、寒い……です……」

異性の誘い方など、さっぱりわからない。シーグヴァルドのように相手に必要以上の負担をかけないよう冗談めかして言えればいいのに、うまい言葉が何も出てこなかった。

シーグヴァルドは優しく言う。

「ならばもう少し暖炉に近づいていてください。やはり湯が必要ですね……ポットなどがあるといいのですが……」

「は、離れて欲しくない、のです……」

シーグヴァルドが軽く息を呑んだあと、困ったように苦笑した。

「君に頼ってもらえたり甘えてもらえるのは、とても嬉しいです。ですが今は、ただ君の傍にいることは……できないと思うので」

（ああ、シーグヴァルドさまは変わらずに私を求めてくださっている。その気持ちに、私は付け入ろうとしている。私はとても――罪深い）

「私……シーグヴァルドさまに、触れてもらいたい、です……」

シーグヴァルドが大きく目を瞠り、動きを止めた。暖炉の火を受けて底光りしている金にも見えるブラウンの瞳に食い入るように見つめられ、眼力の強さに息を詰める。

だが一度溢《あふ》れ出してしまった感情は、この機会を逃したらもう二度と口にできないかもしれないと思うと、止まらなかった。

「呪いのことを考えたら駄目だとわかっているのに、これまでにシーグヴァルドさまに不幸がないことが……わ、私を、期待させてしまうのです……シーグヴァルドさまと一緒にいてもいいのだと、お、思えてしまって……触れて欲しいと、願ってしまうのです……っ」

二つの気持ちに揺れて、息ができなくなりそうだ。子供のように泣きじゃくってしまいそうになる。

シーグヴァルドが小さく息を呑み、優しい声で言った。

「それは、君が私を好きだということですか？」

すぐには答えられず、唇をかすかに震わせる。シーグヴァルドが両手で頬を包み込み、睫《まつげ》が触れ合いそうなほど近くで囁《ささや》く。

「今の君の言葉は、私を好きだからそう願ってしまうのだと……聞こえました。私はとても心配性な男なので、君の気持ちを測り間違えたくはないのです。だから私に、子供でも理解できる言葉で教えて欲しい。君は私をどう思っているのですか？」

優しい声と瞳が、伝えてもいいのだと促してくれる。今を逃したら、もう伝える勇気は出てこないだろう。

頬を包み込む大きな手に、ユーリアは自分の手を重ねる。真っ直ぐに彼を見上げると、その瞳がじっと見返してくる。睫がかすかに震えてしまうのは、彼への想いを告げる羞恥と恐怖ゆえか。

それとも心も身体も彼に捧げられる期待ゆえか。

「シーグヴァルドさまは、私の初恋の王子さまです。お別れを言ってからも、ずっと……ずっと好きでした。今も大好きです……！」

シーグヴァルドの手に、力がこもった。予想以上に強い力で驚く。

「君のすべてを私のものにします。今更駄目だと言ってももう無理ですよ」

そのままユーリアを強く引き寄せ、唇をぶつけるようにくちづけてきた。驚いて目を瞠るとすぐさま熱い舌が口中にねじ込まれ、ユーリアの舌に絡みついて味わってくる。

「……ん……は、ん……んん……っ」

容赦ない官能的で激しいくちづけに、息が乱れた。本能的に逃れようとしても、舌先を甘嚙みされて身体から力が抜けてしまう。

シーグヴァルドは床に胡座《あぐら》をかいて座り、足の間にユーリアを横向きに座らせた。永遠に続くのではないかと思うほど長くくちづけられ、唇が唾液《だえき》で濡れ、ぽってりと赤くなる。

「……あ……っ」

激しく胸を上下させてしまうほどのくちづけがようやく終わった頃には、秘められた場所が熱く潤んでいた。少しでも身じろぎすると、いやらしい水音がしてしまいそうだ。

ユーリアは頰を赤く染めて、シーグヴァルドの胸にもたれかかる。

「私の想いに応えてくれてとても嬉しいです……ああ、もう一度、くちづけさせてください。君の唇を、もっと味わいたい……」

感極まった声は、感激のあまりか、かすかに震えている。もっと早くに応えればよかったと思ってしまうほどだ。

羞恥はあったがもう拒まない。想いを伝えるため、シーグヴァルドの唇と舌の動きを真似てユーリアも懸命に応える。

互いに熱い息を吐き、唇を離す。シーグヴァルドが睫が触れ合うほどの至近距離で言った。

「どうか私の妻になってください、ユーリア。呪いは、二人で乗り越えていきましょう」

他にも身分差やテオドーラの説得など、問題はそれなりにあるはずだ。だが彼がいてくれれば、必ず乗り越えていけると信じられた。

ユーリアは淡い涙を浮かべながら強く頷く。

「はい。私をシーグヴァルドさまの妻にしてください。こ、心も身体も、すべて……あ、あの、今まで冷たくしてごめんなさい……」

淑女《しゅくじょ》としてあるまじき言葉だったと思うが、これまでの申し訳なさもあって素直な気持を口にしてしまう。シーグヴァルドが満面の笑みを浮かべ、潰されそうなほどの強さで抱き締め、頭や頬に頬ずりしてきた。

「そんなことは気にしなくていいのです！　君が私のことを好きだということ、私の妻になりたいと言ってくれたことで帳消しです。ああもう、嬉し過ぎて、頭がどうにかなってしまいそうです！」

想像以上の喜びように、ユーリアもとても嬉しくなる。シーグヴァルドが頬ずりを止めた。

「では、これまで我慢していた分、すべて受け止めてください」

直後にはもう嚙みつくようなくちづけが与えられた。

絡みつく舌の動きもこれまで以上に激しく淫《みだ》らだ。混じり合う唾液が互いの唇の間でくちゅくちゅと小さな水音を立て、飲み込みきれなかった雫が顎先から胸の谷間にしたたり落ちるほどだ。

シーグヴァルドは片腕でユーリアの背をしっかりと支え、空《あ》いた方の手で胸の膨《ふく》らみをそっと包み込んだ。形を確かめるように動く手は、とても優しい。

膨らみを持ち上げるように下乳を撫で上げて先端まで来ると、掌で頂《いただき》を摩ってくる。不思議な甘い快感がそこから全身に広がり、下腹部と秘所を疼かせた。疼きを散らすために腰を小さく揺らそうとするが、シーグヴァルドの腕が逃げることを許してくれない。

「……ん、んっ、んんっ」

掌が丸く動くたびに頂は硬くなり、つんと尖《とが》っていく。触れられていない方も同じように硬くなった。

シーグヴァルドの人差し指が、片方の頂を指の腹で集中的に押し揉《も》んできた。甘い快感にビクビクと身体が震え、彼の口の中に喘《あえ》ぎが吸い取られる。

押し返すほどに硬くなったそこを、シーグヴァルドは執拗《しつよう》に指で弄《いじ》り続ける。今度は人差し指と親指で摘《つま》み、擦り立てた。時折きゅっ、と押し潰され、刺激的な愛撫に身体が小さく跳ねる。

くちづけはずっと続いていて、息は荒くなる一方だ。喘ぎを呑み込まれているせいなのか、快感が体内に溜まり続けてクラクラする。

背中を支えていた腕がゆっくりと上がって首を支えた。肩口から胸元に伸びて、弄っていない方の胸を優しく掴んで揉み解す。

（りょ、両方は、駄目……っ）

片方は乳首だけ、片方は乳房全体を弄られてはたまらない。性に未熟な身体は戸惑《とまど》いながらも快感を素直に受け止めてしまう。

甘い疼きがさらに強くなり、ユーリアは思わず胸を反らした。

「……っ‼」

舌を強く吸われながら、小さな絶頂を迎える。シーグヴァルドがようやく唇を離してくれ、ユーリアは忙しなく息をした。

「……可愛《かわい》いですよ、ユーリア。私の指で、達しましたね。ああ……素敵です……」

呟いたあと、シーグヴァルドが胸元に顔を伏せた。達して震える胸の頂の片方をくわえ、熱い口中で舌先で舐め擦り、弾く。

「……あ……や……あっ、あ……っ」

「……ん……君のここ……とても美味しい、です……」

味などあるわけがないと思うのに、シーグヴァルドは飴を味わうように頂を舐め回した。首を支えていた腕が背中に下り、今度は脇の下をくぐって乳房の片方を揉んできた。指は硬く尖った頂を絶え間なく愛撫し、ユーリアは本能的に逃げようと身を捩《よじ》る。

「……あ……あっ、あ……駄目……一緒は、駄目……っ」

乳房を二種類の愛撫で容赦なく責められ、ユーリアは上体を反らしながら哀願した。身体を支える腕の位置が背中に変わったため、自ら乳房を彼に捧げる格好になってしまう。

「素直で可愛い身体ですね……駄目だと言っても、もっとして欲しいようです」

熱い息を吐いてシーグヴァルドが大きく口を開き、膨らみにかぶりついた。片方は食《は》むように唇で甘噛みされ、片方は乳首を摘まれて扱《しご》き潰され、きゅうっ、と引っ張られる。

「……あ……や……あぁ……っ！」

再び全身を襲った刺激的な快感に、ユーリアの身体がビクビクと震えた。この快感をどうやって散らせばいいのかわからず、瞳は涙で濡れ、唇はわずかに開き、荒い呼吸と唾液が零れ落ちる。

「……ああ、君の啼《な》く声がこんなに可愛いなんて……たまりません、ね……」

目元を少し赤くしたシーグヴァルドが、片膝を立てる。椅子の背もたれのようになったそこに、ユーリアはぐったりともたれた。

シーグヴァルドの片手がユーリアの胸の谷間から臍に向かって撫で下り、下腹部を——子宮のある位置を軽く押さえる。

「君の胸を一晩中味わうのもいいですが……君のここに、入りたい……」

欲情に濡れた声でそんなふうに言われると、彼に押さえられている掌の下が、じん……っ、と熱くなった。

知識としては知っている。臀部の下に何か硬く長大なものが押しつけられている。男性器だ。だがその熱と硬さには戦いてしまう。

小さく息を呑むと、シーグヴァルドが微苦笑して頬にくちづけた。

「怖い、ですか」

「……そ、それは……その……はい……。ごめんなさい、は、初めて……だから……こ、こんなに硬くて熱いものが……わ、私の中に、入るのでしょうか……」

正直に聞くと、シーグヴァルドはなぜかとても感激したように小さく打ち震えた。

「……今の君の言葉と表情だけで、達してしまいそうです……っ。見るのも感じるのも私のものが初めてなのですね……！」

頬や唇に情熱的なくちづけを与えながら、シーグヴァルドは続ける。

「私も君が初めてなのでうまくできないかもしれませんが、精一杯頑張ります。気持ちよくなかったらすぐに言ってください。でも気持ちよかったら正直に教えてください。これから何度でも君と交わるのです。君が気持ちいいと思うところはすべて知りたい……」

ユーリアのことをとても考えてくれていることがわかって、嬉しい。だがその言葉で知った事実に、驚きもある。

（私が初めてって……ほ、本当に……？）

シーグヴァルドに異性との噂《うわさ》はなかったが、彼は健康な成年男子だ。貴族令嬢とは違い、貴族男性は貞操観念が薄い者の方が多い。妻を娶《めと》るまでに経験を積んでおくべきだという考えが普通なのだ。

信じられない思いで見返すと、シーグヴァルドは少し不満げに目を細めた。

「当たり前でしょう。君以外の女に触れるなど、考えただけで気持ち悪くて吐きます。テッセルホルム領を訪問しているとき以外は、手袋を手放せなかったほどですよ」

「……で、でも……男の人の身体は、意思に反して欲情することも、あると……」

「そういうときは、いつも君のことを考えていました」

ドキリ、と胸が高鳴る。シーグヴァルドは熱を孕《はら》んだ瞳でじっとこちらを見つめた。

「この手を君の手だと思い、君がどんなふうに喘いで乱れるのかを目を閉じて夢想して、処理していました。実際は夢想とはまったく違うとわかりましたけれど」

露骨な物言いに、ユーリアの全身を赤く染める。わざとそう言って、これからすることをユーリアに自覚させているようにも思えた。

「女性は、そういう淫らな妄想はしないのですか？」

急に問いかけられて、ユーリアは狼狽えた。まさかそんな問いをされるとは思わなかった。

　だがシーグヴァルドはユーリアの下腹部を――子種を受け止める辺りを撫でながら繰り返す。

「教えてください。女性は淫らな妄想はしないのですか？　でも、恋愛話は好きですよね。誰と誰が交際を始めただの、誰が結婚しただの……自分と関わりのない者の恋の裏事情を知りたがる……男性ほどではなくても、性欲はありますよね？　肉体関係を持つことに対しての興味は、驚いてしまうほど貪欲なときもありますよね。まあそうでなければ、私に性行為を迫ってくることもしないでしょうが」

「わ、私はそういう話に興味はありません！　そ、そういうことはとてもデリケートな問題ですし、むやみやたらに部外者が踏み入ることではありませんし……って……え……？」

　シーグヴァルドの言葉にユーリアは目を剝《む》いた。それはつまり、女性側から淫らな行為を迫られたということだ。

　シーグヴァルドのことだから、手酷く拒絶したのだろう。だがそんなふうに迫られたら、異性との触れ合いが嫌になっても仕方がない。

　シーグヴァルドが微苦笑した。

「君には触れているだけでひどく興奮するのですから、不思議なものです。きっと私が君を大好きで、愛しているからですね」

言いながら下腹部を撫でていた手をするりと内腿の間に潜《もぐ》り込ませる。羞恥で抵抗する間もなくあっという間に淡い茂みをかき分けられ、長く骨張った指が自分ですらまともに触れたことのない秘められた入口に押しつけられた。

「……あ……っ」

反射的に内腿を強く閉じてしまう。シーグヴァルドが優しく額やこめかみを啄《ついば》んだ。

「大丈夫です、ここが解れるまで決して入りません。君を傷つけることは絶対にしないと誓います。だからどうか……私に委ねてください……」

低く優しい声で囁かれ、ユーリアは震えながら力を抜く。

臀部に触れている男根が先ほどよりも硬さを増し、起ち上がっていることがわかった。それでも、シーグヴァルドはユーリアの身体を気遣ってくれている。

「ありがとう、ユーリア。そう……もう少し、足を開いてください」

じっと見つめられながら言われ、ユーリアも彼の瞳を見返しながら恐る恐る両足の力を抜く。足を開くことはできなかったがシーグヴァルドは嬉しそうに笑い、指を入口に沿わせた。

「……ああ……入口だけで、こんなに熱いなんて……」

感嘆の呟きが、恥ずかしい。シーグヴァルドはユーリアを見つめながら時折唇にくちづけつつ、指を動かした。

上下に蜜口を擦られると、じわりと蜜が滲《にじ》み出す。その反応を恥ずかしいと思う間もなくシーグヴァルドの指に蜜をすくい取られ、花弁《かべん》や花芽《かが》に塗り込められた。

「……ん……あ、あ……」

「ユーリア、ここは……どうですか。嫌ではありませんか？」

「……あ……んぅ……い、や……ぁ」

触れられるとこれまでにない快感がやってくる場所が、花芽だった。弄られれば弄られるほど、淫らに身体がくねり、喘ぎが零れてしまう。

だから嫌だと言ってしまうと、シーグヴァルドが慌てて愛撫を止めた。

「すみません、強過ぎましたか！　もっと優しく触れますね。少し待ちますから……」

だが指の動きが止まると、ひどく物足りない気持ちになる。それが蜜口《みつくち》に伝わり、かすかにそこがひくついた。

まるでシーグヴァルドの指を求めるような動きに彼が気づいて、小さく息を呑む。

「……ユーリア……もっと触っても、いいですか……」

そんなことをされたら、これまで以上に乱れてしまう。ユーリアはぎゅっとシーグヴァルドの腕を摑み、涙目で見返した。

「……私……変になってしまいそうなんです……。それでもいい、ですか……？　き、嫌いになりませんか……？」

彼に嫌われるのは嫌だ。これ以上淫らな気持ちになったら、どれほどいやらしい娘になってしまうのだろう。それが怖い。

シーグヴァルドが突然深くくちづけてくる。舌を絡め合ったあと、熱い息を吐きながら唇を離して言った。

「変になる君を見たいのです。私の指でどれだけ乱れてもいいんです。ただし……他の男の……いえ、自分の指でもここに触れさせて乱れたら、許しません。君のここに触れることができるのは、私だけです」

「……あ……ん……！」

シーグヴァルドが蜜でぬるついた人差し指と親指で花芽を摘み、擦り立ててきた。先ほどよりもっと強い快感がやってきて、身をくねらせる。

「……ユーリア……可愛い……とても、可愛い顔をしています、よ……」

時折くちづけながら、可愛いと何度も囁かれる。乱れてもいいのだと言ってもらえているようで、喘ぎを堪えることもやがてはできなくなる。

シーグヴァルドの指が、蜜口にそっと沈み込んだ。ぬぷぬぷと浅い部分を出入りして、こちらの反応を窺う。

異物感に身を強張らせたのは、わずかな時間だ。シーグヴァルドが蜜口を解すように浅く沈めた指先を丸く動かすと、あっという間に違和感がなくなる。それどころか中がもっと奥に導くかのように蠢《うごめ》いた。

「大丈夫……ですか？　もっと中に入っても……？」

耳元で問いかけられ、かすかに頷くと、シーグヴァルドがゆっくりと中指を押し込んできた。蜜壺《みつつぼ》の中に根本まで入り込んだあとは、しばらく馴染むまで待ってくれる。

呼吸が整うと、シーグヴァルドがゆっくりと指を動かし始めた。

引き抜いて、再び入り込む。単純な動きはやがて肉壁を探るように擦り、本数を増やし、様々な動きを加えて感じる部分を見つけ出してくる。

「……あ……あっ、そこ……駄目……っ！」

臍《へそ》の裏側の辺りを強く押し上げられると、腰が蕩《とろ》けるほどの快感がやってきた。素直に言うとシーグヴァルドは嬉しそうに微笑み、頬にくちづけながら指を蠢かす。

「わかりました。ここがいいのですね。たくさん弄ってあげます」

「あ……違……っ、駄目、駄目ぇ……っ、あ……あぁっ‼」

執拗にその部分を何度も愛撫され、ユーリアは新たな絶頂に至った。

意識が白く塗り潰されるかのような快感が全身を駆け巡り、ユーリアは上体を反らして達する。とぷり、と蜜がこれまで以上に溢れ、後ろの菊門にまでしたたった。熱い雫がしたたっていく感触にも打ち震える。

「あ……はぁ……あ……あ……っ」

涙でけぶる視界の中、シーグヴァルドの眉が耐えるようにきつく寄せられた。指を蜜壺の中に埋め込んだまま、きつく締め付けてくる感触に感じ入っている。

「……ユーリア、すみません……そろそろ限界、です。君の中に、入りたい……」

指だけでこんなに感じたのに、シーグヴァルド自身が入ってきたらどうなってしまうのか。甘い恐怖に戦くものの、求められる喜びの方が上回る。ユーリアは息が整わないながらもハッキリと頷いた。

「……私、も……シーグヴァルドさまのものに、なりたい、です……」

「ユーリア……！」

耐えきれずに深くくちづけながら、シーグヴァルドが仰向《あおむ》けに横たわる。そしてユーリアを自分の上に乗せた。

すでにもう力がほとんど入らないため、されるがままだ。ぐったりとシーグヴァルドの身体にもたれかかってしまったものの、自重が気になる。

「……お、重いですから……っ」

慌てて身を起こそうとすると、シーグヴァルドの両手に臀部を掴まれて阻まれた。そのまま指が割れ目の中に入りそうなほど強く掴まれ、押し開かれる。

「床では君の背中を痛めます。このままで……これも、なかなかいいです。君にしがみついてもらっているみたいで……」

力がうまく入らない身体はシーグヴァルドと密着している。引き締まった胸に乳房を押しつけてしまってそれが潰れ、足も開いて彼の腰を軽く挟むほどだ。

どれだけ自分が淫らな格好をしているのかに気づくが、動けない。気づけば反り返った男根が蜜口に押しつけられていた。

指とは違う大きさだ。本当に入るのだろうかと不安になり、揺れる瞳で見下ろす。

シーグヴァルドが微苦笑しながら腰を小さく揺らした。

「……ゆっくり、入りますから……大丈夫、ですよ。力を抜いて……」

丸い亀頭が花弁を優しく押し揉んでくる。頃合いを見計らって、滲む蜜を纏《まと》ったそれが、ぬぷぷ……、と入り込んできた。

「……あ……あ……っ」

あれだけ指で蕩けさせてもらったのに、全身が強張る。それでも身体は女として貪欲に愛する男のものを受け入れようと、花弁がひくついた。

「……ああ……ユーリア。まだ君の入口なのに、達してしまいそう、です……っ」

くちゅん、と亀頭の部分が沈んだ。ホッと安堵の息を吐くと、シーグヴァルドが摑んだ臀部を押し下げてくる。

「……ひ……ぁ……っ！」

ずぶずぶと長大な肉竿が隘路《あいろ》を押し広げながら奥まで入り込んでくる。圧迫感と初めて知る痛みに息が詰まり、身体が冷えた。それでも嫌だとは言わなかった。

（だって……これが、シーグヴァルドさまと一つになるということ……）

与えられる痛みも、愛《いと》おしい。ユーリアはシーグヴァルドの胸に頬を押しつけて、きつく眉根を寄せながら入り込んでくる肉竿の感覚に耐える。

「ユーリア……」

申し訳なさそうに呼ばれて、慌てて大丈夫だと伝えようとする。シーグヴァルドは臀部から手を離し、ユーリアの背中と頬を慈しむように撫でた。

「……私は、ひどい男です。君にそんな顔をさせたくないと思っているのに……今、このとき、私を受け入れるための顔ならば……ずっと見ていたいとすら思います」

根本まで入るために、シーグヴァルドがぐんっ、と腰を突き上げた。

「……ああっ!!」

衝撃と痛みがやってきて、ユーリアは思わず悲鳴のような喘ぎを上げる。初めて異性を受け入れる痛みに涙が零れた。

「すみません、ユーリア。痛くさせてしまいましたね……」

ユーリアの言葉を遮《さえぎ》って、シーグヴァルドが申し訳なさそうに言う。唇が優しく涙を吸い取り、掌が背中や肩、腰や臀部を労《いたわ》るように撫でてくれた。

「い、いいえ……シーグヴァルドさまがくださるものだから……嬉しい、です……」

「……ありがとう、ユーリア。私も君と一つになれて、嬉しい……」

どちらからともなく唇を寄せて、くちづけを交わす。啄むように軽く、舌先で戯《たわむ》れるように触れ合い、お互いの唾液を混ぜ合わせるように舌を絡め合わせる。そんな甘いくちづけを繰り返していると痛みが少し和らいだ。

もう大丈夫です、と伝えようとすると、シーグヴァルドが薄く微笑んだ。笑っているのに、その瞳には欲情の炎が揺らめいて見える。息を詰めてしまうほどの獣性の揺らめきだ。

シーグヴァルドが目元から零れた涙を、舐め取った。優しいのにねっとりとした動きが、まるで味見をされているように感じられる。

(シーグヴァルドさまに——食べられる)

「君のその泣き顔は……私をひどく、昂《たかぶ》らせます、ね……」

蜜壺の中に納まったままの肉竿が、さらに大きくなった。今でもミチミチと押し広げられる圧迫感がすさまじいのに、これ以上大きくなったらきっと裂けてしまう。

「……シーグヴァルド、さま……こ、これ以上は……お、大きくしないで……。さ、裂けて、しまいます……っ」

シーグヴァルドが小さく息を呑む。だが肉竿は、ユーリアの言葉に反応してさらに大きくなった。

声にならない喘ぎを上げて、ユーリアは彼の胸に頬を伏せてしまう。

「……今のは君が悪いですよ……」

恨めし気に言って、シーグヴァルドが宥《なだ》めるように背中を撫でた。

「君のそういう素直なところが、私を煽《あお》ります。ですがそこもとても可愛いから……本当に、もう、どうしてあげましょうかね……」

背中を撫でていたシーグヴァルドの手が、腰を下りる。その手が後ろの双丘《そうきゅう》の割れ目に入り込み、指の腹で菊門を優しく押し揉んだ。そんな不浄な部分を弄られることに衝撃を受け、ユーリアは涙目になる。

「……ん……あ、そこ……汚い、です……！」

「……いつかここも、私のものにさせてくださいね……」

何だそれは、と驚く間もない。シーグヴァルドが緩やかに腰を突き上げてきた。

蜜壺の深い部分を軽くノックするように、亀頭で優しく押し上げられる。

「……あ……ん、ん……っ」

優しく揺さぶり上げられる律動は、挿入時の痛みを拭い取ってくれるかのような甘い刺激だ。シーグヴァルドの気遣いも伝わってきて、疼痛《とうつう》は完全にはなくならないものの、それでも与えられる快感を身体は拾ってくれる。

「……辛《つら》い、ですか……？」

シーグヴァルドの両手が再び臀部を摑んで問いかけてきた。その声は、耐える響きを孕んでいる。辛いと言えばやめてくれるのだろう。

ユーリアはシーグヴァルドを涙目で見返し、指先でそっと頬を撫でた。

ユーリアがただ軽く撫でただけでシーグヴァルドは全身を震わせ、息を詰めた。汗が雫となってこめかみから精悍《せいかん》な頬へと滑り落ちていく。

同時に蜜壺を優しく刺激している肉竿の先端が、さらに膨らんだ。

「……んぅ……っ。シーグヴァルドさまの方が、辛そう、です……」

ふ、とシーグヴァルドが小さく笑う。そしてユーリアの頬を片手で撫で返した。

「仕方がないことです。君は男を受け入れるのが初めてなのですから……この辛さも、むしろ喜びですよ。でも、君が許してくれるのならば……動きたい、ですね……」

ひどく苦しげな声に、断る気持ちは一切湧いたこなかった。動きたい、という意味を完全に理解はできていないまま、ユーリアは膣内を押し広げてくる男根の雄々しさに身を震わせながらも言った。

「シーグヴァルドさまが私を欲しいと思ってくださることが、嬉しいです。だから、思うままに、して、ください……」

「私が思うままにしても、いいんですか？」

シーグヴァルドの声が、低くなった。一瞬恐怖してしまうほどの声に身震いするものの、ユーリアは素直に頷く。

シーグヴァルドはとても嬉しそうに笑って、身を起こした。ユーリアを腹の上に乗せているのに、まったく重さを感じていない力強く素早い動きだ。中に男根が入ったままで、彼の腰をまたぐ格好で座位に誘導されてしまう。

ぐっ、と子宮口を亀頭で押し広げられただけではなく、自重でさらに圧迫感が強まり、ユーリアは身を捩ろうとする。直後、シーグヴァルドが力強く突き上げてきた。

「……ひ、ぁ……あぁ……っ！」

胸の膨らみが揺れ動くほど突き上げられ、仰《の》け反《ぞ》ってしまう。直後には自重で戻り、蜜壺の奥深くで男根を受け止めてしまう。ユーリアは見開いた瞳から快楽の涙を散らした。

湿った髪が乱れる。律動に合わせて揺れる乳房を目の当たりにし、それが淫らに揺れ動いている様をシーグヴァルドに間近からしっかりと見つめられていることをいやでも自覚させられる。

シーグヴァルドは耐えるように眉根を寄せながらもうっとりと——そしてとても熱っぽい瞳でじっと見つめてきた。

「……ああ、何てすさまじい快感、でしょうか……君が、私のものを奥深くくわえ込んで乱れる姿は……想像以上、です……っ」

「ひゃ……ああっ!!　あっ、あう……っ!!」

細腰を大きな両手で強く抱き締められて、逃げられない。

逃げるために上体だけ身もだえする様が、シーグヴァルドを昂らせるようだ。強靭な腰で、

ますます突き上げを激しくしてくる。

後ろに倒れてしまいそうになるとシーグヴァルドが膝を立て、背もたれ代わりにして支える。彼の膝に背を押しつけて仰け反ると、亀頭が臍の裏辺りのひどく感じる部分をぐいぐいと強く突いてきて、ユーリアは快楽の逃げ場を失ってしまう。

「……そこ、駄目……駄目、駄目です……っ！」

「そうでしたね。ここは君が……とても感じるようでした……しっかり、覚えましたよ……」

「ああっ、駄目！　激しく、しては……駄目ぇ……っ、あぁっ‼」

ひどく恥ずかしい失態を犯してしまいそうで、ユーリアは首を左右に打ち振って哀願する。シーグヴァルドは肉食獣を連想させる獰猛さで舌なめずりすると、腰を支えていた右手を滑らせ、花芽を優しく摘んだ。

「……っ‼」

指の腹が与えてくる甘い圧迫感に快感が一気に駆け抜け、頭の中で弾ける。

視界が白く塗り潰され、ユーリアは声にならない喘ぎを高く上げ身を強張らせた。一瞬後、シーグヴァルドが低く呻《うめ》き、腰をさらに強く突き上げて欲望を放った。

最奥に激しく叩きつけられる熱に、ユーリアは打ち震える。欲望の放出は長く、すべてを受け止めきれず繋がった場所から溢れ出してきた。その感覚も快感に繋がり、ユーリアは身を震わせた。

シーグヴァルドがユーリアにくちづけてくる。激しさはなかったが、ねっとりと舌を絡ませてくるくちづけだ。唾液でぬめった肉厚の舌と舐め合うようなくちづけをされている間に、呼吸は少しずつ整ってくる。

「……あ……ん……」

膝の上に座らされたままでくちづけられていると、絶頂の余韻で身体からさらに力が抜け、彼に全身でもたれかかってしまう。シーグヴァルドは両腕でユーリアを包み込んでくれた。温もりもくちづけも、とても気持ちがいい。言いようのない安堵感に包まれて、まどろみたくなる。

（これが……愛しい人と繋がり合う、悦《よろこ》び……）

とても甘美な快楽だ。一度知ってしまったら、忘れられない。

「とても素敵、でした……」

放心したようにシーグヴァルドが言う。何だか褒めてもらえたようで嬉しくて、小さく笑いかけた。

「シーグヴァルドさまも、とても素敵でし……あ、ああっ？」

次の瞬間、シーグヴァルドの腰が揺れ始めた。優しく身体を揺さぶられ、蜜壺の中に入ったままの男根が膣壁を柔らかく刺激してくる。

座位のままのため、子宮口もまだ萎《な》えていない膨らんだ亀頭で軽くノックされるように刺激された。

「……あ……あぁ……っ」

先ほどのめちゃくちゃにされるような攻めとはまったく違う。全身に広がっていくさざ波のような快感がやがては身体の奥で収束し、とても満たされる甘い快感を教えてきた。

ユーリアはシーグヴァルドの腰に両足を絡め、頼もしい胸板に乳房を自ら擦りつけるように押しつけ、首に両腕を回してしがみつく。広い肩口に頬を押しつけ、自然と身を捩った。

「……あ、あ……シーグヴァルド、さま……っ」

「すみません……まだ、君を離せそうに、ない……っ」

シーグヴァルドがユーリアの項に顔を埋め、汗ばんだ肌を舌と唇で愛撫しながら身体を揺らし続ける。骨張った指先がつつ……っ、と背筋をなぞり上げた直後に、ユーリアは達した。

「……っ!!」

しがみつく両腕と両足に力を込めて達する。蜜壺が自然とうねり、昂った男根を根本から締め付ける。こんなに早く達するとは思わなかったのか、シーグヴァルドが息を詰めた。

「……く、ぅ……」

「あ……あっ、あ……あぁ……っ」

射精を耐える低い呻きがとても色っぽく、その吐息と声が耳を擽るだけでも続けざまに小さな絶頂を迎えてしまう。シーグヴァルドが蜜壺の蠕動《ぜんどう》をやり過ごし、大きく息を吐いた。

「……まさか……これだけで、達してくれたのですか……？」

耳に唇を押しつけるほどの至近距離で問いかけられても、答えられない。代わりに全身で震え、甘く小さな喘ぎを繰り返してしまう。

シーグヴァルドが呻いた。

「……なんて敏感な身体なんです、か……本当に、めちゃくちゃにしたく、なる……っ！」

シーグヴァルドが項《うなじ》に強く吸いついた。赤い印が刻まれるまで吸われ、その間は繋がった場所を指で弄られる。

「……あ……駄目、入ったままなのに、そこ、弄ったら……あ、あ……また……っ」

新たな極みを迎えてしまう。シーグヴァルドは熱い息を吐いたが、男根は硬く張り詰めたままだ。

「ベッドがあれば、君の身体を傷つけずにもっと激しく抱ける、のに……っ」

毒づく声と言葉は、普段の優しく穏やかな雰囲気からは想像できないものだ。まだ知らない彼の一面を知れば喜びに繋がり、肉棒をさらに締め付ける。

「……まだ、足りません……もっと、欲しい……」

これ以上されたら、どうなってしまうのだろう。蜜壺の中に納まったままの男根は、今にも動きたそうに脈打っている。

甘い恐怖に身を震わせるが、求められる嬉しさがそれを上回った。

「……シーグヴァルドさまが、欲しいと思ってくださるのなら……」

「ああ、ユーリア……そんなに可愛いことを言わないでください。本当に……抱き潰してても離してあげられなくなってしまいます」

何だかとても怖いことを言われたような気がするが、与えられる快楽に蕩けた思考ではうまく考えられない。ただシーグヴァルドが自分を求めてくれることだけは強く伝わってきたから、ユーリアは微笑む。

「……嬉しい、です……」

シーグヴァルドが大きく目を瞠り、すぐにぎゅっと強く閉じた。眉根を寄せてブツブツと言う。

「だからそんなふうに言われたら私の理性が利かなくなるというのに、素直で無邪気なのにも限度があります。君を傷つけることは絶対にしたくないのに、これではその誓いを破ることになるではありませんか。ああ、でも君が私のを受け止めて……受け止めきれずに泣いて縋《すが》ってくる姿も……見たいと思うのも確かで……」

呟きとともに蜜壺の中の男根が熱と硬さを増していく。圧迫感に小さく喘ぐと、シーグヴァルドは気持ちを落ち着かせるために深く息を吐き出した。

「わかりました。ではあともう一度だけ。私に付き合ってくれてありがとう、ユーリア」

礼まで言ってもらえると、ますます嬉しくなる。照れた笑みを浮かべると、シーグヴァルドがユーリアの両脇に手を差し入れて持ち上げた。

ずるりと肉竿が出ていってしまう感触に、ユーリアは軽く目を瞠る。

「……え……？　シ、シーグヴァルド、さま……？」

もうしないのか、と急に寂しく切なくなってしまい、求める声音で思わず呼びかけてしまう。シーグヴァルドが微苦笑した。

「そんな顔をしてはいけません。私のなけなしの理性が砕けます。君を壊さないよう、かなり我慢しているのです。……ベッドがあればどういう体位でも君の肌を傷つける心配はないのですが、ここにはそれがありませんからね」

言いながらシーグヴァルドはユーリアをテーブルに連れていき、両手をテーブル面につかせて前屈みにさせた。自分は後ろに回り、背中に胸を押しつけて覆い被さってくる。

顔が見えなくて少し寂しいが、温もりは背面に余すことなく感じられて気持ちがいい。そ

それに耳や頬、こめかみに、シーグヴァルドが軽く啄むようなくちづけを与えてくれる。

「身体……辛くはないですか？」

脇の下から前に回った左手で喉元を擽られながら問いかけられる。たったそれだけの愛撫でも力が抜けてしまいそうになるが、シーグヴァルドの右腕がしっかりと腰に絡んで抱き寄せているため、その心配もない。

臀部に反り返った熱く硬い肉竿が押しつけられて、ドキドキする。ユーリアは小さく大丈夫だと頷いた。

「よかった。ならば……足を開いてください」

そんな恥ずかしいことをすぐにはできない。反射的に両足をぴたりと閉じてしまう。

シーグヴァルドが小さく笑い、喉を擽っていた左手を胸の谷間をなぞりながら下らせて、内腿に差し入れた。優しいのに抗えない力で内腿をそっと押し開かれる。

「……あ……っ」

呑み込まされた白濁《はくだく》と蜜が混じったものが、つ……っ、と内腿をしたたり落ちた。肌を撫でる雫の感触に身震いする。

シーグヴァルドの指が蜜壺の入口に触れ、花弁を優しく撫でながら押し開いた。ユーリアは慌てて俯《うつむ》き、首を横に振る。

「……広げたら……零れて、しまいます……っ」

下肢にうまく力が入らないから、蜜口を閉じることもできない。花芽を中指の腹で丸く捏《こ》ねられてしまい、入口から白濁混じりの愛蜜が零れてしまう。

「ああ……よかった。まだたっぷりと濡れてくれていますね……」

シーグヴァルドの指が花弁を撫で、花芽を捏ね回し、時折指を沈み込ませてぐちゅぐちゅとかき回す動きが、はっきりと見える。反射的に身をくねらせれば乳房も揺れ、乳首が硬くなっているのもよく見えた。

彼によって確実に女の反応を示していることを、まざまざと見せつけられているようだ。恥ずかしい。

なのに、気持ちいい。こんなに淫らになってしまっていいのだろうか。

不安になりそうになった直後、シーグヴァルドがさらに身体を密着させてきた。臀部に押しつけられていた肉竿が割れ目に沿わされる。

「……あ……っ」

シーグヴァルドが腰を動かす。肉竿は割れ目を上下に擦り始めた。

膨らんだ亀頭が割れ目を押し開きながら花芽まで向かい、くりくりと丸く尖った花芽を刺激してから菊門手前まで戻る。そして再び花芽に向かって割れ目を擦ってくる。

中に入ってはいないのに、まるで抽送《ちゅうそう》されているかのような動きだ。花弁がひくつき、蜜がさらに滲み出し、シーグヴァルドの先走りと混じって動くたびにぬちゅぬちゅと淫らな水音が上がる。

股間を見つめ続ければ、見え隠れする亀頭がよく見えた。傘が開いた部分の大きさに、ユーリアは思わず息を呑んでしまう。あんな大きなものを、自分は受け入れたのか。

蜜でしっとりと濡れていく肉竿が、さらに大きくなったような気がした。背後で感じるシーグヴァルドの身体が、熱を増している。

耳や項、頬に触れる吐息も熱い。その熱を感じるだけで身体の奥が疼いてしまうのは——一人の女性として彼に求められていることが嬉しいからだろう。

つぷん、と亀頭の先端が、花弁の中に少し沈む。受け入れたばかりの入口は赤く腫《は》れていて、すぐにこんなにも滾《たぎ》っている男根を受け入れるのは辛い。身体が本能的に怯《おび》えてしまい、ユーリアは身を強張らせてしまう。

だがユーリアは小さく息を呑み、肩越しにシーグヴァルドを振り返って言った。

「あ、の……来てくださって……構いませ、んから……」

身体は戦《おのの》いても、心は彼に求めて欲しいと思っている。それを伝えたかった。

シーグヴァルドが軽く目を瞠ったあと、嬉しそうに笑う。どこか子供のような無邪気な笑顔に、ドキリとした。

「無理をさせたいわけではありません。そのうち無理をしなくても……私が欲しいと言わせてみせます。ですから、今はこれで……」

シーグヴァルドの腰が、再び動く。入口を肉竿で擦るだけで、彼は満足できるのだろうか。

「……あっ、あ……でも、が、我慢して……欲しくは、ない……から……っ」

「……ああ、ユーリア……っ！」

肩口から首を伸ばし、シーグヴァルドが嚙みつくようなくちづけを与えてくる。懸命に舌を絡め返して応えていると、彼の腰の動きがどんどん速くなった。

性器が擦れ合ういやらしい水音も高くなっていく。入れられていないのに、亀頭や脈打つ竿部分で花弁や花芽を擦られ、突かれるだけで身体が昂っていった。

「大丈夫、です。君とこうして触れ合っているだけで、達することができます……」

シーグヴァルドの息も乱れている。ユーリアが崩れそうになっても彼の腕が腰を支え——それどころか踵《かかと》が軽く浮き上がってしまうほど引き上げられたりもしてしまう。

かぷ、と右の耳朶を甘噛みして、シーグヴァルドが囁いた。

「……君は、どう……ですか。これでは……満足できません、か……？」

耳は感じる場所の一つだったようで、それだけでゾクゾクと全身が震えた。

シーグヴァルドの左手が繋がった場所に下り、花芽を摘んで指の腹で擦り立てる。ユーリアは両手を突っ張り、喉を仰け反らせて達した。

「……あ、ああー……っ‼」

「……っ‼」

シーグヴァルドが息を詰め、肉竿を花弁から引き剝がす。熱い白濁が放たれた。

肌を打つ熱に打ち震えながら、ユーリアはテーブルの上に突っ伏した。シーグヴァルドは肉竿を扱き、ユーリアの震える白い背や臀部に熱を放った。

「……あ……ぁ……」

あまりにも刺激的な愛撫に、意識がゆっくりと沈んでいく。すべて吐き出し終えたシーグヴァルドがユーリアに改めて覆い被さり、頬にくちづけた。

「愛しています、ユーリア。君の心も身体も、もう何があっても離しませんよ……」

恐れすら感じる束縛の言葉だったが、疲労による眠りに落ちていくユーリアには、甘い睦《むつ》言《ごと》にしか聞こえなかった。


シーグヴァルドは完全な眠りに落ちたユーリアを抱き上げ、敷いた毛布の上に横たわらせた。風邪を引かないようにその毛布で包み込み頬を優しく撫でていると、扉の外で人の気配がした。

ユーリアを起こさないよう、小さな声で入室を許可する。一瞬ののち、姿を見せたのはメルケルだった。

彼の手には大きなバスケットがある。室内の様子を一度見やったあと、すべて理解した表情で失礼しますと一礼し、テーブルの上にバスケットの中身を出した。

シーグヴァルドたちの着替え、それと温かい茶が入った水筒だ。シーグヴァルドの着替えを手早く手伝ったあと、メルケルは外に出て小屋の裏手にあった井戸から水を汲《く》んできた。探し出してきた鍋を使い、暖炉で湯を沸かし始める。あとはシーグヴァルドの役目だ。

たとえ一番信頼している側付きだったとしても、ユーリアの身体を清める役目を任すことはできない。同性の使用人でも彼女の肌を見ることには強烈な嫉妬《しっと》を覚えているのだ。

シーグヴァルドは自分の身体でユーリアの裸体をできる限り隠しながら、肌を清め、ドレスを着付ける。彼女にどんなことがあっても対応できるよう、着付けも習得済みだ。

快楽の涙の痕《あと》を拭うと、再び欲望が身体を昂らせようとする。大きく息を吐いてそれをやり過ごし、シーグヴァルドは言った。

「屋敷の様子はどうですか」

「シーグヴァルドさまは無事だと伝えたところ、ユーリアさま捜索には一晩待った方がいいと、ナタリーが使用人たちを止めました」

メルケルはこちらに背を向けて答える。シーグヴァルドは忌々《いまいま》しげに嘆息した。

「やはりあの女は母上の手先だったようですね……」

ユーリアの髪をブラシで整え、ひとまず二本の三つ編みにしてやる。眠る彼女は何をされても呻きすら漏らさず、すべてをシーグヴァルドに委ねていた。それがたまらなく嬉しい。

シーグヴァルドはユーリアの身なりを整え終えると、膝の上に彼女を抱きかかえる。暖炉の熱だけでなく、情事の熱が身体の冷えを完全に消しているのが頬の赤みでわかった。

ちゅ……っ、と戯れるように唇を啄むと、ユーリアが小さく息を漏らした。起こしてしまったかと反省したが、彼女の瞳は閉じられたままだ。それどころか甘えるように胸に頬をすり寄せてくる。

（ああ……たまらなく可愛い……！）

頬ずりしたいのを堪え、シーグヴァルドは愛しいユーリアの寝顔を見つめた。

――そもそもメルケルには自分たちの護衛を兼ねて、様子を見守ってもらっていた。ユーリアは今日の視察を二人きりだと思っていたが、万が一のときのために決して姿を見られないよう、遠くから見守らせていたのだ。事前に防げる『不幸』ならば、彼が排除する。

今回のことは、完全なる偶然の不幸だった。

ユーリアを助けて岸に上がったときにメルケルは駆けつけたが、シーグヴァルドは彼女を助けながら、屋敷に戻ってナタリーの様子を見張るよう命じた。母の手先だと疑ってはいたが、確信が持てなかったからだ。この機会に尻尾を出すに違いない。

「シーグヴァルドさまとユーリアさまがお戻りにならないことで、屋敷は大騒ぎになりました。ですがナタリーはユーリアさまを心配するというよりは、シーグヴァルドさまに何かあったらテオドーラさまに顔向けができないという感じでした。使用人たちをすぐさま捜索に向かわせようとしましたが、シーグヴァルドさまは途中、ユーリアさまと別行動をしていて今夜は別行動先に泊まることを伝えたところ、ユーリアさまの捜索を打ち切ったのです」

使用人たちが疑問に思うのは当然だった。心配だからとナタリーの命令を無視して探しに行こうとする者を彼女は止めた。

これから探しに行くとしても夜になってしまう。森には獣もいるし、領民を自分のせいで危険な目に遭わせたとあれば、ユーリアが心を痛める。彼女は領主として誰よりも地理をわかっているから、一晩過ごせる安全な場所をすぐに見つけ出せるはずだ。明るくなったらすぐに捜しに行こう――と。

シーグヴァルドは顔を顰《しか》めた。幼い頃からユーリアの側付きとして仕え続けてきたからこそ、ナタリーの説得に他の使用人たちは納得してしまうだろう。少し落ち着いて考えれば、彼女がうまい具合にユーリアを見捨てていることがわかるのだが。

これでユーリアが大怪我をしていたり獣に襲われたりしていても、朝まで誰も捜しに来ない。それで彼女が死亡したとしても、ナタリーには――彼女の真の主には好都合なのだ。

「……今すぐ、殺しに行きたいものですね……」

本当に小屋を飛び出して『敵』を八つ裂きにしに行きそうな、震え上がるほどの怒りを含んだ低い声に、メルケルが焦って振り返りながら名を呼ぶ。忠実な部下が何を言わんとしているのかを理解しているシーグヴァルドは、気持ちを落ち着かせるために深く息を吐き出した。

「ああ……大丈夫ですよ、メルケル。なかなか厄介《やっかい》な敵であることは充分承知しています。それに殺すだけなら、いつでもできます」

メルケルは複雑な表情で黙り込んだ。

シーグヴァルドは彼を見やり、穏やかな笑みを浮かべた。だがその瞳は少しも笑っていない。それどころかひどく残忍な光を孕んで底光りしていた。

「朝になったら戻ります。それまであの女の行動に注視しておくように」

メルケルが深く礼をする。余計なことは一切言わず、そのまま小屋を出ていった。

扉が閉まり、二人きりになる。シーグヴァルドはユーリアが風邪をひいたりしないようもう少し火に近づき、華奢《きゃしゃ》な身体を抱き締めた。

腕の中にすっぽりと包み込めてしまうほど華奢な身体だ。両親の死、友人や好意を抱いてくれた者の怪我を自分のせいだと思い悩み――誰にも頼れずにたった一人、受け継いだ地と民を守ってきた。

どれほどの心細さだったろう。与えられる優しさや好意を突き放さなければならなかった心の痛みや孤独感は、どれほどのものだったのだろうか。

――父とともにこの地を訪れることは、幼い当時の自分にとっては単なる逃げ場でしかなかった。たとえ第二王子であろうとも民から慕われ尊敬される優秀な者であれと、テオドーラの教育は父が見かねて止めるときもあったほど厳しく、執拗なものだった。

兄は元々多方面において優秀な素質を持っていたようで、母親の要求に対してうんざりはしていたが、常に応えられていた。心にその分余裕があったから、厳しい教育に対してもどこか飄々《ひょうひょう》と受け流していた。

そんな兄を凄いと尊敬しつつも、シーグヴァルドに余裕はなかった。母の要求に応えられなければ、折檻《せっかん》される。そして王子として相応《ふさわ》しくなれと、叱責される。

自分はあくまで兄の予備で、兄に何かなければ王になることはない。それならば、尊敬する兄を彼の部下として手伝いたい。そう口にしても母は聞かなかった。

父がこの地に自分を連れていってくれることは、母の厳しさから逃れられる唯一の機会だった。

母はユーリアの両親と友人で時折文通もしていたが、それでも好んで会おうとはしなかった。そして父が自分を連れていくことにもいい顔はしなかった。止める理由が勉学をおろそかにして、というものだったから、父も母の顔色を気にせず連れ出してくれた。

ユーリアには田舎領地で育つ令嬢特有の大らかさ、優しさ、世間知らずさがあった。とりあえず母から逃げられる場所を失わないように、気遣いと礼儀正しさは失わないよう心がけた。

大抵においてまとわりついて煩《わずら》わしいユーリアだったが、言い聞かせれば素直に頷き、憧れの眼差しを向けてあとをついてくるのは、悪くなかった。

ユーリアが向けてくる幼い思慕は、貴族社会のそれとはずいぶん違っていて――どこか物珍しく、同時に不思議な心地よさもあった。こんなにも素直に何の裏表もなく好意を向けられるのは、初めてだった。

兄の予備として、自分に取り入ろうとする者はそれなりにいた。時折母の茶会に呼ばれ、様々な年齢の令嬢たちと引き合わされた。そのたびに好みの令嬢はいたかと問われたが、大体において緊張しているかあからさまに媚《こ》びてくるか、早く退室したいと考えている者ばかりで、会話はこちらが気を遣わなければ弾まず、疲労ばかりの会でうんざりした。

だから一度、ユーリアに聞いてみた。自分に無邪気な好意を向けてくれるからこそ、知りたかった。自分に好きになってもらいたいか、と。

今思えばなんて上から目線の問いかけだったろうと、過去の自分を殴り飛ばしに行きたい。だがユーリアは幼いながらも一生懸命考え、答えてくれた。

『もちろん、シーグヴァルドさまに私を好きになってもらいたいです！　でも、無理して好きになってもらうのは嫌かなと思います。好きって自然と出てくるもので、私も気づいたらでも、シーグヴァルドさまのことが好きだったし、シーグヴァルドさまが私のことを好きじゃなくても、こうして一緒に遊んでもらえると幸せだし嬉しいし……だから、別に好きになってくれなくても大丈夫です！　あ、好きじゃなくても……い、一緒に遊んでは、欲しいです……』

その言葉を聞いて、ユーリアを見る目が変わった。

無償の愛なんてあるわけがないと思っていた自分の考えを、彼女が少しずつ変えてくれた。彼女の傍がとても居心地がよく、母や引き合わされる令嬢たちと一緒にいるときのような息苦しさを一切感じないことにも気づかされた。

（君の傍だと、私は普通に息ができる）

父の予定に合わせなくとも一人でテッセルホルム領を訪れるようになった頃、ユーリアと森で遊んでいたら、ならず者に襲われた。武術についても厳しく教育されていたため、自分が彼女を守るつもりだった。

ユーリアは圧倒的な力の差をわかっていながらも、身を挺してならず者からシーグヴァルドを守ってくれた。

すぐに護衛が駆けつけてくれて取り押さえてくれたものの、ユーリアは暴れたことで怪我をした。熱を出し、数日、ずいぶん魘《うな》された。

幸い痕に残る傷にはならなかったが、申し訳なさと情けなさと悲しさであのときはまともな思考ができず、すぐさまユーリアの両親に彼女を妻として迎えることで責任を取りたいと申し出た。

ユーリアの両親は驚愕し、そんな必要はないと説得してくれた。熱の下がったユーリアは両親からその話を聞くと大層驚いたあと、シーグヴァルドを叱りつけた。

『結婚って、お互いが本当に愛し合ってないと駄目なものです！　シーグヴァルドさまが私を好きでないなら、しちゃ駄目なんです！　そういう理由で結婚をお願いされても、私は絶対嫌です！』

ぷくっと頬を膨らませて全力で叱りつけるユーリアが、可愛くてたまらなかった。彼女に傍にいて欲しいと思った。結婚の申し出は、動揺から出た言葉ではないのだと、理解した。動揺していたからこそ、本当の願いを口にしてしまったのだ。

（ユーリア。君が私を受け入れてくれたのですから——もう、何があっても離しません）

そのために邪魔な者は、排除しなければ。

（もう、子供の頃とは違います）

成人となり、準備を整えてきた。自分が動くとき力になってくれる強力な味方もいる。ユーリアを妻として迎えるための障害は、たった一つだけだった。

【第五章　真の敵との対面】

シーグヴァルドとともに屋敷に戻ると、玄関に使用人のほとんどが揃っていた。ナタリーが彼らをまとめている。

「いいですか、これよりユーリアさまを捜しに行きます。ですがまだ嵐の影響はあちこちにあります。自身の安全を最優先に、ユーリアさまを悲しませないように……」

ナタリーの話を聞いていた使用人の一人が、ユーリアに気づいた。驚きに大きく目を瞠《みは》ったあと、喜びの淡い涙と笑顔を浮かべて叫んだ。

「お帰りなさいませ、ユーリアさま！」

「ユーリアさま！　ご無事で!!」

えっ!?　と驚くナタリーの脇を走り過ぎ、使用人たちがユーリアたちを取り囲んだ。皆、無事を心から喜んでくれる。

「大変でしたでしょう、ユーリアさま。お身体は冷えていませんか。湯を用意してあります。あと、温かい食事も！」

「シーグヴァルドさまとご一緒だったのですか？　別行動だったと聞きましたけれど……」

使用人の問いかけに、シーグヴァルドが笑顔で言う。

「やはりユーリアのことが心配で、すぐに用を済ませて合流したんです。この嵐でしたからね、森の管理人小屋で一晩、やり過ごしました」

（シーグヴァルドさまとはずっと一緒にいたのに……どうしてそんなことを……？）

疑問に思ったものの、シーグヴァルドにすぐに湯を使うように促されてしまう。結局問いかけることができないまま使用人たちに取り囲まれ、浴室へと連れていかれてしまった。シーグヴァルドも同じように別の浴室へ連れていかれる。

ナタリーが慌《あわ》てて後を追いかけてきた。

「ユ、ユーリアお嬢さま！　シーグヴァルドさまとずっとご一緒だったのですか⁉」

「え、ええ……」

昨夜の情事を思い出してしまい、ユーリアの頬が薄紅色に染まる。使用人たちは少し驚いた顔をし、考え深げに目配せし合った。

バスタブには温かい湯が張られていて、使用人たちがドレスを脱がせるのを手伝った。されるがままになりながら、簡単に事情を説明する。

話を聞いていたナタリーたちは、服を脱がせ終えて驚きに目を瞠った。中には恥ずかしげに目元を染めて、なるべくユーリアを見ないようにする者もいる。

急にどうしたのかと訝しみながら何気なく自分の胸元を見下ろしたユーリアは、そこにくちづけの赤い痕《あと》がいくつも散っていることに気づいて仰天《ぎょうてん》した。

胸元だけでなく、臍《へそ》の辺りや腰骨、内腿にもくちづけの痕は刻まれていた。きっと他にも自分では見えないところにシーグヴァルドに愛された印があるのだろう。

目覚めたときにはもうドレスを着ていたから、まったく気づかなかった。メルケルが見つけ出してくれて着替えを用意してくれたと教えてもらっている。

ユーリアは声にならない悲鳴を上げ、慌ててバスタブの中に身体を沈めた。保湿と保温効果のある入浴剤で白く濁《にご》っている湯の中で膝を抱え身を丸めれば、少しは肌が隠される。

ナタリーが小さく息を呑《の》み、使用人を下がらせた。そしてユーリアの傍《そば》で膝をつく。険しい表情は、これから何を言おうとしているのかを教えてくれた。

淑女《しゅくじょ》として婚前交渉など決してしてはいけないことだとわかっているが、後悔は一切ない。そしてそのことでシーグヴァルドが責められることもあってはならない。ユーリアは大きく息を吐き、ナタリーを真っ直ぐに見返して続けた。

「私が望んでシーグヴァルドさまに抱かれたの。これは私の意思よ。シーグヴァルドさまはとどまってくれようとしたわ。でも私が、シーグヴァルドさまと一つになりたいと思ったの」

「なんとはしたないことを……！　奥さまがいらっしゃったら、とてもお怒りになると思います。それにシーグヴァルドさまとそんな深い仲になってしまわれたら、あのお方にどのような不幸が降りかかるかまったくわかりません。もしもあの御方がお亡くなりにでもなられたら、どうされるのですか⁉　お嬢さまは呪われているのですよ。そのことをお忘れになり自分勝手にシーグヴァルドさまを巻き込んで……なんてひどいことをされたのですか‼」

ナタリーの厳しく激しい叱責《しっせき》に、ビクリと全身が大きく震《ふる》えた。

（……そう、だわ……私は自分が彼のものになりたいからと……シーグヴァルドさまを呪いに巻き込んで……）

アナタハ呪ワレテイルノダカラ——ナタリーの叱責の奥で、なぜかテオドーラの声も聞こえたような気がした。ゾクリと言いようのない恐怖が湧き上がり、ユーリアは唇を震わせる。

罪悪感に呑み込まれ、悪いことばかり考えてしまいそうになる。でも、とユーリアは小さく首を左右に振った。

（でもシーグヴァルドさまは、私は呪いにかかっていないと言ってくださった）

そして昨夜、不幸が降りかかるかもしれないのにユーリアの想いを受け止め、一途で熱く、深く激しい愛情を与えてくれた。

身も心も結ばれたのに、まだ彼に不幸は降りかかっていない。そしてその気配も感じられなかった。ユーリアは小さく息を呑み、恐怖のために高鳴ってしまった胸をそっと押さえる。

『呪いは、二人で乗り越えていきましょう』――シーグヴァルドも呪いを解くために力を貸してくれる。今はもう一人ではないのだ。恐れてばかりいては駄目だ。

「呪いは必ず解くわ」

「そんな簡単に仰《おっしゃ》って……！」

「難しいことだとわかっているわ。でも、私を妻に迎えたいと仰ってくださったシーグヴァルドさまのお心に精一杯応えたいの。頑張って頑張って……それでもどうしても駄目だったときに諦《あきら》めたいの。まだ何もしてないのに諦めるのだけは、嫌なの……！」

差し伸ばされた手を、二度と自分から振り払いたくなかった。

「なんて……なんてことでしょう……。私はテオドーラさまになんとお伝えすれば……」

ナタリーが青ざめ、小さく震えた。その言葉に、何か違和感を覚えた。

テオドーラへの罪悪感でこれほど打ち震えるものだろうか。ナタリーは彼女に仕えているわけでもないのに。

思わず訝《いぶか》しげな目になるとナタリーはハッとし、その場を取り繕うように微笑んだ。

「申し訳ございません。お嬢さまが呪いについて、そのように前向きで強いことを仰ったのは初めてでしたので、驚いてしまって……」

言いながら入浴の手伝いをしてくれる。その様子はもういつも通りのナタリーだ。

湯に肩まで沈み込み、ユーリアは少し照れくさげに続けた。

「全部、シーグヴァルドさまのおかげなの。シーグヴァルドさまが私のことを、昔と変わらずに想い続けてくださったから……強くならなくてはと思って……具体的にはまだどうすればいいのかよくわからないのだけれど、きっと解決方法は見つかるわ。まずはそう思うことから始めたいの」

彼の愛を感じると、とても心強い。だが同時に、照れくさくもある。

顔を赤らめて口を噤《つぐ》んだユーリアを、ナタリーはしかし複雑な笑顔で見返した。

入浴と着替えを済ませたあと、シーグヴァルドとともに執務室で、領民へ指示を伝えるように使用人に命じる。自分たちが事故を起こした場所は、安全処置が終わるまでは立ち入り禁止だ。特に子供たちが不用意に入り込まないように言い伝えてもらう。

二人で見回った場所に印をつけた地図を領民と一緒に見ながら、互いの情報を合わせて補修箇所の再確認をする。判断に困るところはシーグヴァルドがさりげなく助言をくれた。彼の領主としての知識は、ユーリアたちが驚くほどに深かった。

込み入った話になると自然とシーグヴァルドの助言を求めてしまう。そんなふうに一時間ほどの打ち合わせを終え、村に戻っていく領民を玄関ホールまで見送った。

疲れているのだろうからそこまでしなくていいと彼らは言ってくれたが、ユーリアはそのくらいはしたいと足を運んだ。帽子を軽く上げて礼をしながら去っていく彼らを見えなくなるまで見送る。シーグヴァルドも傍にいてくれ、ユーリアがしたいようにさせてくれた。

使用人が玄関扉を閉める。そろそろ昼食の時間だ。食堂へ向かおうと提案すると、シーグヴァルドは嬉しそうに頷《うなず》き、ユーリアと指を絡め合って手を繋いだ。

とても自然な動きに、照れて振り払おうとする間もない。気づけば大きな掌《てのひら》に利き手を包み込まれ、その温もりが抱擁《ほうよう》と同じほどに心地よくて身を委ねてしまう。

甘え過ぎは駄目だと思い、少し身を離した。けれど繋いだ手は解きたくなかった。すると、シーグヴァルドの方から身を寄せてきて、ドキリとする。彼は当たり前の顔をしていた。

「私たちはもう夫婦なのですから、もっと親密な様子を使用人たちに見せた方がいいのです。夫婦仲がいいことは、彼らを安心させます」

食堂まで先導していた使用人が、一瞬だけ肩を震わせた。前を向いたままだが確実に今の言葉は聞かれている。

「ま、まだ夫婦ではありません……！」

照れ隠しゆえに声を潜《ひそ》めて叱責すると、シーグヴァルドは言われて初めて気づいたのか、不満げに嘆息した。

「ああ、そうでした。まだ婚儀をしていませんでしたね。他にもいろいろと手続きやお披露目がありますし……」

まだ呪いのことも解決していないし、テオドーラやファーンクヴィスト公爵に報告もしていない。身分差のことや結婚後のテッセルホルム領のことなど、決めなければならないこともある。障害の多さを自覚し、ユーリアは思わず深い溜め息を吐きそうになった。

「これからシーグヴァルドさまにいろいろとご苦労をかけてしまうことになりますね……」

申し訳ありません、と続けようとすると、シーグヴァルドが素早く上体を傾け、唇を甘く奪った。すぐに離れた一瞬だけのくちづけに驚き、ユーリアは茫然《ぼうぜん》と彼を見返す。

シーグヴァルドはウキウキした笑顔を浮かべていた。

「確かに手続きやお披露目は面倒です。ですが君と私にとって、一生に一度の大事な儀式でもあります。盛大に、そして美しく、君とともに天に召されるまで一番の大事な思い出になるべく、私の全力を注がなければなりません！」

すさまじい意気込みが声音と笑顔の奥から感じられる。彼にとってこれからの苦労は、本当に何の苦にもならないらしい。

（それに今、天に召されるまでって仰ってくださった……！）

死が二人を分かつときまで、一緒にいてくれる。それが自然と彼の唇から零れたことが、嬉しかった。

ユーリアもそっとシーグヴァルドに身を寄せた。繋いだ手にも少し力を込めて握り返す。

「私も精一杯頑張ります。私を求めてくださって、本当に……ありがとうございます」

シーグヴァルドが足を止める。一緒に立ち止まったユーリアの顎先を指で優しく捉えると、上向かせてくちづけてきた。ちゅっ、と軽く何度も啄《ついば》まれたあとは、舌を搦《から》め捕《と》られる濃厚なくちづけに変わる。

食堂に向かう廊下の途中で与えられるくちづけではない。慌てて押しとどめようとするが、シーグヴァルドはユーリアを片腕にひょいっと抱き上げた格好でくちづけを続ける。

足が浮いてしまい、しがみつくしかない。落とされないとわかっているが片腕での抱き上げは不安定で激しい抵抗ができず、結局彼が満足するまで唇を貪《むさぼ》られてしまう。

「……ん、シーグヴァルド、さま……ここで、は……んぅ……んっ」

「君が可愛《かわい》いことを言うのがいけないのです。私のせいではありません」

くちづけするときの小さくも淫《みだ》らな水音が、前を歩く使用人の耳に届いたのだろう。彼女は耳を赤くし、こちらを一切振り返ることなくいきなり足早に立ち去った。

テッセルホルム伯爵家にシーグヴァルドが滞在し続けることに、使用人たちは何の不満も違和感もないようだった。それどころかもうユーリアの夫として仕えているようにも見える。

だからといってシーグヴァルドは出過ぎたことはせず、あくまでユーリアが頼れば応えてくれる補佐的な役に徹してくれていた。それでも何かあればいつでも頼れる存在が間近にいてくれることが、たまらなく嬉しい。

あの日以来、ナタリーは必要以上にユーリアに近づかなくなった。

古くからの使用人だったが、シーグヴァルドと手順を踏まずに一線を越えてしまったことを相当怒っているのだろう。また、呪いを解いてもいないのに彼と親密な仲になってしまったことで、彼に降りかかるかもしれない不幸を恐れてもいるはずだ。

まだシーグヴァルドにそれらしい不幸は起こっていない。それどころか、彼が自分に恋人として触れても何も起こらなかった。

それを不思議に思っていると、必ず彼は言ってくれる。

「君に呪いはかかっていませんよ。そう思わされていただけです。その証拠に、こうして君に触れてもくちづけても、抱いても……何も起こらないでしょう？　ああ、でも、何も起こらないというのは違いますね。私が君に触れるたびに幸せな気持ちになります」

それは自分も同じだ。触れてもらって、想いを伝えてもらって——幸せな気持ちになるだけだった。

そんな日々は、気づけばあっという間に過ぎていく。だが三日後の朝、早馬で一通の手紙が届いた。

テオドーラからシーグヴァルド宛ての手紙だ。手紙の内容が気になり緊張する。手紙を受け取った彼が、一瞬だけ——煩《わずら》わしげな冷たい顔になって驚いた。こんな顔は初めて見る。

手紙を読み終わったあと、シーグヴァルドは柔《やわ》らかく微笑んだ。これはよく知る彼の顔だ。

「母上から召還の手紙です。一度王都に帰ってこいと」

「そ、それは、私とのことで……ですよ、ね……」

「私と君の仲について説明して欲しいとのことでした。おかしいですよね。私は母上にまだ君とのことを伝えてはいないのに……誰がそれを母上に伝えたのか……」

ユーリアは驚きに軽く目を見開く。てっきりもう伝えているのかと思っていたのだが。

シーグヴァルドは手紙を封筒に戻しながら微苦笑した。

「母上と話をするにはそれなりに準備が必要です。それが整ってから報告しようと思っていました。あの人はとても厳しい。婚前交渉したなどと知られたら、烈火のごとく怒るでしょう」

「シーグヴァルドさまは何も悪くありません。あのときは、私がシーグヴァルドさまと結ばれたくて受け入れました。シーグヴァルドさまは私とのことを考えて、我慢してくださろうとしていたのです。叱られるべきは私だけです！」

だからそのように伝えて欲しいと続けると、シーグヴァルドは呆気《あっけ》に取られたようにしばしユーリアを見返し、それから嬉しそうに笑って抱き締めてきた。

「普通は男の私が責められるべきなのですよ。本当に君は可愛いですね。大好きです。愛していきます。……抱いていいですか」

頷けばこのソファに押し倒されそうだ。シーグヴァルドのブラウンの瞳には、そう思わせる熱が潜んでいる。

あの夜抱かれて以降は毎晩必ず彼に愛されているが、さすがにこんな明るい昼間にソファで情事に耽《ふけ》るなど、いけないことだ。

「駄、駄目です！　こんな明るい時間に不埒《ふらち》なことをしてはいけません！」

「愛する者同士がする愛を深めるための行為は不埒なことではないでしょう。むしろ神聖で、尊いことです」

シーグヴァルドは敏感な耳に唇を寄せ、優しく甘い声で囁《ささや》く。びくっ、と感じて震えると、彼の舌が耳の輪郭をねっとりと舐《な》め上げてきた。

「……あ……駄、目です……っ。あ、明るいところは、まだ恥ずかしい、です……っ！」

シーグヴァルドがぴたりと動きを止めた。直後、ユーリアを折れんばかりにきつく抱き締めて打ち震える。

「……い、今の君の反応がとても可愛くて……昂《たかぶ》りました……。すみません。あともう少し抱き締めさせてください。君の匂いでなんとか落ち着きますから」

そう言われてしまうと、とても恥ずかしいが抵抗できない。ユーリアはシーグヴァルドの腕の中でじっとし続け――やがて昂りを抑えたシーグヴァルドが、名残惜しげに腕を解いた。

「面倒ですがこれは無視しない方がいいでしょう。すぐに王都に向かいます」

「あ、あの、私も一緒に……！」

何かしたい気持ちが先走ってそう言ったが、落ち着いて考えてみれば火に油を注ぐ結果になりそうだ。失言に気づき、ユーリアは右手で口を押さえる。

（テオドーラさまはとてもお優しい方だけれど、お怒りになると本当に怖い方だから……）

一度、シーグヴァルドとともにこの地に遊びに来たときに、彼がテオドーラに逆らったときがあった。原因はわからず、庭の東屋で二人きりでいるのを邪魔しないように遠ざかっていたため、テオドーラが息子の頬を平手打ちした様子を見ただけだった。

あのときの彼女の怒りの表情は、今思い出しても背筋が震えるほどに恐ろしかった。

「私が同行したら、テオドーラさまのお怒りがさらに強くなってしまいますよね……」

何の手助けもできないことがもどかしい。シーグヴァルドは軽くくちづけて微笑んだ。

「子供のときのような折檻《せっかん》などされませんよ。叩いて言うことを聞かせる時期は終わっています。さっさと話をつけて、君のもとに戻ります。兄上にも君のことを話して、婚儀の手はずも整えてきます」

何か他にできることがあればいいのに。ユーリアはもどかしさに眉根を寄せるが、ふと、彼を待っている間にできることに気づいた。

「シーグヴァルドさまがお戻りになるまで、何か呪いを解く手がかりがないか探してみます！」

ユーリアの言葉にシーグヴァルドがとても嬉しそうに笑う。

「そうしてください。ですが無理はしないように。メルケルを置いていきますので、何かあれば彼を使ってください」

シーグヴァルドの気遣いをありがたく受け止めながらユーリアは気持ちを切り替え、笑いかけた。今は自分にできることを精一杯しよう。


テッセルホルム領から王都まで、何も問題がなければ三日ほどの距離だ。往復とテオドーラと会う時間を考えて、一週間ほどの行程だろう。彼がいない時間は何だか落ち着かず、思っていた以上に寂《さび》しかった。

それに、自分のせいでシーグヴァルドがテオドーラにきつく叱責されているのではないかと思うと、気が気でない。ナタリーが何かにつけて彼が呪いによる不幸に見舞われていないかと心配の言葉を口にするため、道中がとても心配になる。

また以前のように不安でたまらなくなり、やはりシーグヴァルドの傍にいない方がいいのではないかという考えに陥《おちい》りそうになる。だがそのたびに彼が自分に与えてくれた想いの言葉や温もりを思い返し、自身を叱咤《しった》した。

シーグヴァルドが戻ってきたときに、暗い顔は見せたくない。彼が好きだと言ってくれる笑顔で迎えたかった。

　領地内に刻まれたあの嵐の傷跡もすっかりなくなった。領民が再び健やかに自分たちの仕事をこなすのを見回っていると、以前とは違って親しげに声をかけてもらえることが多くなった。その変化にはまだまだ戸惑《とまど》いの方が強かったが、これもシーグヴァルドが与えてくれたものだと思うと、彼への愛《いと》おしさを改めて感じてしまう。

　また、何か呪いを解く手がかりはないかと、自分なりに調べてみた。先祖からの因縁かもしれないと書庫や歴代当主の日記や覚え書きなどを確認してみるが、該当するものは見つからなかった。では知らぬ間に呪われた場所に足を踏み入れたのではないかと思うが、領地内にも屋敷内にもその手の場所はない。あっという間に手詰まりになってしまったが、諦めずに次の手がかりを探す。

　そんな日々を過ごしていると、シーグヴァルドが戻ってきた。

　嬉しさを隠せず笑顔で出迎えると、すぐさま抱き締められて優しくくちづけられる。一緒に出迎えていた使用人たちの半分が驚いて居たたまれなさそうにそっと目を伏せたが、半分はもう慣れたとでも言わんばかりに穏やかな微笑を浮かべていた。これではまるで、新婚夫婦のやり取りだ。

「ただいま、ユーリア。……ああ、君の温もりと匂い……一週間ぶりです」

　ユーリアの髪に顎先を埋め、すんすんと鼻を鳴らして匂いを嗅がれる。

これは非常に恥ずかしい。しかも玄関ホールですることではないだろう。

「匂いだけではとても足りません。君の唇と肌と温もりをもっと感じたいです……」

飢えた表情を一切隠さず情熱的に囁かれて、ユーリアは耳まで真っ赤になる。色恋に慣れていない若い使用人たちも顔を赤くし、ひどく居心地悪そうだ。ナタリーがこの場にいなくてよかったと思いながら、ユーリアは慌ててシーグヴァルドを自室に促した。

自室の扉を閉めるとシーグヴァルドはユーリアを片腕に抱き上げ、ソファに座った。膝の上にユーリアを座らせ、頬や髪、耳や首筋に戯《たわむ》れるようなくちづけを与え、時折項《うなじ》に頬を押しつけて深く息を吸い込んだりする。離れていた時間を埋めようとしているのが明らかで、そんなに寂しくさせてしまったのかと心配し、されるがままになった。

(だって私もとても寂しかった。テオドーラさまにきつく叱られたのだとしたら、それだけで心弱くなってしまうだろうし……)

「君が傍にいないと、私はもう駄目なようです……。君を見守るだけの日々を何年も過ごしたこともあるのに、おかしいですよね……」

シーグヴァルドはユーリアの肩口に甘えるように頬ずりをしながら続ける。

「きっと君ととても深く繋がる心地好さを知ってしまったからでしょう。君が傍にいない時間を過ごすことが、私にとっては何よりも辛《つら》い仕置きです……」

どこか疲れたような声音が、テオドーラと一悶着《ひともんちゃく》あったことを感じさせた。

いったい何を言われたのだろう。自分のことを悪く言われる分には構わない。だが優しい彼は、そんなことを言われたら自分を守るために全力で反論してくれたはずだ。

自分のせいで、親子の絆《きずな》に傷が入ってしまったのではないか。

「ごめんなさい、シーグヴァルドさま。私のせいでテオドーラさまと喧嘩《けんか》になってしまわれたのですよね……」

ユーリアは両手をシーグヴァルドに伸ばし、労《いたわ》るように髪と肩を撫でた。その手に身を委ね、シーグヴァルドがこちらを見ないままで問いかけた。

「母上との仲がこじれてしまったら、君は私の妻になれないと言いますか？」

「……言いません。とても大変なことだとわかっていても、シーグヴァルドさまと一緒にいたいから、テオドーラさまに認めてもらえるよう頑張ります。頑張ることしかできませんが……め、面倒な女だと、捨てないでくださいね……？」

「私が君を捨てる⁉　そんなことは世界が滅んでも絶対にありません！」

勢いよく顔を上げながらシーグヴァルドが言った。その言葉に安堵《あんど》し、ユーリアは微笑む。

「ありがとうございます。嬉しいです……！」

「そういうときは私に愛を伝えてください。君に愛されていると実感すれば、私はもっと強くなれます。母上に何と言われても平気です」

シーグヴァルドの額がそっと額に押しつけられる。間近で見返す彼のブラウンの瞳が、熱く濡れていた。こんなふうに甘くねだられたら、どれだけ恥ずかしくても応えたくなる。シーグヴァルドはいつだって、言葉で視線で態度で、触れ合いで――すべてで、ユーリアを大切で愛おしいと教えてくれるのだ。

ユーリアは気恥ずかしさを飲み込み、そっと言った。

「……だ、大好き、です、シーグヴァルドさま……」

もうこれだけで、全身の血が沸騰するのではないかと思うほどに熱くなる。シーグヴァルドは嬉しそうに――けれどひどく物足りなさげな焦れた表情で続けた。

「それだけ、ですか?」

「そ、そそそ、それだけって……」

「足りません。もっと私に君の愛をください。母上にずいぶんきつく叱られたのです……」

ああやはり、とユーリアは眉根を寄せる。

シーグヴァルドに与えられてばかりでは駄目だ。自分も与えたい。そして彼を笑顔にしたい。

ユーリアは両手で優しくシーグヴァルドの頬を包み込み、軽く引き寄せ、自分からくちづけた。

唇を押しつけるだけで恥ずかしくてたまらない。だが勇気を奮い起こして唇を開き、彼が自分にしてくれる深く官能的なくちづけを思い返しながら、同じように舌を動かす。

シーグヴァルドの身体が、ビクリと強張《こわば》った。そのまま動かず、されるがままになる。

(私の気持ちが……シーグヴァルドさまに伝わりますように)

その思いで一心不乱に舌を動かし、彼の舌に吸いつく。唾液《だえき》が絡み合い、唇の合間から漏れる吐息が熱く濡れ始めた。

自分からくちづけているのに、シーグヴァルドの舌を舐めて彼の唾液を味わっていると、なぜか身体の力が抜けていってしまう。しばらくくちづけていたが、すぐに限界が来た。

息が上がり、頭がクラクラする。大きく息を吐きながら、ユーリアは唇を離した。

「……ご、めんなさい。こ、ここまでしか……でも、私の想い……伝わりましたか……？」

シーグヴァルドの表情は、驚きのままで強張っている。

「……ええ、充分に伝わりました……」

よかった、とホッと安堵の微笑みを浮かべる。シーグヴァルドも優しく甘い笑みを返した。

「ではお返しに、私の君への愛を受け取ってください」

言うなり唇を貪られてしまう。息を止められてしまいそうなほどの激しいくちづけは、彼の想いと一緒に身体の奥に甘い熱を与えてきた。

次第に肌が火照《ほて》って敏感になり、秘所がとろりと濡れてくる。くちづけだけでもう彼を受け入れる準備を身体が整えてしまっていることに驚いた。

最後まで舌先を触れ合わせるいやらしいくちづけが終わり、ユーリアは大きく息を吐く。

シーグヴァルドが身を離し、ユーリアの足元に跪《ひざまず》いた。

「……シーグヴァルドさま……?」

シーグヴァルドがユーリアの足を掴み、布靴を脱がせて絹の靴下の爪先にくちづけてきた。すぐに舌が親指に絡みつき、口にくわえる。口の中で舌が爪先を味わい、靴下が唾液でしっとりと濡れてきた。

まさかそんなところを舐められるとは思わず、ユーリアは茫然としてしまう。驚きで身を強張らせているのを幸いと言わんばかりにシーグヴァルドの両手がドレスのスカートの中に潜《もぐ》り込んだ。今日は出掛けなかったためにドロワーズもペチコートもなく、薄く頼りない下着だけだ。端を紐で結ぶ脱ぎ着しやすいデザインは、今はあまりにも防御力がない。

ようやく彼が何をしようとしているのか気づき、ユーリアは慌ててスカートを押さえた。

「いけません……! こ、こんなところで、明るい時間に……」

「大丈夫です。なるべく脱がさないようにします」

「そ、そういう問題では……きゃ……! あ……駄目、駄目です……や、脱がし、ちゃ……ああ……っ」

シーグヴァルドはユーリアの内腿を啄んで、秘所に向かって上がっていく。同時に下着の紐を引っ張りはらりと解いてむしり取ると、背後に放った。

慌てて足を閉じようとしてももうシーグヴァルドの上体が足の間に入り込んでいて、彼の肩に膝裏が乗せられてしまう。

内腿を両手で押さえつけて広げながら、シーグヴァルドが鼻先を恥丘《ちきゅう》に埋めた。すんすん、と犬のように匂いを嗅がれてしまう。

「ああ、この甘酸っぱい匂いがたまりません……。この匂いだけで達してしまいそうです」

とんでもないことを言いながらシーグヴァルドは両の指を花弁《かべん》に押し当て、蜜口《みつくち》をむにっ、と押し開く。とろりと蜜がしたたる感触に、ユーリアは真っ赤になった。

毎晩愛を囁かれながら抱かれている。優しく、けれどもときには甘い恐怖すら覚えるほど執拗《しつよう》に攻められた身体は、自然とシーグヴァルドの愛撫《あいぶ》にすぐに応えるようになっていた。

「もうこんなに蕩けてくれて……嬉しいです。先ほどのくちづけだけで、君は私を受け入れてくれる身体になってくれたのですね」

「あ……あ、ご、めんなさい……私、こ、んな……もう濡れ、て……」

くちづけだけでこんなふうになってしまうことが恥ずかしい。いやらしい女だと思われるかもしれない。居たたまれなくて、淡い涙を浮かべながら謝ってしまう。

だがシーグヴァルトは嬉しそうに笑った。

「謝ることはありません。むしろ嬉しいです。いつか私を目にしただけでも達してくれるといいです。……私がいなければ狂ってしまうほどに求めてくるように……」

そんな身体になってしまったら、日常生活に支障が出てしまう。だがシーグヴァルドは本気でそう思っているらしく、瞳は怖いほど真剣だ。

背筋がゾクリと震えたのは、恐怖なのか期待なのか——よく、わからない。だが彼が本気で望むのならば、そうなってもいいかもしれないなどと思ってしまう。

そんな気持ちを抱いたからだろうか。蜜口が焦《じ》れたようにひくついた。

シーグヴァルドが小さく笑う。

「可愛くおねだりしてくれて、嬉しいです。たっぷり蕩《とろ》かせますね」

「……っ‼」

シーグヴァルドが尖《とが》らせた舌先で、入口をくちゅくちゅとかき回し始めた。ユーリアは足を震わせ、彼の金髪を握り締める。

舌先が優しく花弁をかき分け、花芽《かが》を探り当てた。唾液でぬるついた舌が絡みつき、扱《しご》くように下から上へ、何度もねっとりと舐め上げる。腰がたまらない快感に打ち震えた。

「……あ……あっ、駄目……そこ、駄目……っ」

「ここは君の好きなところの一つ、でしょう……？　もっともっと……可愛がってあげますから……」

「……い、や……も、しない、で……や、あ、あ！」

シーグヴァルドが興奮した熱い息を吐きながら、花芽を唇で挟み込み、扱き上げる。

「……ああっ！　あーっ‼」

強烈な快感が駆け抜け、全身を震わせる。見開いた瞳から快楽の涙を零しながらシーグヴァルドの髪を強く握り締めるが、彼は痛みに躊躇《ためら》うこともない。それどころかさらに愛撫を強くする。

シーグヴァルトは舌で優しく皮を剝《む》き、敏感な珠を剝き出しにした。愛蜜と自分の唾液で濡れた舌で優しく舐め回す。

ひどく感じてしまう部分を執拗に舌と唇で攻められてはたまらない。気づけばまるで彼の舌を受け入れたいというように腰がせり上がってしまう。みだりがましい仕草にハッと我に返った直後、シーグヴァルドが蜜壺《みつつぼ》の中に指を呑み込ませてきた。

「……んんぅ……っ!!」

蜜壺の上壁をゆっくりと擦られながら入り込まれる感覚が、敏感になっている身体をあっという間に頂に押し上げる。ユーリアはシーグヴァルドの髪を引き抜いてしまいそうなほど強く握り締め、全身を戦慄《わなな》かせた。

とぷり、と溢《あふ》れ出た蜜を、シーグヴァルドは美味しそうに味わう。猫がミルクを舐めるかのような淫らな水音が上がり、それが達して震える身体に新たな快感を与えてくるようだ。

ちゅるん、と蜜を啜《すす》ったシーグヴァルドが、口回りについたそれも丁寧に舐め取ってから身を起こした。

快楽の余韻の涙でけぶる視界の中、シーグヴァルドの着衣に乱れはほとんどない。だが爽やかな印象を与える端整な顔は情欲に染まり、小動物を狙う肉食獣と大差ない。ユーリアはゾクリと背筋を震わせたが、同時に身体の奥の熱が一気に高まるのも実感した。

「……もう、かなり苦しいですね……こんなに早く昂ったのは、初めてです……」

言いながらシーグヴァルドは腰の辺りを緩め、腹につきそうなほど反り返った男根の姿を見せつけた。

脈打って、先端からわずかに透明な雫を零した赤黒い雄々しいものが本当に彼のものなのか、目にするたびに疑ってしまう。戦《おのの》いてているのに鼓動がさらに高まり、蜜口がひくついた。

シーグヴァルドはユーリアを熱く見つめながら、蜜口に膨《ふく》らんだ先端をぬるぬると擦りつけた。まるでこれから中に入ると宣言するかのような仕草に、息を詰める。

シーグヴァルドの肩に膝裏が乗せられているため、彼に向かって蜜口を捧げるように両足を広げていた。ギャザーが寄せられてたっぷりとしたスカートの中で、下着だけが外されている。なんて淫らな格好だと、ユーリアは今更ながらに羞恥で小さく身を震わせた。

「シ、シーグヴァルド、さま……ベッド、で……あー……っ！」

つぷ……、と先端が入り込んでくる。離れていたのは数日なのに、その大きさと硬さはこれまで以上だ。

「これは……とてもいい眺めです……」

本当に最後まで受け入れられるのか、不安になってくる。ユーリアはスカートを両手で握り、震える瞳で繋がっていく秘所を見やる。

「君の小さな入口が、私を一生懸命頬張っている様子が……ん……滾《たぎ》り、ます……っ」

シーグヴァルドの言う通りだ。膨らんだ亀頭がゆっくりと花弁を押し広げ、ずぷずぷと入り込んでくる。くびれまで入り込むと一度止まり、軽く腰を回して蜜口をかき回してきた。

「……あ……ぁ」

疼くような快感がじんわりとそこから全身に広がり、戦慄く。シーグヴァルドが指を絡めて両手を強く繋いだ。そしてじわじわと腰を押し進めてくる。いつもより大きく張り詰めていて、ユーリアは身震いした。

「……は、ぁ……ユーリア……苦しい、ですか……？」

シーグヴァルドが軽く息を詰め、問いかけてくる。どこか苦し気な表情をさせてしまうことが嫌で、ユーリアは慌てて首を横に振った。もっと彼が早く快感を覚えられるような、成熟した身体になりたい。

「……だ、いじょうぶ……です。だから……もっと……来て、くださ……っ!!」

最後まで言わせず、シーグヴァルドが突然ずぷんっ、と根本まで入り込んできた。ぴったりと互いの腰が合わさり、ユーリアは繋いだ手に力を込める。こんな奥まで入り込まれたのは初めてだ。

「……ああ……君の中は、とても熱くて気持ちがいいです……」

うっとりと呟きながらシーグヴァルドはユーリアの頬にくちづける。花弁を押し広げてくる雄々しさに小さく震えるが、彼が感じてくれることが嬉しい。ユーリアも満たされた微笑を浮かべた。

「シーグヴァルドさまもとても熱くて……気持ち、いい……です……」

シーグヴァルドが嬉しそうに小さく笑い、腰をそっと押し回した。彼の引き締まった下腹部で恥丘やぷっくり膨らんだ花芽や花弁が擦られ、気持ちがいい。さらに、飲み込んだ亀頭が一番奥を優しく押し揉んできて、まだ最奥での愛撫に慣れてはいないものの快感がじんわりと広がっていく。

「……あ、ん……んぁ……」

「奥を可愛がっても……大丈夫、ですか……？」

恥じらいながらも小さく頷くと、シーグヴァルドが様子を見ながら腰を捏《こ》ねるように押し回した。ソファとシーグヴァルドに挟み込まれて思うままに身動きできないが、その拘束すら心地よく思えてしまうから不思議だ。

とん、とん……っ、と亀頭で優しく最奥《さいおう》を突かれ捏ねられていると、柔らかな絶頂がやってくる。ユーリアは繋ぎ合った手を強く握り、甘い喘《あえ》ぎを上げて達した。

「……あ……ごめ、なさ……私が、先、に……あぁ……っ」

いつも彼より早く達してしまうのが申し訳ない。シーグヴァルドは眉根を寄せ、艶《つや》めいた表情で蜜壺の締め付けに感じ入ったあと、優しく問いかけた。

「激しく動いて、いいですか。君が欲しくてたまりません……」

声音は優しい。だが見つめてくる瞳には、獰猛《どうもう》な光が浮かんでいる。

それに魅入《みい》られ、気づけば頷いていた。直後、シーグヴァルドの腰が叩きつけるように動き始めた。

「……ひ……ぁ……っ!!」

子宮口を押し潰すかのような最奥を抉《えぐ》る腰の激しい抽送《ちゅうそう》に、ユーリアは羞恥も忘れ、泣き濡れた甘い喘ぎを上げる。シーグヴァルドと両手を繋いだままなので、口を塞ぐこともできない。

ユーリアの喘ぎ声で煽《あお》られているのか、肉竿がさらに硬く太く張り詰める。律動しやすい体位のため、シーグヴァルドはユーリアの乱れるさまをじっくりと見つめていた愛蜜と先走りが混じり合い、肉棒で攪拌《かくはん》され、じゅぷじゅぷといやらしい水音が上がる。その音がユーリアを昂らせた。

「……あ、あ……私……ま、た……!」

シーグヴァルドと一緒に達したいと願うものの、これではまた先に達してしまう。快感を散らすために何とかしたくて、自然と両足が彼の腰に絡んだ。

結果的にシーグヴァルドを引き寄せてしまい、肉竿の下の二つの珠が秘所に押しつけられるほど密着する。

「シーグヴァルドさま、一緒に……一緒に、いき、た……ん……んふ、ふぅ……っ」

唇を貪られながら、これまで以上に激しく突かれる。ついに耐えられなくなり、ユーリアはシーグヴァルドに全力でしがみついて達した。ほぼ同時に、シーグヴァルドも低く呻《うめ》いて熱い精を放つ。

「……っ‼」

頭の中が真っ白に塗り替えられるような強烈な快感が全身を戦慄かせた。

すべてを注ぎ込むまでシーグヴァルドはユーリアを離さず、腰を密着させたままだ。角度を変えるくちづけを与えながら小刻みに腰を突き上げ、時には亀頭で精を最奥に塗り込むように腰を押し回す。

「……は、はふ……んぅ……」

舌先を最後まで舐め合わせながら、ようやく唇が離れた。辛《かろ》うじて意識を保っているような強い快感と満足感に、ユーリアの瞳はとろんと蕩けてしまう。シーグヴァルドが頰を撫でた。

「ああ、とても素敵な顔をしていますね……私のものを受け入れて、蕩けた顔をして……また、滾ります」

肉竿がずるりと引き抜かれる。抜かれる感触にも感じ入って背中を震わせると、その手で身体の向きを変えさせられた。

ソファの座面に両手をつき、腰を突き出す格好だ。まるで獣のような格好だ、と思っても、足にうまく力が入らない。

シーグヴァルドがスカートを捲《めく》り上げ、臀部を剥き出しにした。快感の汗で湿った二つの丸みを、愛おしげに撫で回す。

「君はお尻も可愛いです。食べてしまいたくなります」

言葉通りシーグヴァルドは口を開き、唇で食《は》み始める。加えて掌で撫でられ、指先で揉まれ、ユーリアはビクビクと反応してしまった。蜜口がひくつき、とろりと蜜が溢れ出す。

はぁ……っ、と熱い息を吐いて、シーグヴァルドが身を起こす。すぐに入ってくるのかと思いきや、今度は硬く熱い棒状のもので臀部を撫で回された。まさか、と驚きながら肩越しに振り返れば、シーグヴァルドがうっとりした表情で双丘《そうきゅう》を肉竿で撫でている。

あまりにも卑猥《ひわい》過ぎる行為に衝撃を受けて目を瞠った直後、シーグヴァルドが両手で割れ目を押し開き、ゆっくりと奥に入り込んできた。

「……ん……んー……っ」

根本まで入り込むと背中に覆い被さり、ゆっくりと腰を振り始める。

「……あ……あ……っ」

はじめこそまだ理性的でユーリアの快感に寄り添うような緩やかな抽送だったが、次第にシーグヴァルドの余裕がなくなり、求める気持ちのままに最奥を穿《うが》たれる。シーグヴァルドの腕に腰や上体を支えられていても崩れ落ちてしまいそうになり、ユーリアは懸命にソファの背を摑んで上体を反らした。

そのせいで肉竿の入り込む角度が変わり、さらに膨らんだ亀頭にいつもとは違う場所を刺激され、泣き濡れた喘ぎを上げてしまう。

あともう少しで一緒に達しそうになったとき——扉がノックされた。

「ユーリアさま、シーグヴァルドさま。何かご用はありませんか？」

明るい使用人の声に、ユーリアはビクッと大きく震えた。シーグヴァルドがすぐさま右手で口を塞いでくれる。

扉に、鍵などかけていない。このまま扉を開けられてしまったら。

淫靡《いんび》な行為を見られてしまう——なのに蜜壺はぎゅっ、と肉竿を締め付けた。

シーグヴァルドが軽く息を詰める。そしてひどくゆっくりとした抽送を、始めた。

「気遣ってくれてありがとう。ですが今は大丈夫です」

淫らなことをしているとは思えないほど、いつも通りの爽やかな声だ。だが肉竿を先端ギリギリまで引き抜き、また最奥まで入ってくる。

焦れったいほど緩慢な抽送は、かえって男根の形がよくわかって、快感に繋がってしまう。

口を塞いでいたシーグヴァルドの手が動き、指が唇を押し割って口中に入り込んだ。

大人の男性らしい固く骨ばった指が三本も入り込んで、ユーリアの舌や歯列、頬の内側を撫でてくる。喘ぎはかすかな呻きに変わるが、快感はますます高まった。

（ああ、お願い……立ち去って……そうでないと、私……っ）

「何かあれば呼びます。今は私のユーリアとの時間を邪魔しないでくれると嬉しいです」

「……し、失礼しました！」

焦った声で言うと、すぐに小走りに立ち去っていく足音が聞こえる。よかった、と安堵すると、口中を弄《いじ》っていたシーグヴァルドの手が離れた。

彼の右腕が、ユーリアの右足を引っかけて持ち上げる。片足だけで身を支えることになり、自然と全身に力が入る。そのまま、ごちゅんっ、と子宮口を押し広げられるほど深く突かれた。

「……あ……あっ、ぁ……っ！」

ふっ、ふっ、と短い呼吸を繰り返しながら、衝撃に打ち震える。ぷしっ、と愛蜜が溢れ出て、内腿をしたたり落ちた。視界に星が散るような強烈な快感がやってくる。

「……ユーリア……ユーリア……っ」

熱い声で名を呼びながら激しく貫かれるだけでなく、シーグヴァルドはユーリアの右耳に唇を寄せ耳中を舌でぐちゅぐちゅとかき回してきた。さらに右足を引っかけた腕を器用に動

かし、花芽を摘《つま》んで指の腹で扱かれる。

「……あ、あ……駄目……も、駄目……いっちゃ……ああっ!!」

壊されるのではないかと思うほど激しく身体を揺さぶられる抽送に、意識が飛んでしまいそうになる。一緒に達したい、と思うと、シーグヴァルドが呻いた。

「……ユーリア、一緒に……!」

同じ気持ちでいてくれたことが、たまらなく嬉しい。胸を反らして身を強張らせると同時に、シーグヴァルドが一番奥を貫いて達した。熱い迸《ほとばし》りが体内に広がる。

「……あ……ん、んぁ……っ」

射精は長く、最後の残滓《ざんし》まで呑み込ませるために、シーグヴァルドは放ちながら何度も腰を打ち込んできた。その熱を受け止め、ユーリアはがくりとソファに崩れ落ちてしまう。

シーグヴァルドが支え、頬やこめかみ、頭頂にくちづけた。その間もまだ精は放たれている。すべて呑み込みきれず蜜口から溢れさせてしまい、白濁《はくだく》が内腿をつ……っ、と伝い落ちていった。その感触にも打ち震えながら大きく息を吐けば、シーグヴァルドもようやく落ち着いたのか、肉竿を引き抜いてくれる。

整わない呼吸で胸を上下させるユーリアを、シーグヴァルドがソファに座らせてくれた。スカートも下ろして整えてくれたが、身体の火照りはまだ収まらず、蜜口はどろどろで落ち着かない。

「大丈夫ですか、ユーリア」

　髪や頬を優しく撫でられながらの問いかけに、何とか小さく頷く。だがその仕草だけでもまた軽く達してしまいそうだ。

　シーグヴァルドは手早く緩めた腰元を整えいつも通りの穏やかで優しい姿に戻ると、少し待つように言い置いて出ていってしまう。シーグヴァルドが放り投げた下着に気づき、慌てて取りに行こうとしたが、注ぎ込まれたものがしたたり落ちてきそうで身動きできない。

　泣きそうになりながらもじもじしていると、シーグヴァルドがぬるま湯を入れた洗面器と清潔なタオルなどを持って戻ってきた。そしてユーリアの下肢を清めてくれる。

　自分でやると慌てて言うものの、シーグヴァルドは聞かず、丁寧に清め、新しい下着を穿《は》かせてくれた。……この下着をどうやってクローゼットルームから持ってきたのか、なぜ女性用下着の着け方を知っているのかと少し青ざめる。

　考えてはいけないと頭のどこかで叫ぶ声に頷き、ユーリアは至れり尽くせりのシーグヴァルドに礼を言った。シーグヴァルドは困ったように微苦笑する。

「ここは怒っていいところですよ。一週間ぶりの君を感じて、暴走しました……すみません」

　シーグヴァルドが頭を下げる。こんなふうに丁寧に謝罪してくれるところが彼らしくて、嬉しくなる。

「あ、あの……確かにすごく恥ずかしかったですし、使用人が来たのに止めてくださらなかったのは困りましたけれど……で、でも、シーグヴァルドさまが私と片時も離れていたくないのだと、感じられて嬉しかったです。ごくたまに、ならば……だ、大丈夫、です……」

顔を赤くしながら言うと、シーグヴァルドが感激に身を震わせ、抱き締めてきた。

「ありがとうございます、ユーリア！　大好きです！」

勢いのある頬ずりをされて、何だかぬいぐるみになったような気がする。ただシーグヴァルドのとても嬉しそうな顔を見ると、テオドーラの強い叱責で消沈した彼の心もだいぶ元気が出たように思えた。

「あの……テオドーラさまとのお話はどうでしたか……？」

シーグヴァルドはユーリアを片腕に抱き直し、安心させるように穏やかな微笑を浮かべて教えてくれる。

シーグヴァルドの話を聞いてはくれたものの、テオドーラはユーリアとの仲は認めないと一刀両断したとのことだった。予想していたがやはり胸が痛む。だが何よりも心配なのは、シーグヴァルドの心痛だ。

「シーグヴァルドさまは大丈夫ですか。私のせいで……ごめんなさい……」

「大丈夫です。先ほどユーリアをたっぷり可愛がらせてもらえたので、私の心は満たされ気力も回復しました」

満面の笑みに偽りは感じない。ユーリアはほっと息を吐く。

「母上は反対していますが、兄上は大賛成してくださっています。結婚許可についても、きちんと段取りを踏んで申請すれば許可をすると約束していただきました。母上がとやかく言ったところで、国王である兄上が認めることです。障害はありませんよ」

ずいぶん強気な対応だ。本当にそれでいいのかと心配にはなる。

シーグヴァルドはユーリアの髪を掌で撫で、軽くくちづけながら続けた。

「王位継承権を放棄することを決めたときからずっと、兄上の部下として忠実に働いてきました。母上の反対など何の影響もないほどには味方もそれなりに作っています。君を妻として迎えるための準備を整えてきました。大丈夫です」

シーグヴァルドの言葉は温かく安心させる響きに満ちていた。そんなに前から自分のために動いていてくれたことが嬉しい。

だからこそ、唯一で強大な障害の原因が自分であることがとても申し訳なかった。だがユーリアは反射的に謝罪を口にしようとした唇を、きゅっと引き結んだ。

（謝るだけならば誰にでもできることよ。今はシーグヴァルドさまに謝るのではなくて、私を妻にするために力を尽くしてくれていることに感謝をしつつ、私にできることを精一杯するべきではないの？）

後ろ向きな考えになってしまったことを叱咤し、ユーリアは少し考えてから言った。

「テオドーラさまに認めてもらえれば、これからシーグヴァルドさまが苦労されることも減りますよね。そのために頑張ってもいいでしょうか」

「例えばどんなことをするのですか？」

本当ならばテオドーラに直接会って、シーグヴァルドを不幸な目に遭《あ》わせないよう、呪いを必ず解くと伝えたい。だが今はまだ対面したところで火に油を注ぐ結果になるだけだ。

「今はまだお会いするとテオドーラさまのお怒りが増すだけなので……私がシーグヴァルドさまをどのように思っているのか、二人で一緒にいるためにどういう努力をしようと思っているのか、そういうことを手紙に託してみたいと思います。どうでしょうか」

シーグヴァルドは真剣な顔で提案するユーリアを、実に嬉しそうに見つめている。その喜びように少し戸惑ってしまう。シーグヴァルドは頷いた。

「手始めの手段としてはいいと思います。ユーリア、私が留守にしている間、何をしていましたか？」

「いつも通り領主としての仕事と……私の呪いについての原因を探してみました。テッセルホルム一族にかかっているものかもしれないと思って、一族の記録、日記や手記などを調べてみたのですけれど……何も見つかりませんでした……」

次に何を調べればいいのか、少し途方に暮れる。だがくじけるわけにはいかない。ユーリアは伏せた瞳を上げ、シーグヴァルドを真っ直ぐに見つめて続ける。

「また別の方面から調べてみます！」

シーグヴァルドはさらに嬉しげに笑った。

「とても……とても前向きにしなやかに考えてくれて嬉しいです。素敵です。君への想いが、さらに深くなっていくのを感じます……」

胸元を押さえて感激した様子だ。それほどのことだろうかと気恥ずかしくなる。

シーグヴァルドはユーリアの目元に一度軽くくちづけてから、表情を改めた。ユーリアも自然と居住まいを正す。

「今の君にならば話しても大丈夫でしょう。呪いという洗脳に惑わされず、正しく私の言葉を受け止めてくれるはずです。……ユーリア、そもそも君に、呪いなどかかってはいないのです。これまで君が呪いだと判じたことはすべて、偶然と故意によるものです。そう説明しましたね？」

ユーリアは小さく頷く。だがそれらの事象が偶然と故意によるものだと確信は持てていない。

「君が呪いのせいだと思った事件について、すべて私自身が部下を使い、調べ直させました。すべて、必ずそうなった理由を説明することができる事件でした。つまり呪いによって起こった事件ではないということです」

ユーリアは大きく目を見開く。何か言おうとするが、言葉は出てこない。

「まず、君が領地の子供たちと遊んでいたときに野犬に襲われ、君は怪我をしなかったのに子供たちが襲われた事件ですが、これは訓練された犬が主人に命じられてしたことでした。犯人と思われる人物が当時、調教犬を扱う者と接触した痕跡を見つけました。君に好意を寄せた商人の少年が怪我をしたのは、馬車が通る道にぬかるみがあったからです。これを作った者がいます。領地外からわざわざ人足を雇って作らせたのです。その雇用の痕跡を摑みました。この二つの事件にともに関わっている者は一人。君が飼おうとしていた猫が死んだのも、おそらく彼女がしたことだと容易く予測できます」

（犯人が、いる……）

その事実は、まだ心中で消化できない。茫然としたままで、ユーリアは問いかけた。

「犯人は、誰、ですか……？」

一呼吸置いて、シーグヴァルドは教えてくれた。

「――ナタリーです」

どうして、と声にならずに問いかける。どうしてその名がここで出てくるのか。

（ありえ……ない、わ。だってナタリーはテオドーラさまが自分の代わりに私につけてくれて、ずっと仕えてくれていて……）

「君がパルムクランツ伯爵のところへ向かう際、物取りに襲われたでしょう？　彼らを尋問した際、君があの辺りを通りかかるという獲物の情報を流してくれた女がいたと証言しています。その女の顔や背格好からすると、ナタリーだと思われます」

「……そ、んな……」

けれどここ最近、確かに彼女への違和感はあった。怒らせてしまったからと言っても必要以上にユーリアに関わろうとせず、それどころか避けているところもあった。シーグヴァルドとの関わりについてテオドーラに叱責されることをひどく恐れているようにも見えた。

そうだ。何かにつけてナタリーは呪いのことを口にしてきた。それが所謂《いわゆる》洗脳の手段だったとしたら。そしてナタリーの本当の主人がテオドーラのままであるのならば。

ユーリアは震える声で続けた。

「それは、テオドーラさまの意思、ですよね……？　どうしてテオドーラさまが私にそんなことを……」

ただの嫌がらせとは違う。ユーリアが幼い頃よりずっと続けられてきたことだ。さらに自分の部下をユーリアの傍に置いておくほどの用意を整えている。

――根深い何かを本能的に感じた。

シーグヴァルドは穏やかな微笑を唇に留めたまま、それ以上は口にしない。きっと彼は理由を知っているのだろう。

（でも今はまだ、教えるべきではないと考えていらっしゃる……？）

衝撃的な事実を次々と聞かされては、確かにユーリアの心も保たないかもしれない。今は彼の配慮をありがたく受け取るべきだろう。

（一度にすべてを解決させようとするのは性急だわ。一つずつ事態の改善に向けて頑張っていくしかないのよね）

「シーグヴァルドさま、私に教えてもいいと思えるようになったら話してください。私もそのお話を受け止められるよう、今よりもっと強くなります」

心を強く持たなければ続きを聞いても衝撃で打ちのめされて、呪いにかかったときとは別の意味でまた後ろ向きな考えに囚われてしまうかもしれない。それまでに、もっともっと心を強く保てるように努力しなければ。

シーグヴァルドはユーリアを褒めるように改めて微笑む。

「君がそんなふうに言ってくれると、私もとても嬉しいです。ですが無理をしては駄目です。君がとても頑張り屋なことは理解していますが、そのせいで無理や無茶をしてしまうことが多いことも、私はよく知っていますからね」

「そ、そんなことは……！」

「自覚がないとは恐ろしいことです……。なんなら該当する思い出話をしましょうか。あれは君が十歳の夏……」

何だかとんでもなく恥ずかしい思い出話をされてしまいそうな気がして、ユーリアは慌ててシーグヴァルドの口を塞ごうと両手を伸ばす。シーグヴァルドがその手を摑んで引き寄せ、ユーリアを閉じ込めるように抱き締めた。まるで子供の頃のじゃれ合いのような仕草だ。

しばらく戯れたあと、シーグヴァルドが笑顔で続ける。

「ところで、義父上が君にいつ会わせてくれるのかとお怒りです。婚儀の準備もありますし、ナタリーとも離れた方がいい。私と一緒にファーンクヴィスト公爵家に来てください」

テオドーラが自分に抱いている根深い何かについて、震える気持ちもある。だがシーグヴァルドが傍にいてくれて、呪いに挫《くじ》けそうになってしまった弱い自分でも深く愛して見守ってくれていた。彼の想いに応えたい。何よりも、彼とともに幸せになりたい。

だからユーリアは決意を込めた笑みで、頷いた。

「はい！　シーグヴァルドさまと一緒に伺《うかが》います！」

シーグヴァルドから、笑顔ではなく熱いくちづけが与えられた。


――テオドーラへの手紙を綴《つづ》り終えるまで、それから三日ほどかかってしまった。今の段階で言葉を尽くしたと思える文面をもう一度確認し、封をして使用人に手配させる。彼女がどれだけ自分を嫌っていたとしても、シーグヴァルドを想う気持ちを否定して欲しくはなかった。

その三日の間にシーグヴァルドは荷造りをし、ファーンクヴィスト公爵家に向かう準備をする。そのまま公爵家に留まり、婚儀の準備と公爵夫人としての勉強をすることになった。テッセルホルム領を急に離れることになったユーリアをシーグヴァルドはとても気遣ってくれ、メルケルを代理領主とすることを提案してくれた。シーグヴァルドとともに滞在している間、ユーリアの仕事を見、領地のことも学び、代理領主として何の問題もなかった。いったいいつの間に、とユーリアが驚くほどだった。

もちろん、重要な決定事項に関しては、ユーリアとシーグヴァルドに必ず許可を取ってから、とメルケルの方から言ってくれた。

使用人や領民も、ユーリアがシーグヴァルドの妻となるために王都に発つことを寂しがりながらもとても喜んでくれ、領地のことは心配しなくていいと安心させてくれた。そんな彼らの優しさと気遣いに感謝と心強さを覚えながら、ファーンクヴィスト公爵家へと向かう。

テオドーラからの返事はなかった。それでもめげずに新たな手紙をしたためる。代わりにシーグヴァルドには毎日のようにテオドーラから手紙が届いた。しまいには封を開けることもなくなってしまったほどだ。

ファーンクヴィスト公爵は、ユーリアをとても温かく迎えてくれた。祖父と言ってもいいほど高齢の公爵は、まるで孫娘ができたようだと大層喜んでくれた。

シーグヴァルドが婚儀のための準備を基本的に取り仕切ってくれ、ユーリアは公爵夫人としての心得や勉学に励む。大変で忙しい日々ではあったが、彼とともに生きていくためだと思うと、疲れも心地よかった。

テオドーラからの返事が相変わらずないことが、少し寂しい。まだ彼女は自分を認めてはくれないのだ。

昼過ぎになって王城に出仕していたシーグヴァルドが戻り、午後の茶の時間を一緒に過ごす。勉強の息抜きに茶請け用に作ったクッキーを出すと、彼はとても美味しいと褒めてくれた。

「やはり君が作ってくれたものが一番美味しいです」

「よかった！　使用人たちも美味しいと言ってくれたんですよ。お菓子作りは久しぶりで少し心配だったのですけれど」

ぴく、とシーグヴァルドがほんのわずか、頬を強張らせる。戸惑いながら見返すと彼がずいっと身を乗り出してきた。

「待ってください。私より先に、君が作った菓子を食べた者がいるということですか？」

「……は、はい。作業を手伝ってくれた使用人たちに、味見も兼ねて振る舞いました。あ、あの……公爵夫人としてそれはいけないことでしたか……？」

「そんなことはありません。とても素晴らしい心がけです。ですが君が作ったものは私が一番に食べたいのです！」

それ以外は断固認めないという決意を込めた顔で力強く言われてしまい、ユーリアは目を丸くしてしまう。だが言葉に含まれた少し子供っぽい独占欲を理解すると、頬が赤くなった。

「……わ、わかりました……私が作ったものは、必ずシーグヴァルドさまに最初に食べていただきます。でもお好みの味でなくても、我慢することになりますよ？」

「君が作るもので私の好みでない味など絶対にないと確信していますが、そのときは君で口直しさせてもらうので大丈夫です」

さすがにそれはどういうことなのか理解できない。きょとんと小首を傾げると、シーグヴァルドがにっこりと満面の笑みを浮かべて顔を近づけた。端整な顔にドキリとして見惚《みほ》れた直後、くちづけられる。

すぐに熱い舌が入り込み、ユーリアの口中をゆっくりとかき回すように動いた。甘いクッキーの味がする。

反射的に逃げようとすると、シーグヴァルドはすぐさまユーリアの身体を抱き寄せ、さらに深くくちづけてくる。舌を搦め捕られ唾液を味わわれては、あっという間に全身から力が抜けてしまう。

「……あ……んぅ……ん……っ」

たっぷりと口中を味わったあと、シーグヴァルドがようやく唇を離してくれた。胸を上下させるほど息を乱したユーリアの頬を優しく撫でて、笑った。優しいのに、何かを企《たくら》んでいるかのような雰囲気を感じる笑みだ。

「君はどこもかしこも甘いので、こうやって口直しさせてもらいますから大丈夫です。もし、唇の甘さだけで足りなければ、君の肌を……それでも駄目だったら、君の一番感じる……ここ、を……」

スカート生地越しに恥丘を優しく撫でられて、ユーリアは真っ赤になってシーグヴァルドの胸を押す。

「そ、そういう口直しは駄目です……っ！」

シーグヴァルドが楽しげに笑い、ユーリアの耳や頬、額を啄んでくる。戯れのくちづけは軽いが、いつ先ほどのような深く官能的なものになるのかわからず、ユーリアは力の入らない両手で彼の身体を押しのけ続ける。

そんなやり取りを繰り返していると、控えめなノックがした。

「シーグヴァルドさま！」

涙目で叱りつけると、シーグヴァルドは仕方なさそうに嘆息し、ユーリアを離してくれた。甘やかな攻防で少し乱れた髪とドレスを直すのを待ってくれたあと、シーグヴァルドが入室を許可する。

入ってきたのは、銀のトレーに一通の手紙を載せた使用人だ。速達での手紙らしい。

手紙をシーグヴァルドに渡すと、使用人はすぐに退室した。シーグヴァルドは封蠟《ふうろう》を眇《すが》めた瞳で見やる。

「……難しいお相手からの手紙なのですか？」

「まあそうですね。母上からです」

ドキリとして、ユーリアは小さく息を呑んだ。

シーグヴァルドとの再度の話し合いをテオドーラは求めている。だがシーグヴァルドは一切譲歩しない。ユーリアを妻にすることを認めなければ会わないという態度を少しも崩さなかった。

「いつもの手紙だとは思いますが、速達で来ていることが気になりますね……」

「大事なことをお伝えしようとしているのかもしれません……」

「母上の『大事なこと』は、私にとってはさほど重要ではないことの方が多いですよ。私は兄上のように優秀な王子ではなかったから、口出しも多く、躾もとても厳しかった。なぜこんなことまでと疑ってしまうことまで躾けられた上に、私の伴侶まで勝手に決めようとする人です。子供は親の言うことを聞かなければおかしいと思っている人ですよ」

そんなことはない、と言いたいが、テオドーラとは親子ほど親しい存在ではない。友人だったわりには、両親の生前、彼女がラッセルホルム領に足を運ぶのは数年に一度程度だった。両親が王都に行ったこともない。

（お母さまとお父さまは、本当にテオドーラさまと友人だったの……？）

王妃という立場を考えれば、気軽に出歩けないことも理解できる。だが、手紙のやり取りも時節の挨拶《あいさつ》程度しかなかった。

――本当に両親と友人だったのだろうか？　これまでそんな疑いを抱いたことすらなかったのは、テオドーラとナタリーによってある種の洗脳を受けていたからだろうか。

シーグヴァルドは眉根を寄せながら、封を開けた。そして厳しい表情になる。

「母上が君との仲を認めると言っています」

手紙にはシーグヴァルドとユーリアの仲を前向きに検討するから、一度二人で一緒に挨拶に来なさいと書かれてあった。ユーリアは勢い込んでシーグヴァルドに言った。

「私、行きます！」

「……君が前向きになってくれたことは嬉しいですが、前向き過ぎです。もう少し母上のことを警戒してください」

微苦笑したシーグヴァルドがお仕置きです、と付け加えてから唇にくちづけてくる。再び腰が抜けてしまうほどの官能的なくちづけを与えられ、ユーリアは涙目になってしまった。

シーグヴァルドはユーリアの腰に腕を絡めて自分にもたせかけながら、テオドーラからの手紙を鋭い瞳で何度も読み返している。声をかけるのが躊躇われるほどだ。

だがこれは絶好の機会でもあるとユーリアは思う。これまで頑なに会わないと言っていたテオドーラの方から、会いたいと言ってきたのだ。

「……シーグヴァルドさま、あの……」

「ええ、わかっています。これはもしかしたら対面の最後の機会になるかもしれないと考えているのでしょう?」

ユーリアの心を読み取って、シーグヴァルドは厳しい声で言う。やはり反対されてしまうか――ならばまずは彼を説得しなければと意気込んで続けようとすると、シーグヴァルドが神妙に頷きながら言った。

「私の同行を許しているということは、ここで君に何かするつもりはないという意思表示でしょうね。いえ、私を油断させるつもりかもしれません。ですがここで母上に私が君を守っていることを知らしめるのも効果的ではありますね……」

とても親子が会う状況とは思えないほどの警戒ぶりだ。だがテオドーラに一緒に会いに行くつもりになってくれていることがわかり、ユーリアは思わず目を輝かせる。

「母上に君と一緒に会うと返事を出しましょう。ですが必ず私の傍にいてください。そして私のいないところで母上に何か言われたら、必ず報告すること。無茶や無理を絶対にしないこと。母上に言質を取らせないためにも、あまり自分から会話をしないこと。母上に聞かれたことにだけ、イエスかノーかで答えるだけにすること。それから」

条件を必死に記憶しながら、ユーリアは青ざめる。これ以上は覚えられるか不安だ。

シーグヴァルドが今度はくすっ、と笑った。

「今夜は私が満足するまで、私に愛されること。この条件を聞いてくれますね?」

爽やか過ぎる笑顔に、今度は別の意味で青ざめた。

それは今晩、たとえ疲れたもう限界だと伝えても彼に求められるということだ。明日はいったい何時に起きられるだろうか。

甘い恐怖に身を震わせながらも、ユーリアは小さく頷いた。


「あ……ああ……っ‼」

力の入らない両足を小刻みに震わせながら、ユーリアは達した。蜜口は散々舌と指で弄られ、赤く熟れている。愛蜜が止めどなく滲んでいた。

穏やかな雰囲気の夕食を終えたあと、シーグヴァルドとともに入浴した。手伝いの使用人は最初と最後だけしか寄せ付けず、彼の手によって全身を念入りに洗われた。恥ずかしいなどと最後には思えなくなってしまうほど、浴室で蜜壺や乳首、感じる場所を弄られ続け、何度も小さな絶頂を迎えた。なのに、シーグヴァルドは一番欲しいものを与えてはくれない。

寝室のベッドに移動しても、シーグヴァルドはユーリアを高めるばかりで、自分の熱は解放しない。今もユーリアを腰の下にいくつもクッションや枕を敷き詰めて蜜口を捧げるような体勢にさせて、ねっとりと舌で花弁や花芽を舐め回して小さな絶頂を与えてくるだけだ。

熱く潤んで愛する者に満たされることを望んでいる蜜口は、焦れたようにひくついている。

それを嬉しそうに見つめながら、シーグヴァルドはふっ、と軽く息を吹きかけてきた。

「……あっ!!」

たったそれだけでもユーリアには強い快感となり、シーツを握り締めてビクビクと腰を震わせてしまう。シーグヴァルドが上体を起こし、右の中指と人差し指をゆっくりと蜜壺の中に押し入れてきた。ユーリアは膣壁を擦りながら入ってくる指の感触に腰をせり上げ、きつく締め付ける。

「……ああ……っ」

(でも、欲しいのは……違う、の……欲しい、のは……)

指が緩慢に出入りし始めた。揃えた二本の指が、感じやすい蜜壺の上部を擦り、ぐっ、ぐっ、と押し上げてくる。感じる場所を的確に愛撫され、ユーリアは泣き濡れた喘ぎを上げながら身をくねらせる。シーグヴァルドは乱れる様を、熱い瞳で見つめた。

「……ユーリア、素敵ですよ……私の愛撫で蕩ける君は、とても綺麗だ……」

うっとりと目を細めて賛辞の言葉を囁いてくれる。細められた金にも見えるブラウンの瞳が、何か別のものを自分に求めているように思えるのは、気のせいだろうか。

散々啼《な》かされたために、視界は快楽の涙で揺れている。そこに映るシーグヴァルドの裸身は男神を模した彫刻像のように凛々《りり》しく美しい。だが下肢で腹につくほど反り返っている男根は先走りに濡れ光り、脈打って、戦くほど太くなっている。

（欲しいものは……）

気づけば食い入るように男根を見つめ、手を伸ばしかけていた。シーグヴァルドが低く笑い、ユーリアはハッとして動きを止める。

「……私が、欲しくなりましたか……？」

問いかけられ、ユーリアは羞恥で頰を赤くし、慌てて首を横に振ろうとした。だがシーグヴァルドがユーリアの両手を握り、引き寄せ、昂っている男根に触らせる。

熱く湿った感触に、ビクッ、と大きく震えてしまう。反射的に手を引こうとするが、シーグヴァルドが許さない。

それどころかユーリアの耳元に唇を寄せ、低く艶めいた声でそっと――命じる。

「……私に、触ってください」

その声音に鼓動が熱く震え、言う通りにしてしまう。掌でそっと反り返った肉竿を包み込むと、シーグヴァルドが熱く嘆息した。

「……ああ、気持ちいいです……」

ひどく感じ入った声で呟かれ、何だか嬉しくなる。いつも自分ばかり彼に気持ちよくしてもらっているからだ。

「ユーリア……もっと触ってくれますか……？」

感じやすい耳元で吐息を吹き込みながら囁かれると、それだけでまた小さな絶頂を迎えてしまいそうだ。実際、蜜口から熱い蜜が滲み出す。

「……ど、どうすれ、ば……？」

「してくれるのですか？」

少し意外そうな表情で、シーグヴァルドが見返す。ユーリアは真っ赤になったまま、消え入りそうな声で続けた。

「……わ、私、も……シーグヴァルドさまを気持ちよくさせたい……です……」

直後、手の中の男根がさらに硬く太くなり、声にならない悲鳴を上げそうになる。シーグヴァルドが嬉しそうに笑った。

「今の君の言葉だけで、達してしまいそうです……とても嬉しいです。では……こう、して……」

シーグヴァルドがユーリアの手に自分の手を重ね、ゆっくりと上下に扱くよう促した。戸惑いと戦きでぎこちなく両手を一緒に動かす。彼が小さく笑った。

「上手です。とても……ん……気持ちいい、ですよ。君の小さくて柔らかな手が、私の醜《みにく》い欲望を……包み込んで、可愛がってくれているなんて……」

醜い欲望、という言葉に、ユーリアは小さく息を呑む。そんなことはない。シーグヴァルドのものならば、どんなものでも尊く受け止められる。

わかってもらうためにはどうしたらいいのか。悩んだのは一瞬だった。

シーグヴァルドがとても気持ちよさそうな顔をするのは、自分の中に入って精を放つときだ。それができるようにすればいい。

ならば戸惑っていては駄目だ。もっと大胆に、彼が快感を覚えるように奉仕しなければ。

上下に掌で扱く単純な動きでは物足りないだろう。ユーリアはそっとシーグヴァルドを見上げ、彼の表情や反応を窺いながら手を動かす。彼が息を詰めたり、呻いたりするところを見つければ、自分がしてもらったときのように念入りに愛撫した。

先走りで濡れる男根が、だんだんと愛おしくなってくる。先端を二本の親指の腹で捏ね回したりすると、シーグヴァルドはひどく悩ましげに眉根を寄せ、息を弾ませた。

「……そ、んなふうにされると……君に、とても深く愛してもらえていると感じて……たまらなくなります、ね……っ」

「だ、駄目……です、か……？」

「いいえ、とても……気持ちいい、です、よ……」

肉竿はユーリアが愛撫するごとにますます太く逞しく熱くなり、筋が浮き上がってとても凶暴な形になった。こんなものを受け入れられるのかと恐ろしくなるが、彼が形のいい眉根を悩ましげに寄せ、目元を赤く染め、薄い唇をわずかに開いて熱い呼吸を繰り返す表情を見ていると、何もされていないのに体奥と蜜壺がきゅんっ、と潤んでくるから不思議だった。

「……は……っ、ユーリア……！　もっと、強く……っ」

シーグヴァルドの腰が震え、絶頂がやってくることを教えてくれる。嬉しくて、懸命に男根を愛撫してしまう。やがて彼が低く呻き、精を放った。

「……っ!!」

鈴口から勢いよく放たれたそれは、ユーリアの顎や胸元、頬や額までを汚した。どろりとした生臭い感触と熱に衝撃を受け、茫然としてしまう。

シーグヴァルドが慌てて謝罪しながらシーツを引き寄せて拭《ふ》き清めてくれたが、熱を吐き出したにもかかわらず、肉竿は萎える様子がない。

「すみません、ユーリア……! 君が私を愛してくれることに夢中になってしまって……」

「……シーグヴァルドさま……」

反り返ったままの男根を、根本から先端に向かってそっと指先で撫でる。達したばかりのせいか、シーグヴァルドがかすかに身震いした。

(まだ……満足されていない……)

「……あ、の……私、どうした、ら……?」

彼を満足させるためにこれ以上はわからず、ユーリアは問いかける。シーグヴァルドが少々苦しげに、微苦笑した。

「……ああ、すみません。自分のことばかりで、君を満足させていませんでした。私もまだまだです」

「ち、違い、ます。私、ではなくて……シーグヴァルドさまに気持ちよくなって欲しいのですけれど……ど、どうしたらいいのかわからなくて……あの、まだ足りていません……よね……？」

性に未熟なことが、このときは何だかとても悔しかった。

シーグヴァルドは驚いたように軽く目を瞠る。

「……君が満足していないのではなく……？」

「わ、私は……そ、の……たくさんしていただいたので、だ、大丈夫……です。だから私も、シーグヴァルドさまを気持ちよくさせたく、て……」

食い入るように熱い瞳で見つめられて、自分がとても見当違いで淫らなことを口にしたのかと不安になる。少し身を縮めると、シーグヴァルドの片手が伸び、指先で唇をなぞった。

見返せば、彼はとても嬉しそうに笑っている。

「とても嬉しいですよ……！　ああ、そうですね。私のものを口で愛撫する方法もあるそうです。それに、君から私にまたがって、私のものを自分から呑み込んで絞り上げてもらうやり方も」

その言葉に、頭の中が真っ白になる。

そんなやり方があるのか。羞恥で死ねそうだ。だが彼が求めるのならばと気合いを込める。

シーグヴァルドが笑みを深め、ユーリアの身体をベッドに押し倒した。

「今は君がそういうふうに思ってくれたことが嬉しいです。少しずつ、覚えていきましょう。私ももっと君が気持ちよくなれるように精進しますから」

甘く囁きながら、シーグヴァルドがゆっくりと男根を呑み込ませてくる。ユーリアがシーツを握り締めて感じ入りながら受け入れると、彼は唇に甘く優しいくちづけを与えながら腰を緩やかに前後させた。

「……ん……あ……あっ、あ……っ」

亀頭と肉棒全体で蜜壺内をじっくりと味わうような緩慢な抽送だ。けれど散々蕩かされたそこは熱い精を放って欲しいというように長大な男根を締めつけ、奥へ誘い込むようにうねる。

「……いい、ですよ……ユーリア。とても気持ちいい……君、は……？」

「気持ち、いい……です……あぁ、そこ……すごく、気持ち、いい……っ」

シーグヴァルドが腰を意地悪く動かし、感じる場所を亀頭で優しく押し揉んだ。ユーリアが甘い喘ぎとともに答えると、とても嬉しそうに笑ってくれる。

腕を首に、両足を腰に絡めるように促される。言う通りにするとシーグヴァルドの両腕がユーリアの背中に回り、包み込んできた。乳房が押し潰されるほどぴったりと抱き締め合う。

「刺激的な愛し方も好きですが……一番気持ちいいのはこうして君と……どこもかしこもぴったりと密着して愛し合うのが好きなのですよ……」

「……あ……んぁ……あっ、あ……っ！」

最奥に入り込んだままで、さらにもっと奥を目指すようにシーグヴァルドが腰を小さく打ち振る。くちづけで唇を塞がれてそんなふうにされると、壊れそうなほど激しくされたときと同じほどの快感がやってきた。

シーグヴァルドがユーリアの舌を強く吸う。直後、二人一緒に絶頂を迎えた。

「……っ!!」

びゅくびゅくと最奥に注ぎ込まれる熱い精に、ユーリアは身を震わせながら感じ入る。シーグヴァルドもユーリアの唇を飽きることなく味わいながら、すべて注ぎ終えるまでずっと抱き締めてくれていた。

はあ、と熱い息を吐くとともに、シーグヴァルドが唇を離す。そして汗ばんだ額に張り付いた前髪を指で優しく退けながら言った。

「愛しています、ユーリア」

私も、と快感の余韻にうっとりとした表情で返すと、シーグヴァルドが嬉しそうにくちづけてきた。

シーグヴァルドは翌日、テオドーラに二人で来訪する旨の返事を送った。結果的に昼近くまで眠らなければ情事の疲労を回復できなかったユーリアは文面を見ることができず、彼からの報告を聞くことになった。

あのあとも時には激しく、時には優しく、明け方まで愛された。それでもシーグヴァルドが満足していないようだったのが恐ろしい。

求められるのはとても嬉しいのだが、これでは自分の方が果ててしまう。体力をつけた方がいいかもしれない。体力作りの教師も用意してもらおうか。

（でもその前に、この家系図についてよく理解できていないところを完全に理解しなければ駄目ね）

午後、ファーンクヴィスト公爵家の系譜の授業を終えたあと、復習していて理解しきれなかったところに気づいた。次の授業のときにもう一度教えてもらおうと疑問点を洗い出しているとと帰宅したシーグヴァルドが姿を見せた。

「すみません、勉強の邪魔をしてしまいましたか。また改めて……」

一度立ち去ろうとするシーグヴァルドに、疑問点を教えてもらえないかと問いかける。自分の用件を後回しにして、彼は快く丁寧に教えてくれた。なんとなく程度の理解だったものが完全な理解に繋がった。これで再度復習をしておけば、完璧だ。

「この時代の家系は少し複雑で……建前と事実の関係がいろいろとありますからわかりづらいのは仕方ないですね。そもそも彼が、正妻の他に五人も愛人を囲っていたことが問題です。

そしてその愛人に、考えなしに子を産ませていたことが一番の問題です」

シーグヴァルドの形のいい眉が寄せられ、不快感を露《あらわ》にする。ユーリアは彼の愛情深い一面を改めて知らされ、微笑んだ。

「シーグヴァルドさまらしいです。でも、このときの奥方さまにはお子が生まれなかったから……公爵夫人としては旦那さまに愛人を迎えていただいて、跡継ぎを産んでもらわないと困られたのかもしれません……」

当時のことは、起こった事実からは想像しかできない。だが公爵夫人という立場で跡継ぎを産めなければ、愛人が存在しても文句など言えるわけもなかっただろう。

もし自分が同じ立場になったらどうするのか。

（私だったら……離縁をお願いするかしら……）

子を産めない女を妻の座に置いておいては、シーグヴァルドが悪く言われてしまう。それならば離縁して、彼に新たに妻となる者を見つけてもらった方がいい。

「例えば君が子が産めなかったとしても、私は愛人を囲うつもりもありませんし、ましてや離縁もしません。跡継ぎが必要ならば、血筋に見合った養子を迎えればいいだけです。ようやく君を手に入れることができました。何があってもどんなことが起こっても、君を手放すつもりはありませんよ？」

シーグヴァルドの愛情を改めて知らされ、とても嬉しい。ユーリアは気恥ずかしげにしながらも、満面の笑みで礼を言った。

「ありがとうございます！　あの……ご用があったのですよね？」

くちづけようとしていたシーグヴァルドを押しとどめるためにそう言う。彼は微苦笑したあと一度唇を掠める軽いくちづけをしてから答えた。

「母上からの返信が来ました。一週間後、私的な茶会を開くからそこで顔を見せて欲しいと」

私的と言うからには、社交界で開かれるような大勢の貴族が招待されるものではないだろう。だが規模が小さいからといって本当に気楽なものではないと、今日までの上流貴族社会に関する勉強で理解している。

これは、上流貴族令嬢として試される場に間違いない。ユーリアは頰を引き締める。

「これは、テオドーラさまの試験のようなものでしょうか」

シーグヴァルドが頷いた。ユーリアがたとえ恐れをなして行かないと言っても、彼は責めないだろう。そして不安が消えるまで抱き締めてくれるはずだ。

（でも、それでは駄目なの。私が自分できちんと立てるようにならなければ……！）

「行きます」

決意を込めた言葉を、シーグヴァルドは満足げな笑顔で受け止めた。

「今の君ならばそう言ってくれると思いました。では、ドレスを作りましょう」

「……え？」

なぜドレスを作ることになるのかわからず、戸惑ってしまう。シーグヴァルドは当然のように続けた。

「君の王都での社交界デビューですよ。素晴らしく美しい瞬間にしなければなりません。楽しみですね」

まさかこのためにドレスやアクセサリーなどを作るというのだろうか。いくら何でも時期が短すぎる。それに費用もどれほどになるのかと思うと、無駄な出費に思えてならない。

「あ、あの、シーグヴァルドさま。今あるもので大丈夫です。それに時間もありませんし」

「一週間もあります。我が家御用達の仕立屋も宝飾屋もとても優秀で素晴らしい腕を持っていますから安心して大丈夫ですよ。デザインは私に一任してもらってもいいですか？　君が一番美しく見えるものを用意したいのです。どうせならば私も作りましょう。お揃いのデザインもいいですね！」

妙にウキウキとした表情で言い返されてしまい、反論の言葉を失った。

【第八章　あなたの愛が、私の盾】

テオドーラは現在王城を離れ、王都から馬車で三日ほどかかる自然豊かな地に住んでいる。

王都貴族の静養地の一面を持つこの地には、元々王族所有の別邸があった。第一王子ヴィルヘルムが即位したあとテオドーラは自らこの別邸に入り、今はのんびりと日々を過ごしているとのことだ。シーグヴァルトは宿を取り、そこからテオドーラの屋敷に向かった。

一見貴族社会から遠のいたようにも見えるが、現国王の生母として社交界では未だそれなりの力を持っている。現王妃に助言することも度々らしい。現王妃とはまだ言葉を交わしたことはなかったが、嫁姑関係はそれなりに大変なのだろうとユーリアにも想像はついた。

だが少なくとも現王妃リースベットは、ユーリアのように呪いがかかっているなどと悪しき洗脳じみたことはされていないはずだ。ではなぜ、テオドーラは自分にはそうしたのだろう。

原因は何なのか思い出を探ってはみるものの、よくわからないというのが正直なところだった。

ただこうして一歩離れて思い出を振り返ってみると、両親とテオドーラが本当に友人と呼べるほどの仲だったのかは疑問に思う。テオドーラに敬意を払ってはいても、友人というほどの親しさはなかったようだった。むしろ、前国王オズヴァルドとの方が親しかったように思える。

（幼い頃は国王陛下だと理解できていなかったから、まるで親戚のおじさまみたいに遊んでもらっていたし……）

オズヴァルドもユーリアが懐くのを拒む様子もなく、シーグヴァルドと一緒に遊んでくれた。だがテオドーラとはそうした思い出がない。

そんなことを考えているうちに、馬車はテオドーラの屋敷に着いた。昼食会も兼ねていて、明るい時間の訪問だ。

敷地を囲む緑豊かな小さな森と丁寧に手入れされた庭園が、陽光の下で爽やかな美しさを見せている。庭園の一角にドーム型の天井を持つ東屋《あずまや》があり、その周囲に着飾った貴族たちが集って談笑しているのが見えた。

その様子を馬車の車窓から目にしただけで、緊張が一気に高まってしまう。まずはテオドーラへ挨拶《あいさつ》をするため、馬車は玄関の前で停まった。

先にシーグヴァルドが降り、手を差し伸べてくれる。

東屋に集っていた貴族たちが、今度は誰がやってきたのかと確認するために一斉にこちらを見た。そしてほうっ、と感嘆の息を吐いたのが気配でわかった。

シーグヴァルドの美しい容姿は、国王とは違う意味で見惚《みほ》れるほどだ。

国王ヴィルヘルムはどちらかというと動的で頼もしさが強調される。対してシーグヴァルドは決して線が細いというわけではないが、しなやかな鋼のような静的な美しさがあった。長身で無駄な筋肉がないすらりとした体躯《たいく》は、どんな服を着てもまるで彼のためにあつらえたかのようによく似合うのだ。今回の紫紺の服もよく似合っている上、今は前髪を上げて面を露《あらわ》にしている。

まだ馬車の中にいるユーリアにも、彼らの見惚れる視線が気配と空気で伝わってきた。

シーグヴァルドがエスコートする相手が誰なのか、興味津々《きょうみしんしん》だろう。自分が姿を見せたら、どう思われるだろうか。がっかりさせてしまうか。いや、こんな娘を選んだのかとシーグヴァルドに落胆するかもしれない。

（いいえ、駄目よ！　後ろ向きな考えは、私をいいと言ってくださったシーグヴァルドさまに対しても失礼だわ！）

ユーリアはきゅっ、と唇を強く引き結んだあと、シーグヴァルドの手を取って馬車を降りる。マナーの先生に教わった通りに凜《りん》と背筋を伸ばし、見られても萎縮せずにしっかりと前を向いて。シーグヴァルドが誇らしげに微笑んだ。

馬車から姿を見せたユーリアに対し、彼らから驚きの空気が伝わってきた。ちらりと一瞬だけそちらを見れば、皆、隣の者や知り合いとこそこそと何か囁《ささや》き合っている。もしや大したことのない令嬢だったと馬鹿にされているのかと思ったが、そんな感じはしない。

シーグヴァルドがユーリアの手ではなく腰に腕を回し、優しく引き寄せた。ぴったりと密着するエスコートを見て、貴族たちからさらに声にならない驚きの声が上がる。

「シ、シーグヴァルドさま……！　あ、あの、こ、このエスコートでよろしいのですか⁉」

潜めた声で確認すれば、シーグヴァルドは当然だと頷《うなず》いた。

「いいのです。君は私の妻……いえ、まだ恋人ですが、そういう大切な存在です。そのことを皆によく知ってもらわなければいけません」

恋人のように連れ添っている令嬢はいったい誰だと、興味津々の視線が全身に突き刺さってくる。これだけ距離があるのに、まるで針の筵だ。

ユーリアは戦《おのの》く心を叱咤《しった》し、顔を上げてシーグヴァルドとともに屋敷に向かう。出迎えの使用人たちは余計なことは一切口にせず、態度にも表さず、ユーリアたちをテオドーラのもとへ連れていった。

久しぶりに対面することと快く思われていないという事実が、緊張を高めた。鼓動音がいつもよりも大きい。シーグヴァルドと密着していなければ、足が震えて一歩も歩けなかったかもしれない。

シーグヴァルドの様子は変わらない。それどころか、使用人たちにユーリアの存在を見せることを楽しんでいるようにも見える。

離れないどころか、さらに身体を密着させてきた。はたから見れば、とても仲睦《なかむつ》まじい恋人同士だ。こんな様子でテオドーラに会いに行って、彼女の怒りを買ってしまわないだろうか。

テオドーラの部屋に辿り着き、使用人が扉をノックしてユーリアたちの来訪を知らせる。

入りなさい、と厳しくも美しい声が入室を促した。

（……い、いよいよテオドーラさまとの対面だわ……！）

ユーリアは気合いを入れようとするが、シーグヴァルドはあっさりと扉を開けて中に入ってしまう。広い応接間に置かれたソファに、テオドーラが悠然と座っていた。

ユーリアをみとめると、テオドーラの瞳が軽く見開かれた。綺麗《きれい》に紅を乗せた唇が小さく動く。

「マティルダ……」

それは、母の名だ。訝《いぶか》しむより早くテオドーラの瞳が鋭くなる。緊張と恐怖がさらに強くなった。

シーグヴァルドが腰に回していた手を上げ、背中の中心をぽん、と軽く叩いた。

（大丈夫。私はちゃんとできるわ）

余計な力が抜け、ユーリアは勉強したことを思い出しながら、スカートを摘《つま》んで深く腰を落とす礼をした。

「お久しぶりです、テオドーラさま。お会いできて嬉しいです。お時間を作っていただき、ありがとうございます」

　これまで学んだことをすべて反映させた礼は、室内にいた使用人たちとシーグヴァルドの目を奪うほど洗練された美しいものとなってくれたようだ。シーグヴァルドのとても満足げな笑顔を見て安心する。

「わざわざ足を運んでもらってごめんなさいね。今日は楽しいお茶会にしましょう」

　社交的な笑みと好意的な言葉ではあったが、受ける印象そのままではないだろう。ユーリアは笑顔を崩さないように気をつけながら、気を引き締める。

　テオドーラは使用人たちに目配せし、退室させた。室内に三人だけになり、ますます緊張する。

　シーグヴァルドが軽く嘆息し、ユーリアをテオドーラの前に位置するソファに促した。

「ずっと立っているのも疲れます。座りましょう」

「私は許していません」

　空気を凍り付かせるかのような冷ややかな声で、テオドーラが言う。心の中で小さく悲鳴を上げたものの、ユーリアは辛《かろ》うじて笑顔を頬に浮かべ続けた。

「そうですか。では私だけ失礼します」

シーグヴァルドがソファに座る。そしてユーリアを自分の膝の上に横座りにさせた。緊張のあまりすぐに反応ができず、されるままになる。

「……シーグヴァルド」

テオドーラの声が、ますます低く冷たくなった。

ユーリアは我に返り、慌《あわ》てて膝の上から降りようとする。だがシーグヴァルドの片腕が腰に絡み、片手がスカートの上から太腿を押さえていて動けない。

テオドーラの瞳が眇《すが》められた。彼女の怒りを目の当たりにし、ユーリアは震《ふる》え上がって身を強張《こわば》らせる。

シーグヴァルドは笑顔を浮かべて言った。

「ユーリアは私の膝の上に座っているのであって、ソファに座っているのではありません。母上の言いつけを守るいいご令嬢です」

（そ、それは、揚げ足取りというものではありませんか……⁉）

ここで親子喧嘩《げんか》が始まってしまうのではないか。だがテオドーラは息子の言葉をある程度予想していたらしく、苛立《いらだ》たしげに嘆息しただけだった。

「そういう言葉遊びばかり上手になって……どうしてこんな子になってしまったのかしら」

落胆の言葉と指先で額を押さえて軽く首を左右に振る仕草に、胸が小さく痛む。

シーグヴァルドはそんなふうに落胆するような人ではない。文武両道で優しく爽やかな人

柄で、短い期間でテッセルホルム領の領民からユーリアの夫として信頼されるようにまでなっている。それは彼が努力家で、己の立場に甘んじないからだ。

（シーグヴァルドさまは、素晴らしい人です）

そう言い返したい。だがここで自分が口を挟んでは、テオドーラの機嫌をさらに損ねてしまう。我慢だとユーリアは唇を強く引き結んだが、この想いを伝えたくて、太腿の上に置かれた彼の手をぎゅっと握った。

気持ちが伝わったのかシーグヴァルドが嬉しそうに微笑み、頬に軽くくちづける。テオドーラの眦《まなじり》が吊り上がった。

「シーグヴァルド、何をしているの！」

声が鞭《むち》に変わって頬に打ち下ろされたかのような錯覚を抱いてしまうほど、厳しい声だ。びくっ、とユーリアは身を震わせるが、シーグヴァルドに堪《こた》えた様子はない。

「何、とは？　私の妻となる人がとても愛《いと》おしく思えてしまったら、自然と身体が動いてくちづけをしてしまいました。不思議なものです。愛おしい気持ちが強いと、身体は勝手に動くのですね」

「いい加減になさい。あなたは自分が誰を妻にしようとしているのか、わかっているの？　人を不幸に陥《おとし》れる呪いがかかった娘よ。それに伯爵位を持っているとはいえ、辛うじてその位を保ち続けている下位貴族。あなたとは身分的に格差があり過ぎます。そんな娘を妻にしたとなれば、社交界であなたが馬鹿にされるのよ」

わかっていたこととはいえ、自分の至らぬ部分をはっきりとした言葉で言われると、やはり自分が彼の妻となるのは迷惑しかかけないように思えてしまう。後ろ向きな考えに至りそうになり、ユーリアは小さく首を左右に振ると、勢いをつけて立ち上がった。

ユーリアの気概《きがい》に気づいてくれたシーグヴァルドは、今度は阻《はば》まない。

「テオドーラさまがシーグヴァルドさまに、身分に相応《ふさわ》しい誰にも文句を付けることができないご令嬢を妻にさせたいと思うのは、母として当然のことです。でも、シーグヴァルドさまが私を望んでくださいました。私もシーグヴァルドさまが大好きです。あ、愛して、い、います、す……！」

その言葉はまだ恥ずかしくてするりと口から出てくるものではない。だが思っていた以上にあっさりと、唇から零れた。

(私はシーグヴァルドさまのことが好き。一緒にいたい。シーグヴァルドさまの傍《そば》で、笑っていたい。そしてシーグヴァルドさまにとって、そういう相手でいたい)

ユーリアはテオドーラを真っ直ぐに見つめて続けた。

「だから私は、シーグヴァルドさまが幸せになれるよう精一杯頑張りたいのです！」

「……ユーリア……！」

シーグヴァルドがもう我慢できないというように立ち上がり、ぎゅっと強く抱き締めた。

頭に頬ずりをして、息ができなくなりそうなほど引き寄せる。

「ああ、もう……！　私は今、天にも昇る気持ちです。最高に幸せな気持ちです。君のその言葉だけで、私はいつでも世界一幸せな男になれます。私も君を愛しています……！」

シーグヴァルドが両手でユーリアの頬を包み込み、上体を押し被せるようにくちづけてきた。テオドーラの前でこれはやり過ぎだと驚きに大きく目を瞠《みは》るが、すぐさま舌を搦《から》め捕《と》られる深いくちづけを続けられてしまう。

「……ふ……ん……んぅ、だ、め……駄目、シーグ、ヴァルド、さま……っ」

くちづけの合間に必死になって押しのけようとするが、結局足から力が抜けてしまうまでくちづけられてしまう。ようやく唇を解放されると、息を乱して彼の胸にもたれかかりながら、恐る恐るテオドーラを見る。

――彼女は感情がまったく読み取れない無表情で、じっとユーリアたちのやり取りを見つめていた。

その瞳に見つめられると、くちづけで昂っていた身体が一気に冷えた。何か異様なものがそこから滲《にじ》み出し、空間に黒い霧のように広がって、自分たちを包み込んで逃がさないような印象を受ける。思わず息を呑《の》んだとき、テオドーラが言った。

「シーグヴァルド、あなたがいるとユーリアときちんと話ができないわ。少し二人きりにしてちょうだい」

「それは駄目です。母上はユーリアにひどいことをするでしょう？」

実の母親を疑う言葉を何の躊躇《ためら》いもなく口にすることに慌てるが、シーグヴァルドは笑顔を浮かべたままだ。だが目は笑っておらず、背筋が震える。テオドーラとは違う種類の恐ろしさだった。

テオドーラが疲れたように嘆息した。

「私がユーリアに何かしたら、あなたはどうするつもりなの」

「母上を殺します」

それ以外はあり得ないと言外に込めて、シーグヴァルドは答える。テオドーラはさらにもう一つ、深く嘆息した。

「残念ながら、私はまだ死にたくないわ。わかりました、ユーリアには何もしません。とりあえず邪魔がなく話をしたいだけよ」

「ならば私が傍にいても問題はありません。私が口を出さなければいいだけですから」

これでは埒《らち》があかない。テオドーラがこれ以上機嫌を悪くしたら、事態はもっと難しくなってしまうかもしれない。

ユーリアはシーグヴァルドに向き直り、必死の表情で頼み込んだ。

「シーグヴァルドさま、私もテオドーラさまと二人きりでお話がしたいです。何かあったらすぐに呼びますから、ほんの少し、別の部屋でお待ちいただけませんか？」

「それでは君に呼ばれてもすぐに駆けつけられません。口は挟みませんから、ここにいます」

「女同士の秘密のお話も出てくるかもしれません。どうかお願いです……！」

必死に頼み続けると、シーグヴァルドの纏《まと》う空気が少し仕方なさげなものへと変わる。それを逃してはならないと、ユーリアはさらに言葉を連ねた。

やがて根負けして、シーグヴァルドが渋々言う。

「わかりました。では、廊下で待っています。これ以上の譲歩はできません」

チラリとテオドーラを見やる。彼女は相変わらず表情の読み取れない無表情であったが、小さく頷いた。ホッと安堵《あんど》の息を吐く。

シーグヴァルドはユーリアのことを気にしながら部屋を出た。廊下で待たせるなど申し訳ないが、今はこれが最善だ。

扉が閉まり、改めてテオドーラに向き直る。ソファに座り直した彼女が、両手を腹の上で組み合わせた。

「あの子はずいぶんとあなたに執心《しゅうしん》しているわね。私がどれだけあの子に相応しいご令嬢を紹介してもまったく興味を示さず、下手をしたら男性として不能なのかと疑ったときもあるほどだったのに、あなたには人目もはばかることなくあんなことをするなんて……」

先ほどの濃厚なくちづけのことを言っているのだろう。今更ながらにシーグヴァルドとの睦み合いを見られたことが恥ずかしくなり、耳まで真っ赤になる。

けれど、とユーリアは羞恥を堪《こら》えてテオドーラを見返した。彼に関してだけは、どれほど彼女が恐ろしくとも退いてはならないと、本能的に感じた。

これまでどんなことがあっても伝え続けてくれた彼の想いに恥じることは、したくない。

「シーグヴァルドさまにはとても大切にしていただいています。嬉しい、です」

「……そう」

テオドーラは素っ気なく頷いた。炯々と光る彼と同じ色合いのブラウンの瞳がユーリアを真っ直ぐに見つめ続ける。その視線を見返すだけで、軽い目眩《めまい》がしそうだ。

「会うのは数年ぶりね。マティルダたちの葬儀のとき以来かしら？」

「……はい」

母の名が出て、少しドキリとする。そんなに会っていなかったのかと改めて実感した。

「驚くほど、マティルダに似てきたわね。さっきあの子と一緒に入ってきたところを見たら、マティルダが生き返ったのかと思ったわ」

母親によく似ているとは言われてきたが、あまり意識したことはなかった。残された肖像画を見ると、母の方が格段に自分よりも美しいと思う。だが亡き母に似ていると言われるのは、嬉しい。

ユーリアは目を伏せ、胸の奥に残る両親の面影を感じながら言う。

「ありがとうございます。お母さまに似ていると言ってもらえて嬉しいです」

「……そう」

テオドーラは変わらず素っ気ない。

だが母の名が出たということは、少しはこちらに歩み寄ってくれているのかもしれない。

母との思い出話で話を弾ませるのはどうだろうか。

「あなた、本当にあの子と結婚するつもりなの？」

しかし作戦がまったく無意味であることを、テオドーラの冷たい声音から感じ取る。ユーリアは強く頷いた。

「はい。シーグヴァルドさまと一緒にいたいと思っています」

テオドーラが苛立たしげに嘆息する。

「わかっているの？　あなたは呪われているのよ。あなたのせいでご両親は不幸な事故で亡くなったの。それだけではないわ。子供の頃はあなたと一緒に遊ぶと野犬に襲われたり、誰かが怪我をしたり……そうそう。あなたに好意を抱いていた商人の子が、やはりご両親と同じように事故に遭《あ》って怪我をしたこともあったわね」

呪いのせいだと信じてしまった事件のことを、テオドーラは言う。

もしや自分のせいではないかと不安になったとき、ユーリアは両親亡きあと、ナタリーとテオドーラに相談していた。テオドーラからはそのたびにユーリアにかかっている呪いについて心配し、それが解けるように祈っているとの返事の手紙が届いていた。その返事をもらうたびに、やはり呪いは存在するのだと思っていた。それこそが、テオドーラの策だった。

以前ならば、こんなふうに言われたら再び呪いのことを信じてしまい、誰とも関わってはいけないと考えて引きこもっただろう。

だが今は違う。それらはすべて偶然、あるいは意図的に謀《たばか》られたことだったと、シーグヴァルドが調べて教えてくれたのだ。

テオドーラはユーリアをまるで威圧するように強く見つめた。

「それはあなたが、呪われた子だからよ」

「……違い、ます」

テオドーラの言葉を真っ向から否定する。

ユーリアは呼吸を整える。そして彼女を真っ直ぐに見返して続けた。

「私は呪われていません。呪いによる不幸だと思っていたことは、すべて本当に偶然によるものか人為的なものだと、シーグヴァルドさまが調べてくださいました」

テオドーラは軽く目を見開いたものの、否定も肯定もせず、ただ無言でユーリアを見返す。

その静けさが不気味だった。

「どうして私が呪われていると思うように仕向けたのですか。私をそんなふうにしたかった理由を教えてください。私をそれほどまでに嫌う理由があるのですよね……っ⁉」

吹き出した言葉は、すぐには止まらない。そこまで自分を追い詰める悪意の理由を知りたかった。

両親亡きあと、テオドーラを母の友人として信頼してきた。そんな自分を見て彼女は何を思っていたのか。

「どうして私を嫌って……っ」

「――シーグヴァルド」

テオドーラが低く呼びかける。

扉を蹴破る勢いで、シーグヴァルドが中に入ってきた。そしてユーリアの傍に駆けつける。

「ユーリア！　どうしたのですか！」

あと少しで泣き出しそうになっていたことに気づかされ、慌てて笑顔を浮かべる。テオドーラは冷たい視線をユーリアに向けながら立ち上がった。

「高位貴族ともなれば、感情の揺らぎを周囲に悟らせるようなことをしてはいけません。それが付け入られる隙となります。情けないこと。この程度のことで今にも泣きそうになるなんて。これからあなたにどれだけの陰口が囁かれるかわかったものでもないのに」

「母上。ユーリアを泣かせるのならば、私が母上にお仕置きしますよ。……私はもう子供ではないのですから」

彼女に躾《しつ》けられるだけのときとはもう違うという意味だろう。テオドーラは挑発的とも取れる息子の言葉に薄く笑い、ユーリアをますます冷たい瞳で見返した。

「夫に守られるだけの無能な妻になる姿が、今から見えるようだわ。そんな娘を私の息子の妻にするつもりはありません。私があなたを認めることは、絶対にあり得ないわ」

――やり方を失敗したのだ。

ユーリアは慌てて涙が滲みそうになる目元を指先で拭《ぬぐ》い、シーグヴァルドの腕から抜け出そうとする。だがもうテオドーラは扉まで近づいていて、こちらを肩越しに見返して小さく笑った。

「ではあとで会場で。そのみっともない顔を早く直すことね」

扉が閉じ、テオドーラが出ていく。張り詰めていた気が一気に緩み、ユーリアはシーグヴァルドの腕の中で崩れ落ちた。

「ユーリア！」

血相を変えて抱き支え、シーグヴァルドが顔を覗き込む。

「もう帰りましょう。君は充分頑張りました。今日はここまでです！」

シーグヴァルドに身を任せてしまいたい気持ちは、確かにある。だがここで彼に身を委ねたら、テオドーラの言う通り、ずっと一生、彼に守られるだけで終わってしまうに違いない。それでは駄目だ。

「ありがとうございます、シーグヴァルドさま。でもせっかくここまで来たのです。お茶会には参加しましょう！　シーグヴァルドさまが用意してくださったこのドレス、是非、皆様に見せびらかしたいです」

しばし思案げな視線を向けられる。痩《や》せ我慢していることは、見透かされているだろう。

やがてシーグヴァルドが深く嘆息しながら苦笑した。

「……わかりました。でも無理は駄目です。いいですか。君が頑張ってくれることを私はとても嬉しく頼もしく思っていますが、頑張り過ぎて心に負担をかけることを望んでいません。君にはいつでも明るい笑顔を浮かべていて欲しいんです」

こつん、と額を押し合わせて言われると、そのまま甘えたくなる。ユーリアは目を伏せ、そっと礼を言った。

シーグヴァルドがそのまま頰に軽くくちづけ、場を取り成すように笑う。

「そうと決まれば、行きましょうか。可愛《かわい》いけれど綺麗なユーリアの姿を、皆に見せびらかしましょう」

シーグヴァルドがユーリアの手を取り、先を促す。その温もりがとても心強かった。


茶会の間、テオドーラが何かしてくるのではないかと内心で警戒したものの、そんなことはなく普通の歓談で終わった。その代わり、シーグヴァルドがエスコートしている令嬢はいったいどういう人なのかと、興味津々の視線と質問が集中した。

茶を味わう暇もないほどあれこれ尋ねられる。マナーの授業で学んだことを思い返しながらの対応は、品があり感じがいい令嬢と思ってもらえているようで少しホッとした。

しばらくシーグヴァルドを交えて歓談していると、彼とはどういう関係なのかをついに問いかけられた。勇気ある令嬢の質問が終わると、皆が息を詰めてユーリアとシーグヴァルドを見返した。

少し離れたテーブルについていたテオドーラは、無言だ。何とも表現しようのない緊迫した沈黙が、広がる。

(素直に答えてしまって大丈夫かしら。身分差のことで、シーグヴァルドさまが悪く言われたりしないかしら。婚儀の準備を進めているけれど、今この場では、まだ親しい友人程度という関係くらいにした方がいいかしら)

笑顔のまま、頭の中で目まぐるしく対応を考える。

だが一人で決断していいことでもない。シーグヴァルドの意向も重要だ。先ほど、この類の質問が来たときにどう答えるのかを確認しておけばよかった、と後悔する。

そっと目配せすると、シーグヴァルドが微笑んだ。彼に任せておけば大丈夫だと思える笑顔だ。

近くにいた貴族令嬢たちだけでなく、既婚の夫人たちもその爽やかな微笑に感嘆の溜め息を吐きながら見惚れる。そしてシーグヴァルドは言った。

「はじめにお話ししておくべきでしたね。彼女は私の妻となる人です」

ユーリアはぎょっと目を剝《む》き、令嬢たちは一瞬何を言われたのかわからないと言うようにぽかんとした。まさかいきなり核心の答えを口にするとは思わなかった。

「……今、妻と仰《おっしゃ》いましたの……？」

一人の夫人が、震える声で確認してきた。シーグヴァルドはわざわざ彼女の方に向き直って、はっきりと頷く。

「ええ、そうです。今、婚儀に向けて準備をしています。近いうちに皆さまに招待状をお送りできるようにしますので、お待ちください」

そして立ち上がり、驚きのあまり何も言えずにいるユーリアの手を取る。

「慣れない社交で私の愛しい人が少し疲れているようです。またこうした場に出るようにさせますので、今日はこれで失礼します。さあ帰りましょう、ユーリア」

ちゅ、と軽く前髪にくちづけて、シーグヴァルドがエスコートする。

令嬢たちは声にならない悲鳴を上げ、夫人たちはさらなる情報を求めるためにシーグヴァルドを引き止めようと腰を浮かせる。だがそれよりも早くシーグヴァルドはユーリアを軽々と抱き上げ、大股で会場から立ち去った。

ユーリアを抱き上げたときにも令嬢たちの心の悲鳴が上がったのは、彼女たちの表情を見れば明らかだ。シーグヴァルドにされるがままになりながらもとりあえず笑顔だけは忘れずと自身に言い聞かせたユーリアは、彼女たちと充分に離れたあとに言った。

「い、いいのですか⁉　私と結婚することを、もう教えてしまって……」

「構わないでしょう。君と結婚することはもう揺るぎない事実ですし、今更やめるなんてことは絶対にありませんから」

シーグヴァルドに気負った様子はまったくない。そう言ってもらえるのは嬉しいが、もう少し様子を見てからの方がよかったのではないかと心配になってしまう。

だが彼は安心させるように笑みを深めた。

「私のことは大丈夫ですよ。それより君には会って友人になってもらいたいお方がいます。今日の茶会で確信しました。女性独特の社会に私が踏み込むには、なかなか手間がかかりそうです。彼女に君の後ろ盾になってもらいます。できますか？」

今までずっと守ることをしてくれていたシーグヴァルドから、いつもとは違う提案をされる。ユーリアは強く頷いた。

「頑張ります！　どなたですか？」

「リースベットさまです」

その名を聞き、ユーリアはもう少しではしたない驚きの大声を上げてしまうところだった。

それは、現王妃の名だった。

シーグヴァルドの手はずにより、それから二日後にはユーリアは王妃リースベットから茶会の招待状を受け取っていた。

品のある花模様の透かしが入った招待状を持ち、ユーリアはシーグヴァルドとともに王城内、王妃の棟を訪れた。緊張しながら内庭の東屋に案内されれば寛ぎの服装のヴィルヘルムもいて、予想外の対面にユーリアは卒倒しそうだった。

だが兄弟仲はとてもいいシーグヴァルドとヴィルヘルムは久しぶりにゆっくりと話せる時間を喜び、茶と菓子を味わいながら非常に砕けた会話を交わした。リースベットも王妃というよりは姉のように接してくれ、ユーリアの緊張もすぐに解けた。

ヴィルヘルムたちからは馴《な》れ初《そ》めや結婚を決意した出来事や、ユーリアと一緒にいるときのシーグヴァルドの様子などを聞かれ、楽しい時間ではあったものの、同じほどに恥ずかしい時間でもあった。

テオドーラのことは二人も気にしてくれていたようだ。何かあればすぐに言ってくれと言ってもらえ、とても心強かった。

――実につまらない茶会や夜会にも、シーグヴァルドはユーリアと一緒ならば参加するようになっていた。

ユーリアを招けば自分に会える可能性が高くなると貴婦人たちは思っているらしい。とんでもない勘違いだと、シーグヴァルドは穏やかな微笑の下で嫌悪感を抱く。

そもそも、もう結婚が決まっているのだから、自分の興味が妻以外に目移りすると思う方がおかしい。……いや、おかしいのは自分の方なのか。

高位貴族男性の中には、どれだけ妾を持てるかを社会的地位の一つにしている者もそれなりにいる。浮気は男の甲斐性《かいしょう》などと口にしても、苦笑しながら受け入れられる社会だ。とんでもなく愚かな社会だと、シーグヴァルドは思う。

どれほど付け入る隙を見つけようとしても、自分の隣に並ぶことができるのはユーリアだけだ。

今夜、ユーリアが招待された夜会に参加しているのも、彼女に不埒《ふらち》な虫が近寄らないようにするためで、参加者の令嬢、夫人たちから色目を使われるためではない。

二人掛けのソファに並んで座ったユーリアの傍には、数人の令嬢が集まっている。話の内容はシーグヴァルドとの婚儀の準備がどのくらい進んでいるのかや、婚約者としてのシーグヴァルドはどんな様子なのかと知りたがる、くだらないものだった。ユーリアはどんなに低俗な質問にも嫌な顔一つせず、丁寧に、礼儀正しく返答している。そこに悪意をねじ込む隙はない。

（今日の君も、とても可愛い。いや、今は可愛いよりも美しいの度合いが増してきました）

ユーリアが身に着けているドレスは、シーグヴァルドが勝手に用意したものだ。今あるもので充分だと言ってくれるが、よさそうな生地を目にすると彼女に着てもらいたくなる。そしてどんなデザインのドレスならば似合うだろうかと考えることが、癒やしの時間になるのだ。

気づけばクローゼットルームに新たなドレスが増えていることに気づいたユーリアは、困ったように眉根を寄せながらも贈り物をいつも喜んでくれる。その笑顔もまた心臓を射貫《いぬ》かれるほどに可愛くて、また何かプレゼントしたいと思う原因になることに気づいていないところが愛おしい。

社交界ではユーリアを妻に迎えることを、あまり快く思わない者たちが多かった。

身分差もあるが、最たる理由はユーリアが『呪われた娘』だと密やかに噂されていたからだろう。誰が蒔《ま》いた噂《うわさ》なのかは、容易《たやす》くわかる。実母テオドーラしかいない。

王妃リースベットの後ろ盾もあり、表だってユーリアに対して陰口を叩く者はいない。シーグヴァルドもその噂がこれ以上社交界に広まらないよう、リースベットとともに対策した。それでも最初の頃ユーリアの耳に届いてしまうこともあった。

ユーリアはその噂を聞いてひどく表情を曇らせ、気落ちした様子を隠せなかった。動揺したユーリアを、それを口にした者たちは見下し、小馬鹿にする暴言を会話の中に織り込んできた。陰湿なやり方だった。

彼女の耳を穢《けが》す音を入れた者を、抹殺しようかとも考えた。

黙ってやる必要はない。ファーンクヴィスト公爵家に養子入りしたのは、兄の政治基盤を盤石にするため、陰で動けるようになるためだった。それが盤石ならば、ユーリアがこれから幸せに生きていける。そしてやがては授かる自分たちの子もだ。

自分たちの幸せを揺るがす者が現れたらいつでも排除できるよう、様々な情報を集めている。……そして呆《あき》れることに、貴族社会の中には潔白な者がほとんどいない。

愛しいユーリアを不当に貶める者に容赦する必要はない。彼女にこんな顔をさせたこと自体が許しがたい罪だ。

シーグヴァルドは『敵』をどう排除してやろうかと、頭の中で瞬時にいくつかの策を考えた。だがユーリアはすぐに笑顔を浮かべ、自分を貶める者たちを真っ直ぐに見返して言った。

『確かに私は呪われた娘だと思っていました。ですがそれはいろいろな不幸が偶然に重なってしまったがゆえの思い込みによるもので、呪いなどかかっていないことをシーグヴァルドさまが教えてくださいました。シーグヴァルドさまと一緒にいても、もう何も起こりません。呪いは、シーグヴァルドさまが解いてくださったのだと思います』

貶《おとし》めようとしていた者たちはもちろんのこと、シーグヴァルドもそんなふうに反撃するとは予想していなかった。

敵は戸惑《とまど》って言葉を失う。その隙を逃すのはもったいない。シーグヴァルドはすぐさまユーリアの肩を抱き寄せ、頬に軽くくちづけてから言ったのだ。

『呪いが解けたのは、彼女が私を受け入れてくれたからです。やはり愛の力は偉大ですね』

他の者が口にすれば何を気障《きざ》なことを、と失笑されてしまうが、自分の笑顔と声音には彼らをそうかと納得させられる力があることを自覚している。シーグヴァルドの笑顔に敵は一瞬惚《ほう》けた顔になったあと――気まずそうに頷き、そそくさと立ち去っていった。

ユーリアがホッと安堵の息を吐く。だがそれは、シーグヴァルドにしか気づけないほど気をつけたものだ。

高位貴族の――それも自分の妻ともなれば、些細《ささい》な感情変化も敵に都合よく解釈されてしまうことを学んでいる証拠だ。ユーリアは常に自分の妻として全力を尽くしてくれる。

そして自らの努力の結果でも彼女は驕《おご》ることなく、協力する者への感謝を忘れない。

『話を合わせてくださってありがとうございます』――そう言って笑った彼女のしなやかな強さを改めて感じ、愛おしさが増していく。その想いは自然と仕草に直結し、シーグヴァルドが意図しなくとも周囲にユーリアがとても愛されているのだと伝わっていく。

今となってはシーグヴァルドの寵愛《ちょうあい》を貰えるかもしれないと、果敢に近づいている者もごくわずかとなった。それまで面倒でつまらないとばかり思っていた貴族の集まりが、ユーリアの愛らしさと美しさ、加えて彼女の着せ替えを楽しむことができるようになったこと、彼女への愛情表現を惜しまず与えることができることなどがあり、渋ることなく同行するようになっている。

リースベットとの友情も順調に育まれていることは、二人の付き合い方でよくわかった。リースベットは妹のようにユーリアを可愛がっている。彼女を厳しい女貴族社会から守る盾になってくれとは言ったが、まさかこれほど仲良くなるとは予想していなかった。

しかしながら、当然の結果だったのかもしれないとも思う。ユーリアには素直さと本来の前向きさが戻っている。リースベット自身も、テオドーラには完璧な王妃たれと厳しく言われ続け、苦労したのだ。

我が実母ながら、子供たちをとことんまで追い詰める人だと呆れてしまう。その理由を知ってはいるが決して同感できないし、同情もできない。それはまったくユーリアのせいではないというのに。

……あれから、テオドーラからユーリアに接触する様子は一切なかった。自分に気づかれないように裏で何かやっているのかもしれないと部下に常に陰から注意させているが、気になる動きはしていない。

むしろ静か過ぎて不気味だった。

（結婚許可証は明日、発布される。私が直々に兄上から渡してもらうように手はずは整えているから、母上もそれは邪魔できない。許可証が出されれば、よほどのことがない限り結婚を止めることは難しくなる）

——例えば結婚をする者たちが何か犯罪に関わったり、不治の病にかかったり、どちらかが死亡したりしなければ。

結婚許可証が授与される日は、どうにも落ち着かなかった。授与されることがわかっていても、実物を目にしなければ本当に結婚できるのかどうか不安になってしまう。

許可証を受け取ったらすぐに帰宅するからと言い置いて、シーグヴァルドは出仕した。そして言葉通りどこにも寄り道をせずに真っ直ぐ帰宅し、帰ってくる頃合いを見計らって玄関ホールで意味もなく歩き回っていたユーリアの様子に微苦笑した。彼の手には丁寧に巻かれ、封蝋《ふうろう》された書面がある。

慌てて駆け寄ると、シーグヴァルドはすぐにユーリアの腰に腕を絡めて抱き寄せ、膝が崩れ落ちてしまうほど熱く官能的なくちづけを与えてきた。そのくちづけが、彼が浮かれ喜んでいることを教えてくれる。出迎えの使用人たちがまだいることで羞恥は高まったが、今回ばかりは窘《たしな》めるのをやめた。

シーグヴァルドはユーリアを夫婦の居間へと連れていき、ソファに座らせてから持っていた許可証を手渡した。すでにもう中身は見ているからと、封蝋を開けさせてくれる。

ドキドキしながら丸められた書面を開くと、箔押しの装飾で縁どられた部分に濃くはっきりとしたインクで、ユーリアたちの結婚を許可するとの王命が下ったことが記されていた。貴族院長官のサインと押印もある。

ユーリアは許可証の文面をそっと指先でなぞる。何度も何度も、結婚を許可するという一文を繰り返しなぞる。

シーグヴァルドは何も言わず、優しく見守ってくれていた。

「……何だかもう……胸がいっぱいで……泣いて、しまいそうです……」

「哀しい涙でないのならば、いくらでも。ですが、私が傍にいるときでなければ駄目です。君の涙で濡れることが許されるのは、私だけなのですから」

シーグヴァルドが微笑み、軽く両腕を広げる。ユーリアは許可証を汚さないようにテーブルの上に置いてから、もうすぐ名実ともに夫となる愛しい人の胸に抱きついた。

「ありがとうございます、シーグヴァルドさま。こんなに嬉しいことがあるなんて……もう二度とないと、思っていました……！　すべて、シーグヴァルドさまのおかげです。シーグヴァルドさまが、私を見捨てないでまた会いに来てくださったから……」

「きっかけはそうかもしれませんが、それからは君の努力です。私の言葉に耳を傾けてくれ、何が正しいのかをきちんと自分で判断する柔軟な心の強さが、君にはありました。この幸せは、君が自分で引き寄せたのですよ」

シーグヴァルドの指と唇が、涙を優しく拭ってくれる。それが心地よくて自然と目を閉じると、今度は唇に優しいくちづけが与えられた。

「嬉し泣きの顔も可愛いです」

「……い、嫌だ……すみま、せ……」

みっともない顔になっているのだと気づき、ユーリアはまじまじと見られることが恥ずかしくて俯《うつむ》こうとする。するとシーグヴァルドはすぐに真面目な顔で続けた。

「ですが君の泣き顔で一番滾《たぎ》るのは、私の愛撫《あいぶ》で乱れているときの……」

「シーグヴァルドさま！」

「すみません。君がそうやって怒ってくれるのも、楽しくて」

拭った涙を口に含まれた上に、「うん美味しい」などと言われては、窘めるしかない。

しばらくそんなふうに恋人同士だけに許される甘い時間を過ごす。やがてシーグヴァルドが婚儀に向けての具体的なスケジュールを説明し始めた。

婚儀までに具体的に何をしなければいけないかということは、身分差や両親を早くに亡くしたことによる知識のなさもあり、どうしても彼に委ねるしかない。

それでもできることがあれば何でもすると、ユーリアはシーグヴァルドの説明を一つも聞き漏らさないよう真剣に耳を傾ける。シーグヴァルドはそんな様子に微苦笑しながらも丁寧に手順を教えてくれ、ユーリアがしなければならないことを順序立てて教えてくれた。

婚儀への道筋が目の前に具体的に示される。これから幸せな日々を彼とともに作っていく

のだと実感し、また嬉し泣きをしてしまいそうになった。

（でも……テオドーラさまとはまだ和解できていないわ……）

――それがどうしても心にしこりを残していた。

シーグヴァルドはこの婚儀にテオドーラを絶対に関わらせないつもりのようだ。それは正しいことなのだろう。

結婚させないためにテオドーラが何か仕掛けてくる可能性がある以上、不用意に近づかないことが賢明だ。

（家族仲良く……と思うのは、駄目なのかしら……それは私が甘いだけなのかしら）

そんなことを思った直後、扉がノックされる。使用人がユーリア宛ての手紙を持ってきてくれた。

「私は少し席を外しましょうか」

「こ、これ……テオドーラさまから、です……っ」

差出人を確認し、ユーリアは悲鳴のような声で言う。シーグヴァルドの表情が厳しく引き締まった。

「見せてもらっても？」

頷いて手紙を手渡すと、シーグヴァルドが慎重に開封した。

思わず緊張で身体が強張ったが、出てきたものは数枚の便箋《びんせん》だけだ。シーグヴァルドが何か仕掛けられていないかと確認してから、肩を抱き寄せて一緒に手紙の内容を読んでくれる。

ユーリアの母マティルダが身に着けていたアクセサリーが見つかったから、取りに来いという内容だった。

一瞬自分を呼び出すための罠《わな》かと思い、アクセサリーはでっち上げではないかと考えてしまう。シーグヴァルドも同じ考えのようだ。だがこちらを信用させるためか、文面にはアクセサリーの詳細な説明が付け加えられていた。

「ユーリア、これは本当のことですか？」

「……本当、です。確かにこのアクセサリーは母が父に贈ってもらったものの一つで……でも、宝石箱に大切にしまっていたのになくなってしまったと……」

貴金属の類《たぐ》いならば、誰かが盗んだと疑う。だが、それは母が父との愛を深める思い出の一つとなった、領地の祭りに参加した際、出店で買ってもらったものだった。

子供の小遣いでも買える木細工のネックレスだ。

「どうしてそれを、テオドーラさまが……」

父が母に妻になって欲しいと願い出たときの思い出のネックレスだと聞いている。のちに正式な結婚の申し出はあったが、一足早いプロポーズは、二人だけの大事な思い出だと言っていた。

できれば二人が眠る墓に一緒に埋葬したかったのだが、大切に保管してあった宝石箱の中にはなく、使用人たちに手伝ってもらって屋敷の中を探したが見つからなかった。

ナタリーは、きっとユーリアに掛かった呪いのせいだと言っていた。奥さまの大切な思い出まで呪いのせいで消失してしまったのだ、と。

それを教えると、シーグヴァルドが苛立たしげに嘆息した。

「なんて馬鹿なことを……！　物体に足が生えて自分から姿を消したとでも言うのですか。非現実的です。当時、誰かがそれを奪い君のせいだと思い込ませ、そして母上に手渡したと考える方が信じられます」

誰にも疑われることなくそんなことができるのは、ナタリーだろう。テオドーラの指示でテッセルホルム伯爵家に入っていたのだから、充分にあり得る。

思い込みは恐ろしい。少し考えれば気づけることが、思い込みによってできない。当時、恐怖に怯《おび》えるだけでなくもう少し落ち着いて周囲を見回すことができていたら、と歯嚙みする。

「アクセサリーのことは偽りではなさそうですね」

「あ、あの、シーグヴァルドさま。私、これを取り戻したいです。両親の思い出の品です。葬儀のとき、一緒にお墓に入れてあげたかったくらいで……」

「わかりました。では私が取りに行ってきましょう」

そんなことまでシーグヴァルドにしてもらうわけにはいかない。自分が取りに行くと言えば、彼は厳しい表情で首を横に振った。

「駄目です。母上が君に何をするのかわかりません。こんな手紙を送ってきたのは、君を自分のもとに呼び寄せるためでしょう。どんな待ち伏せをされているかわからないのに、行かせられません」

まるで出会った瞬間にでも殺されそうな忠告だ。まさかそこまで、とユーリアは思ってしまうが、シーグヴァルドは真剣だった。

「私が心配し過ぎだと思われても仕方ありません。ですが母上は、君のご両親を……」

ふ、とシーグヴァルドが口を噤《つぐ》んだ。急に両親のことを言われて、ユーリアは軽く首を傾げる。シーグヴァルドは何でもないと微笑んだ。

もしかしたらこれが、和解に向けての最後の機会かもしれない。

（アクセサリーの件を終わらせたら、きっとテオドーラさまはもう二度と私に会うつもりんだわ……）

そしてそれは、ユーリアを大事にしてくれているシーグヴァルドとも顔を合わせなくなるということではないか。

彼がユーリアを気遣って、こっそり実母に会いに行くとは思えない。それどころか、もう二度と近づくなと宣言してしまいそうで怖かった。

（甘いって言われるかもしれないけれど……でも最後の機会かもしれないならば、関係改善の機会に賭けてみたい……！）

「シーグヴァルドさま」

「言いたいことはわかります。これが最後の機会だと思うので、実際に対面して受け取りたいというのでしょう？　そしてそれを機に、私たちと母上の関係を改善できたらと思っているでしょう？」

まるで心の中を読んだかのようだ。茫然《ぼうぜん》として何も言えずにいると、シーグヴァルドは誇らしげに笑う。

「そんなに驚かれては困ります。君のことを君以上にわかっているのは、私だけですからね」

本当にそうだ、としみじみ感じてしまったが、すぐにユーリアは我に返って続けた。

「シーグヴァルドさまが私のことをとても心配してくれているからということもよくわかっています。でもこの機会を逃したら、本当にテオドーラさまともう会うことがなくなってしまうと思います」

「私はそれでも構いませんが」

あっさりと切り捨てる言葉に、ユーリアは激しく首を横に振った。

「駄目です！　どんなことがあっても、シーグヴァルドさまのお母さまはテオドーラさまなのです。お母さまを哀しませるだけで終わらせてはいけないと思います」

自分にできることは少ない。きっとこれからも、彼に助けられることとの方が多いだろう。それでも彼が心安らげる家庭を作れるように、常に努力し続ける。そのことを、きちんとテオドーラにわかってもらいたい。それが親の反対を押し切っても一緒にいてくれると誓ってくれた、シーグヴァルドに対する誠意だと思うのだ。

ユーリアはシーグヴァルドの両手を取り、そっと包み込むように握り締めた。

「シーグヴァルドさまのおかげで、呪いが解けました。幸せになるために努力し続けていいのだと、教えていただきました。私はきっと、幸せに対して呆れるほど貪欲なのです。関係が修復できるかもしれないこの機会を逃して後悔することは嫌なのです」

シーグヴァルドはじっとこちらを見返す。

黙したままの強い視線には、震え上がるほどの厳しさがある。思わず息を呑んでしまったが、ユーリアは、ひたと彼の瞳を見返し続けた。

しばらく沈黙の攻防が続く。きっと時間的には数瞬だったはずだ。だがユーリアにとっては永遠とも思える時間が経ったあと、シーグヴァルドが観念した吐息を吐き出した。

「まったく……君にそこまで言わせて駄目だと突っぱねたら、私はとても狭量ではありませんか」

「そんなことはありません！　シーグヴァルドさまはとても素敵な方です。ここで再度駄目だと言われても、私がシーグヴァルドさまを嫌いになることはありません。頷いていただけるように、説得し続けるだけです」

シーグヴァルドが微苦笑した。

「……わかりました。そこまで言うのでしたら、直接会うのを許しましょう。ですがいいですね。今回が最後ですよ」

シーグヴァルドが念を押してくる。許してもらえたことが嬉しくて、ユーリアは満面の笑みを浮かべて頷いた。

その笑顔を見て、シーグヴァルドの苦笑がさらに深まる。そして彼はしみじみと呟いた。

「私は君のその笑顔に弱いのですね……」

【第七章　憎悪の源】

ユーリア宛てに来た手紙なので、返事は自分でしたためた。だが一人で書くとどんな言葉で揚げ足を取られるかわからないとシーグヴァルドの助言を受けて、彼と一緒に文面を考えた。

ひとまず、アクセサリーを取りに行くことと、王都から離れているので一人ではなくシーグヴァルドが自分を同行させせないと駄目だと頑なに言っているため二人でそちらに向かうことを伝える。

翌日、返信が届いた。妻を一人で外出させせないなんて至らないからよほど心配されているのだろう、と小さな嫌味はあったものの、それ以外は普通の返信だった。シーグヴァルドは何だか不気味だと、ますます警戒を強めたのだが。

いつでも来て構わないとあったため、善は急げと手土産を用意したらすぐに出立できるよう予定を調整する。シーグヴァルドも予定を合わせてくれた。

王都で人気があり、テオドーラも気に入って引っ越したあとも取り寄せているという菓子店で、日持ちのするものを中心に多すぎるほどの量を用意する。使ってもらえるかどうかはわからなかったが、リースベットの助言も受けながら手袋と帽子のプレゼントも用意した。

テオドーラの屋敷に到着するまでに立ち寄った町でも彼女が喜びそうな品を探し、手土産に加えていった。

シーグヴァルドはそこまで気を遣わなくてもいいと言ってくれたが、たとえ媚《こ》びを売り過ぎていると思われても何もしないよりはいい。

(それに……もしかしたら、私を嫌う理由を教えてもらえるかもしれないし……)

理由がわかれば、それを直していけばいい。できることがあるのにしないのは嫌だった。

——到着したテオドーラの屋敷では、驚くほど普通に迎えられた。

到着したのが昼過ぎだったために少し遅めの昼食が用意されていて、それを歓談を交えながら食べる。食後にデザートと茶も出され、普通の客としてもてなされたことが驚きだった。

緊張してあまり味はわからなかったが、食事のマナーは完璧にできた。会話の運びも特にぎこちなくはない。時折、テオドーラとシーグヴァルドの対決にも似た会話が交わされるときは、場を取り成すのに苦労したが。

ユーリアが用意した手土産も、表面上は普通に喜んで受け取ってくれた。こうして見る限りでは、息子の妻に対してごく普通のやり取りだった。

午後の茶の時間を終えると、テオドーラは思い出の母のアクセサリーを持ってきてくれた。

品のある薄水色の封筒を開けると、記憶のそれと同じ木工細工のペンダントが入っていた。

　ユーリアの手元を覗き込んでシーグヴァルドが言う。

「どうですか？　きちんと君のご両親のものですか？」

「ずいぶんな言いようね。私が嘘を吐いてまでこの子を呼び出す理由がないでしょう。私はこの子に会いたいと思っているわけではないのだから」

　顔を顰《しか》めたテオドーラの言葉で、ズキリ、と小さな痛みが胸に生まれる。一応は息子の妻として最低限の礼儀を守ってくれているが、やはり本心はそうなのか。

「そもそも、なぜこのアクセサリーが母上の手にあるのでしょうか。ユーリアの話によると彼女のご両親が大切にしていたもので、自邸で保管していたらしいですが」

「その話を聞いてどんなものか見たいと言ったら、マティルダが見せてくれると渡してくれたの。あまりにもみすぼらしいアクセサリーだったからすぐに返したのだけれど、そのままマティルダが忘れていってしまったのよ。今度会ったときにでも渡せばいいと思っていたのだけれど、さほど高価なものでもなかったから私もすっかり忘れてしまっていたの」

　端々《はしばし》に冷たい態度は見て取れるものの、特に訝《いぶか》しむ部分はなく納得できる話だ。

　どちらにしても保管してくれていたことに間違いはない。ユーリアは素直に礼を言う。

　テオドーラが不快げに軽く眉根を寄せた。ユーリアが封筒を自分のバッグに大事にしまい込むのを確認したあと、シーグヴァルドが言った。

「では、私たちはこれで帰らせていただきます」

「あら、今日は泊まっていきなさい。夕食も客間の用意もしてあるわ」

まさかそこまでもてなしてくれるとは思ってもいなかったため、ユーリアは驚いてしまう。

シーグヴァルドは冷めた瞳で母親を見返した。

「何を考えているのですか、母上」

テオドーラは小さく笑う。その笑顔が、美しい。

「せっかく可愛《かわい》い息子がここまで来てくれたのだもの。あなたが迎える妻のせいで今後はもう二度と会わないかもしれないのだから、ゆっくりしていっても良いでしょう」

「それはとても嬉しいお言葉ですが、これからのことでいろいろとやらなければならないことが多いのです。お気持ちだけ受け取らせていただきます」

一切聞き入れる気のないシーグヴァルドの言葉に、テオドーラはとても哀しげな顔になる。

ユーリアのことはどうあれ、息子まで冷たく突き放すことになるのはやはり寂《さび》しいのだろう。

ここは自分が我儘《わがまま》を装って、一晩泊まりたいと言うべきだ。そう口にしようとしたとき、テオドーラの目がふ……っ、とこちらを見た。冷ややかな視線にドキリとする。

「あなたはどうかしら?」

これは、テオドーラと和解する最後の機会だ。逃してはならない。

シーグヴァルドが何か言う前に、ユーリアは言った。

「テオドーラさまがこう仰《おっしゃ》ってくださるのですから……一晩くらいはいいのではありませんか？」

この屋敷に滞在する時間が長いほど、何かを仕掛けられる可能性は高くなる。だが、ユーリアの知りたいことはまだわかっていない。

（どうしてテオドーラさまは、私をそこまで嫌いなのですか）

「私はもう少し、テオドーラさまとお話ししたいです」

「と、この子は言っているわよ。シーグヴァルド、どうするのかしら？」

ユーリアの瞳をじっと見返して、シーグヴァルドはしばし考え込む。そして嘆息とともに続けた。

「わかりました。でも、今晩だけです。君も忙しい身の上なのですよ」

「はい。帰ったらまた頑張ります」

「まったく……」

シーグヴァルドがユーリアの額に軽くくちづけた。

テオドーラはその様子を意外にも静かに見つめている。静か過ぎて不気味なほどだ。

こちらを見つめてくる瞳に浮かぶ感情は、綺麗《きれい》に消されていてわからない。どんな感情も読み取れない瞳は無機質で、異様で――恐ろしかった。

夕食を終えたあと、入浴する。入浴中も一人にするつもりはないらしく、シーグヴァルドが一緒に入ってきた。

自邸でもないのにこんなことをしていいのかと戸惑《とまど》うものの、心配してくれていることはよくわかるため、拒まない。さすがに悪戯《いたずら》は一度もされなかった。

入浴を手伝ってくれた使用人は、夫婦一緒に入浴することにずいぶんと驚いていた。このことをテオドーラに知られて何を思われるかが心配だったが、シーグヴァルドは一切気にしていなかった。それどころかユーリアの濡れ髪を乾かすのは自分の役目だとして、寝間着に着替えるとすぐさま使用人を下がらせ、髪を乾かしてくれる。

案内された客間の扉には鍵がついており、シーグヴァルドは施錠を忘れない。また、窓も開けないように施錠した。警戒し過ぎではないかと思ってしまう。

「必ず私と一緒にいてください。この屋敷の使用人も信じては駄目です」

「少し警戒し過ぎではありませんか？　まるで私がテオドーラさまに殺されでもするかのようです」

このままでは寝ずの番までしそうだ。シーグヴァルドの緊張を少しでも解すためユーリアは冗談っぽく言う。

だがシーグヴァルドはとても真面目な表情で頷《うなず》いた。

「可能性は否定できません。……それだけのことを、あの人はする人です」

（……ま、まるで誰かをもう殺しているような言い方……）

シーグヴァルドがユーリアの髪を緩く三つ編みにしてくれる。そして場を取り成すように明るい声で続けた。

「さあ、ベッドに入りましょう。身体が冷えてしまいますよ」

シーグヴァルドがユーリアを軽々と抱き上げて、ベッドに運ぶ。すぐに自分も隣に潜《もぐ》り込み、何かあっても守るかのように抱き寄せた。

シーグヴァルドのこんな様子を見てしまうと、宿泊したいと言ったのは間違っていたのかもしれないと思えてくる。テオドーラと話したくとも彼が必要以上に近づかせないようにしているため、突っ込んだ話ができなかった。

（明日はシーグヴァルドさまの仰る通り、早めに帰った方がよさそうね……）

入浴とベッドとシーグヴァルドの温もりが、眠りを連れてくる。目を閉じてしばらくすると、浅い眠りについた。

シーグヴァルドが髪と背中を撫《な》でてくれるのが気持ちいい。そのまま深い眠りに落ちていこうとしたとき、扉が小さくノックされた。

気遣うような小さな音だったが、落ちかけていた眠りから意識を引き上げるには充分だった。目を開くとシーグヴァルドがもうベッドから下りている。

「いいですよ。眠っていてください」

ユーリアは小さく首を横に振ってガウンに袖を通し、シーグヴァルドのあとに続く。扉を開くと、燭台《しょくだい》を持った女性の使用人が申し訳なさそうに身を縮めていた。

「お休みのところ、大変申し訳ございません。あの……陛下から、急ぎの使者が来られまして……」

(国王陛下から急ぎの使者⁉ では、シーグヴァルドさまへの緊急のお仕事だわ……！)

ファーンクヴィスト公爵家への仕事だ。眠気が一瞬で吹き飛ぶ。

シーグヴァルドはまったく動じない様子で応えた。

「陛下からの使者ですか。誰が来ましたか」

まさかそんなことを聞かれるとは思わなかったのか、使用人は驚きに軽く目を瞠《みは》ったあと、慌てて答えた。

その名は、ユーリアも知っている貴族青年のものだった。社交の場で数度会い、シーグヴァルドの傍《そば》で仕事関係と思われる話をしているのを見ている。

「わかりました、会いましょう。ユーリア、すみませんが一緒に来てください。君をこの部屋に一人で残すのは心配です」

寝間着の上にガウンを羽織っただけの格好でいいのかと一瞬思ったものの、国王からの急ぎの使者とあれば、話を聞くのが最優先だ。ユーリアは強く頷く。

しかし使用人が慌てて続けた。

「あ、あの、使者の方はすぐに戻らなければならないらしく、もうこちらにはいらっしゃいません……！　言付けを預かっています。シーグヴァルドさまに、急ぎ王都に戻るようにと」

シーグヴァルドの瞳が、す……っ、と眇《すが》められた。冷ややかな眼差しを受け止め、使用人が身を強張《こわば》らせる。

「妙ですね。君がそれを聞いたのですか？　大事な言付けなのに、私に対面させることもなく？　それだけの権限が、君にあると言うのですか？」

次々と押し被せるように問い詰められ、使用人は真っ青になり小さく震え始めた。心も身体も委縮し、このままでは卒倒するのではないかと思える。

ユーリアは慌てて間に入り、安心させるように微笑みかけた。

「使者の方もずいぶん急いでいたのかしら……言付けは、あなた一人で聞いたの？」

「……い、いいえ……テ、テオドーラさまと、です……っ」

今にも泣き出しそうな顔で、使用人が答えた。廊下の奥の方からやってきたテオドーラが答える。

「ええ、そうよ。私が使者の言付けを受け取りました」

寝間着にガウンを羽織っただけのテオドーラが、厳しい表情で近づいてくる。切迫した雰囲気を纏《まと》っていた。

「何があったのかは王都に戻ればわかるでしょう。とにかくあなたはすぐに陛下のもとに行きなさい。ここにいたところでどうにもなりません。馬の用意はさせたわ。身支度をすぐに整えて」

シーグヴァルドはテオドーラの言葉にすぐには従わず、しばらく思案げに沈黙する。テオドーラの眦《まなじり》が吊り上がった。

「シーグヴァルド！　あなたは陛下がお困りになっているというのに助力するつもりがないの⁉　私たちは陛下の臣なのではなくて⁉」

この細くたおやかな身体でどうやって出しているのかと疑ってしまうほど、空間をびりびりと震《ふる》わせる鋭い叱責《しっせき》だった。ユーリアは使用人とともに身を竦《すく》めるが、シーグヴァルドはまったく動じない。

「……どうも違和感を覚えるのですよ」

「陛下はあなたの兄でもあるわ。その人が助けを求めているのに薄情な子ね。とにかく一度、王都に戻るべきです」

それ以外は絶対に認めないという、頑なな意思を感じる。

（シーグヴァルドさまがテオドーラさまを警戒するのはよくわかるわ。でも、テオドーラさまの仰っていることが本当だったら？）

自分を心配するがために対応が遅れたら、それこそ国の損失になるかもしれない。自分のせいで、そんな責を彼に背負わせては駄目だ。

「シーグヴァルドさま、行ってください。私は大丈夫ですから」

シーグヴァルドが無言のまま、見返してきた。

何を馬鹿なことを、とその瞳が言っている。テオドーラとは別種の恐ろしさに小さく震えたがユーリアは踵《かかと》を上げ、テオドーラに聞こえないように耳打ちする。

「テオドーラさまが嘘を言っていなかったとしたら、陛下にもこの国にも大きな損失が出るかもしれません。シーグヴァルドさまはこの国にとっても陛下にとっても重要な位置にいらっしゃる方なのですから……」

「ですが」

「大丈夫です。もしテオドーラさまに何かされたら、全力で逃げます」

テオドーラが聞いたら烈火のごとき怒りで責め立てられそうだ。だがその言葉が、心に響いたらしい。

シーグヴァルドがくす、と小さく笑った。

「逃げる、ですか。それはとてもいい方法です。もしも危険な気配を感じたら、すぐに逃げること」

はい、と笑顔で力強く頷く。いい返事ですと言いながら、シーグヴァルドが頬に柔《やわ》らかいくちづけを与えた。

テオドーラから肌に突き刺さるかのような鋭い視線を感じて慌てて離れようとするが、シーグヴァルドは片腕に抱き寄せたままだ。

「すぐに王都に戻ります。ユーリア、身支度を手伝ってください」

頷くと、テオドーラが使用人に馬と従者の用意をするように命じる。シーグヴァルドはしかし従者を断った。

「余計な連れはいりません。馬を乗り潰して途中で乗り換えていくつもりです。私についてこられない従者は邪魔にしかならない」

「でもこんな夜遅くよ。夜盗などに襲われたりでもしたら……！」

「無用な心配です。私を害するのならば容赦なく殺します」

それ以外にはあり得ないとでもいうような口調は、初めて知る冷酷さを持っていた。テオドーラもさすがに小さく息を呑《の》んで押し黙る。

絶句したユーリアの青ざめた頬に気づくと、シーグヴァルドはよく知る穏やかな微笑を浮かべた。

「ああ、すみません。少し過激な物言いでした。どんな輩《やから》も自力で退けられる自信があるということですよ」

確かに、ユーリアを盗賊から救ってくれたときのシーグヴァルドは、凄かった。メルケルたちが合流する前に、一人で複数人を戦闘不能にしたのだ。それを思えば、決して誇張した言葉ではない。

「シーグヴァルドさまの強さはよくわかっています。でも、充分に気を付けてください」

「……ユーリア！　あなたまさか本当に従者を誰一人つけさせないつもりなの⁉」

信じられないとテオドーラが叱責する。一瞬、肩が大きく震えてしまったが、ユーリアは真っ直ぐに彼女を見返した。

「シーグヴァルドさまが邪魔だと仰るならば仕方ありません。それに私はシーグヴァルドさまの強さを知っていますから」

「ありがとう、ユーリア。すぐに支度を」

ユーリアとともに客間に一度戻り、シーグヴァルドは身支度を始める。着替えの手伝いをし、簡単な荷造りを終えて、ユーリアはテオドーラたちとともに彼の出立を見送った。

慌ただしい出立に知らず気を張っていたようで、シーグヴァルドの馬が見えなくなると思わず息を吐いてしまう。

「……驚いたわ。本当にこんな夜更けにあの子を一人で行かせてしまうなんて……」

危機感のない冷たい女だと言われているようで、悲しい。だがそれでもこれだけは言っておかなければと、ユーリアはテオドーラを真っ直ぐに見返した。

「シーグヴァルドさまを信じています。今はこの方法が一番いいのだと思います」

まさか反論してくるとは思わなかったのか、テオドーラが驚きに軽く目を瞠った。直後には身震いするほどの憎悪の光が瞳の奥に生まれ、対応を間違えたかと立ち竦んだ。

テオドーラがことさらゆっくりと瞬きをする。再度見つめられたときには、あの悪意が見間違いだったのではないかと思うほど綺麗に消え去っていた。

「……何だか目が冴えてしまったわね。温かいお茶でも飲みましょうか」

テオドーラが客間に残り、使用人に茶の用意をさせる。先ほどのシーグヴァルドとのやり取りですっかり委縮してしまった彼女は、哀《あわ》れに思うほど震えながら茶を持ってきてくれた。

柔らかなラベンダーの香りがティーポットから漂ってくる。震えているせいか注ぎ口とカップが触れ合ってしまい、うまく注げずカチャカチャと音が立ってしまう。

テオドーラが不快げに眉根を寄せ、使用人を一瞥した。彼女は真っ青になり、そのまま動きを止めてしまう。

「あとは大丈夫よ。私がやるわ」

見かねてユーリアがあとを引き受けた。使用人の仕事を奪うことは女主人としてどうかとテオドーラが窘《たしな》めたが、泣きそうな彼女を見るとこれ以上は無理だ。

ユーリアは笑顔で彼女に退室を促す。とても申し訳なさげな顔をしながらも、彼女はすぐに立ち去った。

ハーブティーを注いだカップをソーサーに乗せて、テオドーラに差し出す。受け取ったものに口をつけないのは、ユーリアが淹《い》れたものだからか。

真向かいのソファに腰を下ろし、香りを吸い込む。心安らぐ香りではあったが、こうしてテオドーラと対面している緊張感は溶かしてくれない。

ユーリアは必死に笑顔を浮かべていた。テオドーラは無言でただこちらをじっと見つめてくるだけだから、緊張は強くなる一方だ。

文句でも叱責でも何か言って欲しい——そう思いながら、重苦しい空気に耐えるためにハーブティーを飲む。

ティーポットの中ですでに砂糖を溶かしていたようで、甘い。香りからは想像できなかった強い甘味に顔を顰《しか》めそうになる。だが美味しいと口にしなければ、またテオドーラの不興を買うのだろう。

「美味しいです。気を遣っていただいてありがとうございます」

礼を言うと、テオドーラの口元がほんのわずか緩んだ。ひとまずこれ以上彼女を不快にさせなかったことに、内心で安堵する。

テオドーラの瞳が、眇められた。

「眠くなるまで、少し話をしてもいいかしら？」

断ってはいけない雰囲気を感じ取り、ユーリアは神妙な顔で頷く。テオドーラは背もたれに深くもたれかかりながら言った。

「私があなたになぜ呪いがかかっていると思わせていたのか、知りたいのでしょう？」

これまで機会をまったく与えなかった話題を何の予告もなしに口にされて、驚く。心が揺れ動き、落ち着くためにハーブティーを一口飲む。

カップをソーサーに戻し、ユーリアは居住まいを正した。

「教えていただきたいです。なぜ私に、そのような悪意を向けたのですか。私はテオドーラさまに……何をしてしまったのですか」

それほど憎まれるようなことをしてしまった記憶が一切ない。だが知らぬうちにしてしまった可能性は否定できなかった。自分ではよかれと思ったことが、相手にとってはたまらなく不快だったこともあるはずだ。

テオドーラは、ふ、と小さく息を吐き、言った。

「あなたのお母さま、マティルダはね。とても美しく優しく、純粋な人だったの」

なぜ急に母の話になるのか。疑問を挟む余地はなく、ユーリアは無言で話を聞く。

「伯爵位の中ではかなり身分が低い家柄のご令嬢よ。本来ならば私たちと知り合い、友人になることなどあり得ないほど身分差があるのは、わかっているかしら？」

マティルダのことを馬鹿にするのではなく、決して揺るがない事実としてテオドーラは問いかける。

反論も反発もなかった。そもそも、話す機会すら社交の場でないはずだ。

「マティルダはね、そういう意味ではとても幸運で、強運でもあったのよ。陛下が……ああ、私の夫の前国王陛下オズヴァルドさまのことね」

　私の夫、という部分を強調するように言われる。

「そのときはまだ、オズヴァルドさまとは婚約したばかりの頃だったの。オズヴァルドさまはテッセルホルム領へ視察に出掛け、テッセルホルム伯爵家に滞在して、マティルダと知り合ったの」

　そういう過程で面識があるとは聞いていた。だがこれほど親密な仲になったことについては、両親は少し困った顔をして、『陛下がとても親しみやすくて優しいお方だからよ』と言っていた。

　子供心に何かあるのかな、とはぼんやりと考えたこともある。ただ、オズヴァルドと一緒にやってくるシーグヴァルドに会えればそれでよかったため、深く考えはしなかった。

（そういえば、どうしてオズヴァルドさまはシーグヴァルドさまだけを同行させていたのかしら……）

　ヴィルヘルムがテッセルホルム領にやってきたことは一度としてなかった。第一後継者としての勉学が忙しいため、こんな僻地《へきち》までは足を運べないとテオドーラがいつも断っていた。

「オズヴァルドさまはね、そのときにマティルダを見初《みそ》めたの」

　驚きにユーリアは目を瞠る。まさかオスヴァルドと母が、当時、禁断の恋を育んでいたということなのか。

もしや母が父を裏切っていたのかと不安にもなる。だが記憶の中の両親はいつも互いを想い合い、ユーリアを大切にし、家族を大事にしていた。その気持ちが領民へと伝わっていたから、呪いがかかっているからと冷たくあしらっていても、彼らは変わらずユーリアを信頼し続けてくれたのだと思う。

「オズヴァルドさまが視察という理由をこじつけて何度もテッセルホルム領に足を運んだのは、マティルダに会いたいためだったのよ。私という婚約者がいてもね。それだけオズヴァルドさまはマティルダに心奪われていらっしゃった。それなのにマティルダは、訪れるオズヴァルドさまを拒むことなく受け入れて」

「――それは絶対にあり得ません」

許可なく話を遮《さえぎ》ることは不興を買うとわかっていても、このときばかりは黙っていられなかった。それは亡き母だけでなく、母を愛した父をも貶《おとし》めることだ。

母が父に対して不誠実であったとは、絶対にあり得ない。

(それは二人の子である私が、一番よくわかっているわ!)

記憶の中で、オズヴァルドと母が二人きりの時間を持ったことは一切なかった。

もしかしたら自分の知らないところで二人だけで話すこともあったかもしれない。だが母は自分の前で、子供心に怪しまれるようなことは絶対にしなかった。オズヴァルドが滞在している間、彼に対して誠実で優しくはあったが、それ以上の感情は感じ取れなかった。

やがてオズヴァルドの足が遠のきシーグヴァルドだけがやってくるようになったのは、母の心が決して揺らがないことを知ったからではないのか。

「母は父を愛し、父も母を愛していました。そこに、テオドーラさまが仰るような不実はありません。それは二人の子であり、二人に一番近かった私が感じ取っていることです。母を貶めるのはどうかお止めください」

テオドーラが、唇を閉ざす。無言で見返す視線に強烈な圧を感じるものの、絶対に退いては駄目だとユーリアも息を吞んで見返す。

「当時子供だったあなたが、男女の機微についてわかるとでも？」

「男女の機微はわかりません。ですが、家族の愛はわかります」

直後テオドーラが立ち上がり、ユーリアの頬を叩いた。あまりにも突然で予想外の攻撃に反応が遅れ、平手を受け止める。

かなりの衝撃と痛みだ。口の中が少し切れて、血の味がした。

テオドーラは大きく息を吐くと、再びソファに座る。謝罪がないどころか、叩いた手を肘置きで拭《ぬぐ》うほどだ。

「……確かにそうかもしれないわね。どれだけオズヴァルドさまが心を寄せても、あの傲慢《ごうまん》で生意気で恥知らずな女は応えなかった。オズヴァルドさまもようやくあの女の性根の悪さに気づいたのか、会いに行くことをやめたようだったけれど……それでもまだ諦めきれないのか、何度か手紙を送っていらっしゃったわ」

(でも、お母さまは返事を出されていたのかしら……？)

時折ひどく困った顔で父に相談していたことがあったのは覚えている。あのとき、母の手には確かに手紙があった。あれが、オズヴァルドからの手紙だったのだろうか？

父に相談していたのだから、母は変わらずオズヴァルドの想いには応えられないと伝えていたはずだ。そう言わなければ、と唇を動かそうとするが――うまく話せない。

「……母、は……変わらず、に……応えられ、な、いと……お、返事、さ……れ、て……」

呂律が回らなくなると同時に、全身から急激に力が失われる。あっと思ったときにはもう、ユーリアはソファから床に前のめりに倒れ込んでいた。

(な……に……？)

何が起こったのかわからず、渾身の力を込めて立ち上がろうとする。

だがどこにも力が入らない。視線だけが動かせて、テオドーラが立ち上がるのがわかった。テオドーラは冷ややかにユーリアを見下ろした。強い憎悪と嫌悪を一切隠さない瞳に、心が震え上がる。

(まさか、今のお茶に……!?)

何か仕込まれていたのか。使用人がひどく青ざめていたのは、その指示を受けていたからなのか。

「あなた、見るたびにマティルダに似てきているわ」

親子なのだから当然だ。だが、父親の面影も自分にはあるはずなのに。

「……マティルダが生き返ってきたようで、不愉快でたまらないのよ……！」

憎々しげに言って、テオドーラがテーブルの上の燭台を摑む。そしてそれを足元に無造作に落とした。

すぐには絨毯《じゅうたん》に火は移らない。だがそれも時間の問題だ。凶行にユーリアは絶句し、大きく目を瞠る。

（待って。私だけならばいいわ。でも、屋敷には他に使用人もいて……！）

「……他の人を、逃がして……」

そう言うだけで、限界だった。テオドーラは呆《あき》れたように苦笑する。

「偽善者ね」

それだけ言い残すと、テオドーラはガウンの裾《すそ》を翻《ひるがえ》して客室を出た。

遠のいていく気配はわかるが、追いかけられない。身体はどんどん力を失い、やがては目を開けていることも難しくなる。

意識ははっきりとしているため、炎がゆっくりと絨毯に移っていく気配や、鼻孔《びこう》に入り込んでくる焦《こ》げ臭さなどが死への恐怖を与えてくる。このまま焼け死んでしまうのか。

（……絶対に、嫌！！）

以前の自分ならば、これも呪いのせいだとすぐに諦めてしまっただろう。だがそんな呪いは思い込みでしかなかった。思い込まされていただけだ。諦めなければ、必ずどこかに希望がある。

（……絶対に、嫌!!）

ユーリアは必死に自らを鼓舞し、身体に力を入れる。想像以上に時間はかかったが、何とか上体を起こして座ることには成功した。それでもかなり気力を振り絞り続けていないと、再び崩れ落ちてしまいそうになる。

その頃にはもう、燭台の炎は絨毯に広がっていた。室内に煙も立ち込め、邸内が騒がしい。おそらく火事に気づいた使用人たちが逃げ出しているのだろう。

だが、この客間にやってくる者はいなかった。

（私はもう逃げたとでも言っているのか、見捨てていいと言っているのか……）

それでもいい。自分が目的ならば、それ以外の者を巻き込むことはして欲しくない。あとは自力で逃げ出せばいいのだ。

煙で咳《せ》き込み、気分が悪くなってくる。目も染みて涙が滲《にじ》み、視界が歪《ゆが》んだ。

懸命に身体に力を入れ、薬に抗う。壁伝いに立ち上がることができた直後、絨毯を舐《な》める炎が勢いを増した。

熱風と炎に怯《ひる》み、壁に背を押しつける。延焼は容赦なく激しくなっていき、このままでは炎に巻き込まれるのは確実だった。

（でも、諦めたく、ない……！）

シーグヴァルドとの未来を思い描くことができるようになったのだ。どれだけ冷たくしても離れても、決して見捨てないでいてくれた彼と、一緒に生きたい。だから今、どんなに絶望的な現実であったとしても、諦めることだけはしたくなかった。

直後、まるで心の叫びに応えるかのようにシーグヴァルドの声が聞こえた。

「――ユーリア！　ユーリア、どこです⁉」

（シーグヴァルドさま⁉）

王都に向かったはずの彼がどうしてここにいるのか。不思議に思いつつもユーリアは力を振り絞って叫ぶ。

「……こ、こ……で、す……！　シーグヴァルドさま……‼」

本当に声を出せたのか、自信がない。だがシーグヴァルドはユーリアの声を確実に聞き取ってくれた。

荒々しい靴音が近づいてくる。壁に縋りながら扉に向かおうとすると、ノブが激しく動いた。

「ユーリア！　ここにいますね、無事ですね⁉」

「……は、い……！」

だが扉は開かない。鍵がかかっている。ユーリアが逃げ出すことも考えて、テオドーラが先手を打っていたのか。

「離れていてください」

まだそこまで辿り着いていない。ユーリアはその場に留《とど》まる。シーグヴァルドの気合いの声が上がった直後、ドアが蹴破られた。

「ユーリア!!」

炎に一切の躊躇《ためら》いを見せず、シーグヴァルドが室内に駆け込んでくる。

火の粉を被ったのか頬が赤くなっている部分があったが、シーグヴァルドは気にしていない。必死の表情でユーリアに駆け寄り、抱き締める。

骨が折れるのではないかと思うほどの強さだ。必死さが伝わってきて、泣きそうになる。

すぐにシーグヴァルドが身を離し、顔を覗き込んできた。

「怪我はありませんか⁉」

「……だ、いじょうぶ……で、す……」

舌がますます動かなくなる。安堵《あんど》感もあり、もう自力で立っていられない。ユーリアはシーグヴァルドの胸にもたれかかった。

危なげなく受け止めながら、シーグヴァルドが眉根を寄せる。

「どうし……まさか……」

何かに思い至ったのか、シーグヴァルドが呻《うめ》いた。

「母上か。薬を盛られましたね⁉」

小さく頷くと、シーグヴァルドは軽々とユーリアを抱き上げた。その間にも炎は広がり、煙も熱も激しくなる。

「私が君を外に運びます。もう大丈夫です。さあ、目を閉じて」

促されるまま、重たかった瞼《まぶた》を閉じる。シーグヴァルドが胸元から取り出したハンカチを口元に当ててくれた。辛《かろ》うじてまだそれを自分の手で支えることくらいはできる。

ユーリアを抱えたまま、シーグヴァルドは一気に走り出した。

日頃から鍛えている身体は、重みを感じていないようだ。彼に身を委ねてしばらくすると、新鮮な空気が感じられた。

炎に呑み込まれる屋敷を背にして、シーグヴァルドが庭園の中心にある噴水まで向かう。水があるからか、テオドーラと使用人たちがそこに集まっていた。テオドーラが待ち構えていて、すぐさま駆け寄ってくる。

「シーグヴァルド、なんて危険なことをしているの!!　その子のことは放っておきなさいと言ったのに!!　ああ、怪我はない？　その子は使用人に任せておけばいいわ。あなたはお医者さまに診てもらいましょう。すぐに手配するわ」

「私のことはあとでいいです。母上、解毒剤を出してください」

柔らかな芝生の上にユーリアを下ろし、シーグヴァルドはテオドーラを鋭く見つめながら言う。気圧されて息を呑んだあと、テオドーラは呆れたように肩を落とした。

「何を言っているの。私がこの子に毒を飲ませたというの?」

「そうです。身体の動きを鈍《にぶ》くさせる薬です。量によっては心臓を止める薬でもある……。それを母上はユーリアに飲ませたのでしょう? この症状は、以前に何度か見たことがあります。そういう仕事をしているものですから」

公にはしていない仕事の経験からの推理か。シーグヴァルドの言葉にテオドーラは絶句する。

「ですが素直に解毒薬を出してくだされば、私も大事にはしません」

まるで脅迫だ。そんなことを言っていいのかとユーリアは心配になるが、シーグヴァルドはまったく気にしていない。それどころか早くしろと、瞳に力を込める。

テオドーラが怒りの顔になった。

「その言い草は何⁉ まるで私が悪人のような言い方ね⁉」

「実際にそうなのですから仕方ありません。私の妻となる大切な人に毒を盛り、火を放った屋敷に取り残したのです。これは殺人です」

テオドーラの傍にいた使用人たちが、青ざめて震え上がる。まさかそんな、とテオドーラを見返す中、ユーリアに茶を淹れようとしてくれていた彼女は罪の意識に耐えかねたのかついに失神した。

シーグヴァルドは忌々《いまいま》しげに彼女を一瞥《いちべつ》したあと、テオドーラに詰め寄った。

「解毒薬を出してください、母上。頼むのは、これで最後です」

「私は毒なんて入れていないわ。この子が勝手に体調を崩しただけです。実の母親を殺人者扱《あつか》いするなんて、どういうことなの」

シーグヴァルドは深く嘆息する。

「そうですか。仕方ありません」

シーグヴァルドの言葉に応えて、暗がりから数人の青年たちが姿を現した。その中にはメルケルもいる。いったいいつ、テッセルホルム領から戻ってきたのか。

メルケル以外の者たちはすぐさまテオドーラに近づき、彼女を取り押さえた。腕を背中に回されて摑まれ、身動きができない状態にされる。

テオドーラが気色《けしき》ばんだ。

「離しなさい!!　いったい何なの、これは!!」

テオドーラの叱責を、彼らは一切聞かない。

メルケルがユーリアの傍《かたわ》らに跪《ひざまず》き、腰に下げていた巾着を開く。何種類かの小さな薬瓶と、傷薬や貼り薬などが入っていた。

目的のものがあったらしく、メルケルがその薬瓶をシーグヴァルドに渡す。

「こちらで大丈夫です」

シーグヴァルドが薬瓶の中身を口に含み、そのまま口移しで与えてくれる。ほんの少し苦みのある液体を飲み込んで少し経つと、徐々にだが身体に力が戻り始めた。

「……私……」

呟《つぶや》くと、舌も回っている。ユーリアはシーグヴァルドに笑いかけた。

「普通に話せます！」

「身体の方はどうですか」

「すぐに完全に動かせるようになると思います！　もう自力で立ち上がれますし！」

シーグヴァルドを安心させるために勢いよく立ち上がる。メルケルが慌てて止めようとしたが遅く、軽い目眩《めまい》がやってきてよろけた。シーグヴァルドが微苦笑しながら抱き支えてくれた。

「元気になったことを教えてくれるのは嬉しいですが、無理をしては駄目です。君は毒に耐性などない身体をしているのですから」

「……す、すみません……」

慌てて謝り、しっかりと自分の足で立つ。室内履き越しに芝生と土の感触が確かに感じられて、ホッとした。あの虚脱感はもう二度と味わいたくなかった。

シーグヴァルドはユーリアを守るために、片腕にしっかりと抱き締めてくれる。だがそれがテオドーラにはひどく気に入らないらしい。炎を映す瞳が、炯々《けいけい》と光っている。

背筋にぞっと寒気が走る瞳だ。ユーリアは息を呑み、思わずシーグヴァルドの腕を強く掴み返していた。シーグヴァルドがさらに引き寄せてくれる。

こちらの様子を見るテオドーラの瞳は、ますます鋭くなっていく。取り押さえるシーグヴァルドの部下たちを罵倒《ばとう》することはもうなかったが、少しでも力を緩めればこちらに襲いかかってくるような雰囲気は依然として纏《まと》っていた。

「……王都に戻ったのではなかったの？」

「王都に向かったと母上が思えるだけの距離を走らせたあと、戻ってきました。母上の言葉を信用できなかったからです。私が離れ、ユーリアが一人になる機会をなんとしても作り、何かしてくるのではないかと予想はしていました。彼らには私たちが母上の屋敷に向かう際にあとをつけてもらって、万が一のときに落ち合うようにしていました。メルケルを呼び寄せておいたのも正解でしたね。彼は、医学の知識を持っていますから」

薬が入った携帯袋を持っていたのは、そのためだったのか。元々優秀な人だとは知っていたが、まさか、医学の知識もあったとは。

尊敬の目を向けると、メルケルは少し照れたように微笑んだ。

「シーグヴァルドさまのお役目を考えれば、医師が必ず間に合うとは限りませんから」

なるほど、とユーリアは納得する。さすが古くからシーグヴァルドに仕えている側付きだ。

「母上、ユーリアに謝罪してください。そしてもう二度と、彼女に手出しをしないと今ここで、私たちに誓ってください。もちろん、あとで証文も作りますが」

「どうして私がそこまでしなければならないの。そもそも、私がユーリアに毒を盛った証拠があるの？」

「目撃者がいるでしょう。それに、実行犯も。少し締め上げれば口が緩くなる者たちだと思いますが。実行犯らしき人物は、すでにもう罪悪感か恐怖からか失神してしまうくらいの者ですし」

シーグヴァルドの冷たい視線が、テオドーラの背後にいる使用人たちに向けられる。

やり取りを見守ることしかできなかった彼らは、その視線を受け止めると皆一様に口を閉ざし、中にはあからさまに視線を逸《そ》らす者もいた。シーグヴァルドの詰問の仕方によれば、あっさり状況を説明する者は多いだろう。

テオドーラが忌々しげに眉根を寄せる。そしてしばし考え込むように沈黙したあと、続けた。

「これはあの子に自分の傲慢さをわからせるためのお仕置きよ。身分をわきまえず、自分が呪われているかもしれない可能性をほんのわずかでも持っているにもかかわらず、王室を離れたとはいえ王弟のあなたに近づき、色香で惑わして妻の座にまんまと座った娘よ。自分がひどい勘違いをしているのをわからせるために、こんな強硬手段を取るしかなかったの」

「強硬手段、ですか。ユーリアの命を奪おうとしたのに？」

シーグヴァルドの声が、低くなる。だがテオドーラは当然だと頷いた。

「わからず屋には、これくらいしなければ駄目でしょう？」

人を殺してまでわからせることなど、あるわけがない。

だがテオドーラには罪悪感が一切感じられなかった。それどころか、当然の行動だと思っているようだった。

シーグヴァルドはしばし無言で実母を見つめたあと、メルケルに言った。

「私の妻となる人の命を奪おうとした女です。拘束し、しかるべき処置を取りなさい」

「……な……」

テオドーラが驚きに大きく目を見開く。

メルケルが無言で頷き、テオドーラを取り押さえている者たちに連行するように命じる。

他の者には事情聴取のため、使用人たちの連行を命じた。

「シーグヴァルド！　あなた、母親の私を殺人者扱いするの⁉」

「これ以上はもう見過ごせません。母上、もしもユーリアがここで喪《うしな》われていたら、あなたが手をかけた者は三人に増えてしまう」

今度はユーリアが大きく目を瞠った。

（今のシーグヴァルドさまの仰っていたことって……テオドーラさまはすでに二人も殺めて

しい。

テオドーラが、ふ、と笑みを零した。炎に照らされた笑みは、不思議と美しくて——恐ろ

「ああ……そうだったわね。事故についてもう一度調べ直したのだったわね」

「ユーリアが呪われていると思い込む事件で死者が出たのは、あの事故だけでした」

二人の言葉に、ユーリアは息を呑んだ。

呪われていると思い込む原因となった事故のうち、死者が出たのは両親のものだけだ。それはつまりテオドーラが両親の死に関わっていたということか。

「今の言葉はどういうことですか⁉ 死者が出た事件って……それは、私の両親が亡くなった事故ですよね⁉ テオドーラさまがそれに関わっていたということですか⁉ 説明してください‼」

気づけば叫んでいる。今にも摑みかかりそうになるのをシーグヴァルドが抱き締めて止めた。彼の腕の力は強く、ユーリアは抜け出すことができない。

テオドーラにはユーリアの叫びが届いていないようだ。こちらを完全に無視し、うっとりと瞳を細めて息子を見る。

「あなたはとても頭のいい子ね。オスヴァルドさまに一番よく似ているのは、やっぱりあなたよ」

いるということ……⁉)

それは本当に息子を見る瞳なのか──彼を通して今はもういない愛する人を見る瞳なのか、わからない。シーグヴァルドが嫌悪感に顔を顰めた。

「あなたの息子は私だけではないでしょう。兄上も父上に似たところをお持ちです。彼は父上の遺志をきちんと受け継いでいらっしゃいます。私は父上よりも母上、あなたに似ていると思いますが」

「テオドーラさま、私の声を無視しないで！」

親子の会話を邪魔されたことに強烈な不快感を表して、テオドーラがユーリアを睨《にら》みつけた。突き刺さる視線が命をも奪いそうな威力だったが、恐怖はない。代わりに生まれて初めて感じる怒りがユーリアを支える。

「私の両親を殺したのはあなたなのですか⁉　本当にそうなのだとしたら、私……っ」

シーグヴァルドの腕の中でユーリアは叫ぶ。

テオドーラが瞳を眇めた。少しして、彼女の唇がゆっくりと歪《ゆが》んだ。口角が上がり、笑う。妙に歪んだ笑い方はひどく醜《みにく》く、ゾッと悪寒を覚えるものだった。

「本当にそうなのだとしたらどうするつもりなの、マティルダ？」

（……え……？）

呼びかける名が、違う。それは亡き母のものだ。シーグヴァルドの腕にさらに力がこもった。

ユーリアは眉根を寄せ、首を横に振る。

「……違います。私は、ユーリアです……」

「ねえ、マティルダ、教えてちょうだい。もしも私が、あなたとあなたの夫を殺すように仕組んだとしたらどうするの？　ねえ、どうするの⁉」

テオドーラが摑みかかってきそうな勢いで、問いかけてくる。取り押さえるシーグヴァルドの部下たちの力が、強くなった。

「だっておかしいとは思わない⁉　私は王妃として完璧で、王子を二人産んだわ。どちらも完璧な王子に育て上げた。私は国母として誰にでも尊敬される王妃になったのよ。けれどあの人とあなたが過ごした時間はたった数日！　それなのにあの人はあなたを愛した。あなたにはもう婚約者もいて、あなたの心にあの人が入る隙間なんて少しもないのに、それでも死ぬまであなたの姿絵を大事にしていた。口では拒んでいても、内心では気持ちよかったのではないの⁉　国王に求められることがあなたの自尊心を高めていたのではないの⁉」

部下たちが必死で腕や肩を摑んで押さえつけるが、テオドーラはそれでもこちらに向かってこようとする。その瞳は見開かれ、狂気じみていた。

もはや彼女の目の前にいるユーリアは、亡きマティルダにしか見えていないのだ。

「そんな女に負けたなんて、私は絶対に認めない……！　だからあなたをこの世界から完全に消したはずなのに、どうして……どうしてまだ、そこにいるの！　どうしてあなたがあの人の隣にいるの⁉」

テオドーラの瞳がさらに見開かれ、獣が唸《うな》るように叫ぶ。

狂人の声と表情にユーリアは凍り付いたように動けない。気づけばシーグヴァルドに縋《すが》り付いている。

シーグヴァルドの瞳は、鋭くテオドーラを見返している。彼女が突然動きを止め、項垂《うなだ》れた。

取り押さえていた部下たちが、少しだけ安堵の息を吐く。彼らもまた、テオドーラの狂気に呑まれていたのだろう。

――それが、一瞬の隙を作った。

テオドーラが直後に部下たちの手を振り解き、ユーリアへ駆け寄ってくる。そうしながらガウンの内ポケットに利き手を差し入れ、短剣を取り出し、振り上げた。懐にそんなものを隠しているということは、この機会に自分を殺すつもりだったのだと、ユーリアは頭の片隅で確信する。

屋敷を舐める炎の光を受けて、刃の先が妖しく光った。妙に美しい。

いろいろなことを思うのに、身体は強張ったまま動かない。急に時間の流れが変わってしまったかのように、すべての動きがひどくゆっくり見えた。

テオドーラが笑う。炎色に縁どられた笑顔は、これでもう見たくないものを見なくて済むという歓喜によるものだ。

振り上げた短剣は、一切の迷いも見せずにユーリアの心臓の位置を狙っていた。

「さようなら、マティルダ。ごきげんよう！」

気品ある挨拶《あいさつ》をしながら、テオドーラが短剣を振り下ろす。片腕にユーリアを抱き締めたままのシーグヴァルドが、眉根を寄せて呟いた。

「——残念です、母上」

シーグヴァルドの空《あ》いている手が拳《こぶし》に握られ、テオドーラの腹部にドッ!!　と打ち込まれた。容赦ない力に彼女の身体がくの字に曲がり、声にならない呻《うめ》きを零す。すぐさまシーグヴァルドは片足を振り上げ、テオドーラの首筋に回し蹴りを打ち込んだ。

テオドーラが白目を剝《む》き、軽く泡を吹いて倒れた。前王妃、しかも国母である彼女にこれほど容赦のない攻撃をするとは。

ユーリアはもちろんのこと、メルケル以外の部下や使用人が、驚きに大きく目を瞠る。ふ、と小さく息を吐き、シーグヴァルドはメルケルに命じた。

「縛り上げて連れていきなさい。たとえ私の母とはいえ、彼女は私の妻を殺そうとした者です。容赦する必要はありませんし、敬意を払う必要もありません。罪人として扱いなさい」

冷ややかな表情と声でシーグヴァルドは告げる。部下たちは神妙に頷き、気を失ったテオドーラと使用人たちを連行していった。

メルケルがシーグヴァルドの前に走り寄る。その頃には屋敷の炎に気づいた周辺の者たちが、消火のために騒ぐ声や足音が近づいてきた。

「シーグヴァルドさま、ここはすべてお任せを。別に宿を取っております。そちらへご案内いたしますので」

メルケルの傍に控えていた者が一礼して、案内してくれる。燃えさかる屋敷の炎を肩越しに一瞬見返したあと、ユーリアは震える足を動かそうとした。

シーグヴァルドが軽々と抱き上げる。このときばかりは何とも言えない虚脱感に包まれ、無言のまま彼に身を預けることしかできなかった。

案内された宿では一番いい部屋を取ってくれていて、妙に騒がしくもなく落ち着いていた。周囲の住民たちの大半はテオドーラの屋敷の消火にかり出されているらしい。

案内してくれた青年は邪魔にならないためと警護のために、出入り口に控えてくれている。

シーグヴァルドはダブルベッドの上にユーリアを座らせ、備え付けてあった茶器で温かい茶を淹れてくれた。

本当ならば自分がしなければならないことだと気づいたときには遅く、茶が入ったカップを手渡される。

「……ご、ごめんなさい、シーグヴァルドさま。こんなことをさせてしまって……」

「何を謝るのですか。妻の世話をするのは夫の役目です。茶の一杯も妻に淹れることのできない夫は、無能ですよ」

少し冗談めいた口調で言われ、ユーリアは小さく笑ってカップを口に運ぶ。茶をゆっくり飲むと、体内がほんわりと温かくなった。

「ずっと外にいましたし、それを飲んだら湯を用意させます。身体が冷えている」

シーグヴァルドが寄り添い、肩を抱いてくれた。

だがこの冷えは、外気によるものではない。テオドーラがあのとき叫んだ言葉が心にこびりついているからだ。

『そんな女に負けたなんて、私は絶対に認めない……！　だからあなたをこの世界から完全に消したはずなのに、どうして……どうしてまだ、そこにいるの！』

ユーリアはカップを強く握り締める。

「テオドーラさまは、お母さまとお父さまを……殺した、のですか……？」

両親は不幸な馬車の事故で死んだはずだ。だがそこにテオドーラの介入があったと、彼女は自ら叫んだ。

シーグヴァルドがカップを取り上げ、サイドテーブルに置く。そして改めて深く包み込むように抱き寄せた。

「事故が起こったところは、確かに小動物が飛び出してくる可能性が大いにある場所でした。ですが調べ直しているうちに、母上に命じられ馬車の車輪に細工をした者を見つけたのです」

ユーリアは大きく目を瞠った。

「その者は事故のあと、頃合いを見計らって姿を消しています。今は別の国で生活していたその者を見つけ出し、母上や母上の部下が手出しできない場所で、事件の証人として捕らえています」

ユーリアは両手をぎゅっと強く握り締めた。

「古い事件ですが、調べ直した調書も整えています。王妃であり国母である母上を正しく裁くことは、貴族社会に与える影響や国民への心証を思えば、慎重に行わなければなりません。それに古い事件ゆえに、言い逃れができることもあります。だからこそ、訴える機会を見誤ることはできませんでした。ですが、今回、母上はついに君を……」

殺そうとして、と続けようとしたのだろう。だがシーグヴァルドは禁忌に触れたかのように口を噤《つぐ》む。

ふ……っ、と小さく息を吐いて、シーグヴァルドは続けた。

「……今回の企《たくら》みは、私の目の前で起こったことです。私がすべての証人となれます。もう母上に言い逃れはさせません。君の両親だけでなく、君自身まで害そうとしたことは、絶対に許せることではないのですから」

断罪の瞳に、親子の情はない。ユーリアはしかしもう一つだけ気になっていたことを口にする。

「お母さまはお父さまを、裏切っていたのですか……？」

テオドーラをあれほどまで思い詰めさせていたのだ。もしかしたら自分の思い違いだったかもしれないと、ほんの少しだけ不安になる。

シーグヴァルドはユーリアの瞳を真っ直ぐに見返して答えた。

「いいえ。君の母上はいつも君の父上に誠実でした。だから君の父上は妻を信じ続け、変わらず愛し続けたのです。悪いのはすべて……私の父、オズヴァルドなのでしょうね……」

どうして、という目で見返す。シーグヴァルドが微苦笑した。

「オズヴァルドはテッセルホルム領を視察の際、君の母上と出会い、恋に落ちました。そのときすでに、テオドーラは彼の婚約者だった。君の母上はすでに君の父上と恋仲で、いずれは結婚するつもりだったそうです。それでも彼は、君の母上を求めました」

実の両親のことなのに、シーグヴァルドは他人事のように話す。それどころかとても冷ややかだ。

「オズヴァルドは君の母上を迎えたいと申し出たそうです。ですが彼女は自分には愛する者がいるときっぱりと断りました。オズヴァルドはそれでも構わないからと強引に連れていこうとしたそうですよ。王といえども、その辺の馬鹿で下劣でくだらない男と大して変わりませんね」

実の父であり、前国王である者に向ける言葉ではなかった。だが心底そう思っているのだと、シーグヴァルドの表情を見ればわかる。

「君の母上を迎え入れるとしても、身分の差を埋めるものが一切ありません。そうなると、妃ではなく愛妾《あいしょう》となります。望んでいることでもないのにと、君の父上は力を尽くしてオズヴァルドに抵抗したそうです。オスヴァルドはようやく二人を引き裂くことはできないと理解し、王都に戻ったのです」

説明は簡単だ。だが当時の両親たちにとっては、身も心も辛いことではなかったのか。

「王都に戻ったオスヴァルドは王としての務めを果たしましたが、夫としてはどうだったのか疑問に思いますね。諦めると言いながら、時間を見つけては君の母上のもとを訪れ、情のおこぼれをもらおうとした浅ましい男です。母は、父の心が自分にないことをよく理解していました。ならば妻としての愛はいらないと、代わりに完璧な王妃になることを目指しました。なんとしても王子を産むのだと、いろいろな手段を試したそうですよ。結果、二人の王子を産み——だからこそ、その王子たちにも優秀であることを強要しました。完璧な王妃から生まれた王子は、完璧な王子でなければならないそうです」

シーグヴァルドの表情は淡々としていて、何を考えているのか読み取れない。

シーグヴァルドたちの当時の心身の負担は、どれほどのものだったのだろう。何だか急に彼を抱き締めたい気持ちになる。

そっと手を伸ばし、シーグヴァルドに触れる。きつく握り締め続けていたために白いままだった指先に、そのおかげでゆっくりと人肌の色味が戻り始めた。

「いずれ自分が治める国をよく知っておくべきだというもっともらしい理由をつけて、父はテッセルホルム領へ行っていました。だが母は兄を連れていくことを拒み、私を代わりに連れていったのですが……それについてだけは感謝しています。おかげで、君に会えました」

「テオドーラさまは、オスヴァルドさまがお母さまを想い続けていることを恨んで……？」

「それも一つの理由でしょう。そして私も、君を愛しました。父と子の二代に渡って敗北したことを認めたから、このようなことを計画したのでしょう」

両親を殺したことへの憎しみ、できれば報復してやりたいという気持ちは、もちろんあった。だがシーグヴァルドの話を聞いていると、それは決して消えないながらも小さくなって、落ち着いてくる。

（過去の様々な出来事がなければ、私はシーグヴァルドさまに出会うことができなかった）

因果というのは簡単に善か悪かにわかりやすく分けられるものではないのだと、感じる。

ユーリアはシーグヴァルドの胸に額を押しつけて、目を閉じた。

「とても、複雑な気持ちです……。私の両親を死に追いやったテオドーラさまが憎いのに、……でも、テオドーラさまがいなければシーグヴァルドさまは生まれなかった。陛下をオスヴァルドさまの旅に同行させなかったことで、私はシーグヴァルドさまと出会うことができました……だから、うまく言えないのですけれど……負の感情だけに囚《とら》われるのは嫌だと思いました。自分が呪われていると思い込んでいたときは、それ以外のことは見えなかったし、聞く余地もなかったから……」

テオドーラを憎みこの手で復讐したとしても、両親は帰ってこない。そしてそんなことをしても、本当に心が晴れることはないのだろう。

負の感情に囚われて、近くにあるはずの幸せに気づけないのは嫌だ。その『幸せ』が諦めずにい続けてくれるとは限らないのだから。

(シーグヴァルドさまのように)

ユーリアはジーグヴァルドを見上げて微笑んだ。

「テオドーラさまのしたことは、シーグヴァルドさまたちによって正しく裁かれます。だから私は天寿を全うして、お母さまたちに天国で再会したときに、すごく幸せな人生でしたと言えるように頑張っていきたいと思います！」

シーグヴァルドが驚きに軽く目を瞠ったあと、微笑み返してくれた。

「君にそう言ってもらえるよう、私も努力しなければいけませんね。肝に銘じます」

ユーリアはシーグヴァルドの胸に頬を押しつけて言った。

──傍にいてくれるだけでもう幸せなんです、と。
そして顔を上げ、自分から彼に口づけた。

【終章】

前王妃テオドーラがシーグヴァルドの妻となる者を殺害しようとした事件のことは、高位貴族たちの社交場であっという間に広がった。好奇の高揚はしかし、ヴィルヘルムの容赦ない対応によって畏怖《いふ》のそれへと変わった。

前王妃、そして国母であったとしても、ヴィルヘルムは罪に見合う罪人として扱《あつか》うよう、司法を司る者たちに命じた。今回のユーリア殺人未遂だけに限らず、前テッセルホルム伯爵夫妻の事故死についても、シーグヴァルドが提出した調書により改めて取り調べがされることになった。

この調書により、テオドーラの死刑は確実だと言われている。そしてその決定が司法のもとに正しく下されたのならば、ヴィルヘルムもシーグヴァルドも受け入れると宣言した。

どれほど高位の者であろうと、罪は罪——迷いもなくそう宣言されてしまうと、後ろ暗いことをしている者は一層慎重に動くことになる。それは、犯罪の抑制に繋がるだろう。

しかしながら国民に対しては事実を決して漏らさないよう命じた。国母が殺人を犯したことを知られ、現国王であるヴィルヘルムに反旗を翻《ひるがえ》す暴動が起こるかもしれない。ヴィルヘルムの治世には今のところなんの問題もなく、また、民に寄り添う政策を多方向から評価されているのだ。

必ずしも真実を知ることがいいこととは言えない。ユーリアはそれを今回の件でしみじみと感じた。

シーグヴァルドの妻となることは、王族の暗部――同時に、高位貴族社会に巣くう決して拭《ぬぐ》い取ることのできない闇を知ることになる。その闇に住まう者たちを、シーグヴァルドは排除する役目を担っているのだ。

（きっと、私自身がシーグヴァルドさまの『弱点』になってしまうこともあるんだわ）

シーグヴァルドのことを快く思わない者は、いつか敵として彼の前に立ちはだかるかもしれない。彼がユーリアを大切にしてくれればくれるほど、それは彼の弱点になってしまう。

シーグヴァルドがすべてを投げ打つほど自分に価値があるとは思えない。だがその価値があると、彼は言ってくれる。

（私も、強くなるわ）

そのためにどうすればいいのかはまだ手探りだが、志は変わらずに持っていたい。だからこそ、姑息に自分に取り入ろうとする輩《やから》には、十二分に注意しなければ。

（私の挙動が、シーグヴァルドさまの足元を崩すようなことになってはいけないわ）

――この日は、リースベット主催の茶会が開かれていた。ユーリアにも彼女から直筆で招待状が届き、彼女が好みそうな菓子を料理長と一緒に用意して手土産にした。リースベットは美味しいととても喜んでくれ、他にも招待された高位貴族の令嬢、夫人たちと和やかな歓談をする。

とはいえ、話題はもっぱら噂話だ。どこかの家の財政状況やら、どこかの令嬢の結婚事情やら、どこかの家の夫婦の閨《ねや》ごとなど、いったいどこから情報を得てくるのかとユーリアは微笑みを留《とど》めたまま、内心で呆《あき》れてしまう。リースベットはそれを聞きながら、情報収集も妻としての大事な仕事よ、と教えてくれた。

女貴族が作り上げる独特の社会に、男貴族はなかなか足を踏み入れることはできないから、と。

そういうことならばとユーリアは耳に入る噂話をとりあえず心に留《と》めておく。帰宅したらシーグヴァルドに話して、重要そうなものがあるか選別しよう。

そんな中で隣に座っていた夫人が、ユーリアにそっと話しかけてきた。まるで秘密を教えるかのように少し身を寄せてくる。

「ところで、ユーリアさま。テオドーラさまの件、お聞きしましたわ。テオドーラさまについては、私、実は少し厳し過ぎる方ではないかと思っていましたの。その厳しさゆえに、このような事件を起こすかもしれないと危惧していましたわ……。私も夫も、口にはできませんでしたが、テオドーラさまがユーリアさまの悪口を言いふらしていたのを見て、何とも複雑な気持ちでした……」

ユーリアは無言で彼女を見返す。

彼女はテオドーラの悪口をそのまま受けて、社交の場では決してユーリアに近づくことなく遠巻きにしながら、こそこそと何かを囁《ささや》き合っていた者だ。目が合うとこちらを小馬鹿にした笑みを浮かべるのが、印象的だった。

「ですがもうテオドーラさまもいらっしゃいませんし、私も気兼ねなくユーリアさまへ助力できるかと思うと嬉しいですわ。何かありましたら遠慮なくお声がけくださいませ」

腹の奥に、何とも言えないモヤモヤとした気持ちが生まれる。だがそれを表情には表さず、ユーリアは穏やかな微笑を留めたままで言った。

「お気遣いをどうもありがとうございます。ですが友人はよく選ぶように、シーグヴァルドさまにも言われています。あなたのこれからの様子をよく拝見させていただいてから、改めてお返事しますね」

ぷっ、とリースベットが小さく吹き出した。こちらの会話もどうやら一緒に聞いていたらしい。何か笑われるようなことを言ってしまったのかと、対話していた令嬢が不安そうになるのをリースベットが取り成す。

ユーリアに取り入ろうとしていた夫人は何を言われているのか理解できておらず、困惑《こんわく》の表情だ。何事もなかったかのように反対の席の令嬢と会話しようとしたとき、使用人がシーグヴァルドを連れてきた。

まさか麗しの姿をここで見られるとは予想もしていなかったため、茶会の場が一気に色めき立つ。ユーリアも彼がやってくることを聞かされておらず驚き、思わず席を立った。

シーグヴァルドはリースベットに丁寧に挨拶《あいさつ》をしてからユーリアに微笑む。

「ちょうど公務が終わりましたので、迎えに来ました」

途中退席になるが構わないだろうかとリースベットを見る。彼女は仕方なさそうに微笑み、頷いた。

一礼して、シーグヴァルドの傍《そば》に小走りに近づく。シーグヴァルドはユーリアの腰に片腕を絡めて引き寄せ、唇にちゅ……っ、と軽くくちづけた。令嬢と夫人たちから、声にならない悲鳴が上がる。

「では皆さん、失礼します」

シーグヴァルドとともに一礼し、歩き出す。

「楽しまれているところを邪魔してしまってすみません。ですが思った以上に早く仕事が終わったので、君と一緒にいたくなってしまって」

「構いません。私もシーグヴァルドさまと一緒にいられる時間がもっとたくさんあったらいいと思っていますから。……今は婚儀の準備で忙しいですから、余計に……」

婚儀は一週間後だ。

昨日、完成したウェディングドレスが届けられて試着し、シーグヴァルドにずいぶん褒められた。綺麗《きれい》だ、美しい、と全身を舐《な》めるように堪能されたあと、もう少しでウェディングドレスのまま抱かれてしまうところだった。シーグヴァルドの愛撫はいつもすぐにユーリアを蕩《とろ》かしてしまい、押しとどめるにもとても苦労する。

今は、招待客に振る舞う料理のメニューを料理長と詰めているところだ。何気に婚儀前日まで忙しい。

それでもシーグヴァルドはこうして時間を見つけると、自分の身体を休めるよりもユーリアと一緒にいることを選んでくれる。それが、とても嬉しかった。

シーグヴァルドが苦笑した。

「婚儀が終われば、少し落ち着きます。それまであともう少し、我慢してください」

「我慢なんてそんな……嬉しいことの準備です。楽しみながらしています！」

「身体に負担はかかっていませんか？　疲れているのでは……」

「大丈夫です。私は今日も元気です！」

にっこり笑って見上げながら答えると、シーグヴァルドが嬉しそうに笑った。

「そうですか。ならば今日はこのまま帰宅して、ゆっくり長く、君を愛せますね」

「……え……？」

シーグヴァルドの笑顔の奥に不穏な気配を感じ取り、ユーリアは頬を引きつらせる。ずっと毎晩愛されているのに、なぜそんな言葉が出てくるのか。

「……あ、あの、シーグヴァルドさま……私、シーグヴァルドさまに、毎晩、あ、愛されていますが……？」

「ええ、そうですね。ですが毎晩、二度ほどしか君を抱けていません。二度だけなんて……とてもとても足りませんよ……」

たいそう不満げに言われるが、ユーリアは青ざめてしまう。達しても一度で済むことはほとんどなく、シーグヴァルドが精を放つまでに何度も絶頂を与えられるのだ。

翌朝早く何かをしなければならないときは行為に至る前にそう告げて手加減してもらうものの、それがなければいつも朝寝坊している。そして公爵家の皆がそれを微笑ましいことだと受け入れていて、誰も嫌悪感を示さなかった。

公爵家の妻として、それではいけないと思っているのだが、どうにも打開策が見つからない。

「今は君の領地を私の部下に治めさせていますが……いずれ、私たちの子供の誰かに継がせなければなりません。領地のことをよく知るために、早くから教育しなければならないでしょう。もちろん、ファーンクヴィスト公爵家の跡取りも必要です」

結婚と同時に家督を譲られる者として、実に堅実な考えだ。シーグヴァルドの端整な顔でひどく真面目に言われると、それが何よりも正しいことだと思える。

そのままの表情で、シーグヴァルドは伝える。

「ああでも、男子だけでは駄目です。私は君によく似た娘も欲しい。……ですがそうなると誰かに嫁がせなくてはなりませんから……一人娘では嫁いだときに私が寂《さび》しくて死んでしまいます。ここは何人でも構いません。最低でも三人は娘が欲しいですね」

単純計算で、五人の子が欲しいとシーグヴァルドは告げている。加えて何人でも構わないということは、それ以上欲しいということか。ファーンクヴィスト公爵家の財を見れば、養育費には困らない。

だが五人。そんなに子を産めるのだろうか。いや、それよりも子を宿すためにシーグヴァルドにどれほど愛されるのか。

実はここ数日の夜の営みが足りずに不満だったと聞かされ、とても仰天している。相変わらず起きなければならない時間よりも遅い時間に目覚めている状態なのに。

まずは、今日これから。

(帰宅してからずっとシーグヴァルドさまに愛される……？)

「早く帰りましょう。そして今日は少し早めに入浴して、ベッドに入りましょう。入浴は一緒ですよ。髪を洗ってあげます。もちろん身体も」

声にならない悲鳴を上げて、ユーリアは翌日の予定を慌てて思い返す。ひとまず午前中はベッドから出られなくても問題はないはずだ。

「……あ、あの……お手柔らかにお願い、します……」

「はい。合間にちゃんと休憩を入れますから大丈夫です。ああ、でも、まずは」

シーグヴァルドが立ち止まる。急にどうしたのかと見返した唇に、くちづけが与えられた。

濃厚で、膝から力が抜けてしまうほど官能的だ。まだ王城から出ておらず、回廊に人がいないとはいえ、いつ誰が通るかわからない。

唇を離し、シーグヴァルドは実に嬉しそうに笑う。

「我慢できずにしてしまってすみません。でも、くちづけしたくなるほど可愛《かわい》くて美味しそうな唇をしているのがいけないのですよ」

だから私は悪くありませんと続けられる。

この笑顔を見ると何だかすべて許せてしまうのだから、自分も相当彼に参っているのだと自覚せざるを得ない。幸せな敗北感に、ユーリアも自然と笑い返していた。

あとがき

こんにちは、舞姫美です。今作をお手に取っていただき、どうもありがとうございます！

今年は商業作品を発表していただいてから、十年目の年となりました。その間に小説を発表する媒介もすごく変わっていったなぁと感じます。自分が電子書籍リーダーを買う日がくるなんて驚きです。

十年ひと昔。その間、こうして途切れることなく作品を発表させていただけて、改めてお手に取ってくださる方々をはじめとする各方面の方々に感謝です。でも、書きたいことの根本は十年経っても変わっていないような気が……（滝汗）。

今回は笑顔も声も口調も優しいのに、中身はヒロイン命ゆえに過激なシーグヴァルドのお話となりました。楽しかったです！　呪いにかかっていると暗示をかけられて本来の前向きさを失ってしまった可憐なヒロイン・ユーリアを、大切にずっと見守ってきた彼の深い愛情をお楽しみください。どこかで「それってストーカー……」とかいう声が聞こえたような気がしましたが、気のせいですね！　これからはシーグヴァルドと一緒にユーリアも幸せに向かって歩いて行くことができるでしょう。抱き潰されないように気をつけてね、とそっとエールを送ります。体術を会得しているシーグヴァルドは実は足技が得意なんてキャラの裏設定にもあったりします。私は拳よりも足技が好き！

ウエハラ蜂先生、素敵なイラストをどうもありがとうございました！　また描いていただけることが決まったときに、ならば以前と微妙にリンクしながらも違う感じのキャラを、と考えて作ったお話でした。本当に無害で優しそうで（あ、あれ？）格好いいシーグヴァルドをありがとうございました！　ユーリアも可憐で健気で、二人が結婚許可書を貰って笑い合っているシーンがとってもお気に入りです。幸せになるんだよ！　と言いたくなるイラストです。うふふ。

毎度同じ謝辞になってしまいますが、改めて担当さまをはじめ、今作品に関わってくださったすべての方に、深くお礼申し上げます。

そして何よりもお手に取ってくださった方に、最大級の感謝を送ります。今作品が少しでも癒やしとなり、楽しんでいただければ何よりです。

またどこかでお会いできることを祈って。

舞姫美拝

原稿大募集

ヴァニラ文庫では乙女のための官能ロマンス小説を募集しております。
優秀な作品は当社より文庫として刊行いたします。
また、将来性のある方には編集者が担当につき、個別に指導いたします。

◆募集作品

男女の性描写のあるオリジナルロマンス小説（二次創作は不可）。
商業未発表であれば、同人誌・Web 上で発表済みの作品でも応募可能です。

◆応募資格

年齢性別プロアマ問いません。

◆応募要項

・パソコンもしくはワープロ機器を使用した原稿に限ります。
・原稿は A4 判の用紙を横にして、縦書きで 40 字 ×34 行で 110 枚 ~130 枚。
・用紙の 1 枚目に以下の項目を記入してください。
①作品名（ふりがな）/②作家名（ふりがな）/③本名（ふりがな）/
④年齢職業 /⑤連絡先（郵便番号・住所・電話番号）/⑥メールアドレス /
⑦略歴（他紙応募歴等）/⑧サイト URL（なければ省略）
・用紙の 2 枚目に 800 字程度のあらすじを付けてください。
・プリントアウトした作品原稿には必ず通し番号を入れ、右上をクリップなどで綴じてください。

注意事項
・お送りいただいた原稿は返却いたしません。あらかじめご了承ください。
・応募方法は必ず印刷されたものをお送りください。CD-R などのデータのみの応募はお断りいたします。
・採用された方のみ担当者よりご連絡いたします。選考経過・審査結果についてのお問い合わせには応じられませんのでご了承ください。

◆応募先

〒100-0004　東京都千代田区大手町 1-5-1　大手町ファーストスクエアイーストタワー
株式会社ハーパーコリンズ・ジャパン　「ヴァニラ文庫作品募集」係

王弟殿下の蜜愛計画

～ワケあり令嬢ですが、幸せを望んでもいいですか?～ Vanilla文庫

2022年6月20日　第1刷発行　定価はカバーに表示してあります

著　者　舞 姫美　©HIMEMI MAI 2022
装　画　ウエハラ蜂
発行人　鈴木幸辰
発行所　株式会社ハーパーコリンズ・ジャパン
東京都千代田区大手町1-5-1
電話　03-6269-2883（営業）
0570-008091（読者サービス係）
印刷・製本　中央精版印刷株式会社

Printed in Japan ©K.K. HarperCollins Japan 2022 ISBN978-4-596-70842-7